Der Tote im Turm

Der Tote im Turm

Linda Barowski ermittelt

Ein Oldenburg-Krimi von Karl-Heinz Knacksterdt

Bibliografische Information der Deutschen
Nationalbibliothek
Die Deutsche Nationalbibliothek verzeichnet diese
Publikation in der Deutschen Nationalbibliografie;
detaillierte bibliografische Daten sind im Internet
über http://dnb.dnb.de abrufbar

Karl-Heinz Knacksterdt
Layout und Realisierung Karl-Heinz Knacksterdt

Titelgestaltung: Karl-Heinz Knacksterdt

Alle Personen und Handlungsorte sind frei erfunden, Übereinstimmungen und
Ähnlichkeiten wären rein zufällig und sind nicht beabsichtigt.

Herstellung und Verlag: BoD - Books on Demand, Norderstedt

ISBN 978-3754-39820-3

Erste Auflage

Der Tote im Turm

Personen in Ermittlungsgruppe ‚MORD'   in ‚Drogen'

Linda Barowski, Gruppenleiterin

Gerold Fasner, Chef,
ehem. Leiter „Mord"

Paul Lobisch   Berenike (Niki) Schneider
Daniel von Stetten   Claudia Mansholt
Sylvia Tebben   Will Porter
Thomas
Britta   **Die Interne**
Dietmar   Elvira Wenzel
Manfred Knirr (abgeordnet)   Bernhard Scholl
                                  Bernadette Hofreiter

Polizeirat Mommsen, Dezernatsleiter

Sonstige Personen

Humphrey (Peer)Wenders, Bordellbetreiber
Jeanette, Dienstleistende
Bogdan, Türsteher
Paola, Dienstleistende
Tarik Ben Amir und Söhne
Pjotr Tscharkow, Jerome Messiers, Tom Brinkmann (Team)
Erasmus van Delden, Mönch
Frerich Porz, Geschäftsmann

Orte

„Club Elektra" im Bahnhofsviertel
Penthauswohnung Wenders, Bremer Strasse
Wohnung Linda Barowski, Dobbenviertel
Wohnung Familie Martinsen, Dobbenviertel
Südwestturm alte Cäcilienbrücke

Helfer
Tina von Wellinghof (Spaniel), Drogenspürhund
Buddy (Berner Sennehund), pensionierter Fährtenspürhund

Inhaltsverzeichnis

Kapitel 01 Es gibt eine Leiche   Sonntag 20.9.2020

Linda Barowski / 20:00 Uhr

In der letzten Woche hatte sie ihren 35. Geburtstag gefeiert. Wie ständig in den letzten Jahren hatte ihre Mama gemeint, dass es nun doch eigentlich Zeit für eine feste Verbindung sei, was jedoch jedes Mal zu Streitgesprächen führte.

Heute an diesem Sonntag wollte sie Mord, Totschlag, Vergewaltigungen und Ähnliches hinter sich lassen, alles wenigstens für ein paar schöne Stunden vergessen und mit ihrem Freund und Geliebten Pit Paulsen diesen Tag, nein, besser den Abend feiern; vielleicht ergab sich daraus etwas, was Mutter erfreuen würde.

Pit und sie hatten sich auf zwanzig Uhr, ganz romantisch, an der Siegessäule am Friedensplatz verabredet, und Linda hatte sich besonders schick gemacht. Ihr langes blondes Haar fiel ihr in weichen Locken bis auf die nackten Schultern, denn sie hatte den neuen blauen Pulli mit dem U-Boot-Kragen angezogen, dazu eine weiße Jeans aus einem Edelladen in der City – „so viel Glanz muss manchmal sein" hatte sie gedacht. Das dünne Goldkettchen mit dem kleinen Kreuzanhänger, ein Geschenk von Pit, zierte ihren schlanken Hals.

Sie wollten an diesem Abend einfach nur zusammen sein und es sich nach einer Runde durch die Stadt dann im Garten hinter Lindas Haus gemütlich machen.

An diesem warmen Spätsommerabend bummelten beide eng umschlungen durch die gut besuchte Innenstadt, in der ihnen anscheinend nur gut gelaunte Menschen begegneten – kein Wunder nach den vorhergegangenen kühlen Tagen, jetzt war aus Südwest zwischen dem Hoch ‚Gernot' und dem Tief ‚Veronika' feucht-warme Luft nach Mitteleuropa geströmt. Andere verliebte Paare, junge Familien mit herumtollenden Kindern, Eltern, Kinderwagen oder Buggy schiebend, ältere Damen, schick gekleidet, mit ihren Hunden – die ganze Stadt war an diesem Abend anscheinend auf den Beinen.

Als sie durch die Lange Straße in Richtung Lambertikirche schlenderten, kam Pit eine Idee. „Wollen wir uns einen großen Eisbecher gönnen?", fragte er, als sie am Eiscafé, das erfreulicherweise geöffnet hatte, vorbeikamen.

„Och nö, komm, ich möchte lieber in unser Stammlokal auf ein Weizen, da sitze ich so gern", antwortete Linda und wollte ihn fortziehen, am Eis vorbei, aber Pit meinte, dass ihr Lieblingslokal pandemiebedingt geschlossen haben könnte.

„Wir sollten doch ein Eis holen und uns damit am Denkmal hinsetzen!"

Schmollend willigte Linda ein, viel lieber wäre sie bei der „Brückenwirtin" eingekehrt, einem gemütlichen Lokal gleich neben der Cäcilienbrücke, in dem sie fast schon Stammgäste waren.

„Aber nachher gehen wir noch bis zur Brücke, ich mag so gern die Kähne vorbeiziehen sehen!", meinte Linda und bestellte sich fünf Kugeln von ihren Lieblings-Eissorten.

„Gut, genehmigt", meinte Pit, er willigte fast immer in ihre Vorschläge ein und so fanden sie sich nach einer Weile am Kanalufer wieder. Ein Lastkahn, nicht mehr von der alten Brücke gehemmt, zog gemächlich auf dem Kanal vorüber, noch lange konnten sie seine Positionslaternen erkennen.

Die Brücke hatte im Verlaufe vieler Jahre ihre Pflicht getan, wenn auch manchmal nicht ohne Murren und Knurren, hin und wieder hatte sie sogar gestreikt. „Eine Brücke ist auch nur ein Mensch", hatte Pit dann gesagt, wenn er wieder einmal auf dem Weg nach Osternburg über die Amalienbrücke fahren musste. Mit dem Rad wäre es kein Umweg gewesen, aber er nahm auch gern einmal seinen Wagen, eine Uralt-Karre aus den 80ern, die er sehr liebte. „Ich würde wahrscheinlich auch streiken, wenn mir die Hitze zu groß wäre!", hakte er dann zumeist das Thema für sich ab …

Vor etwa einem halben Jahr war mit Hilfe eines riesigen Schwimmkrans der bewegliche Teil der Hebebrücke abgebaut worden, schon vorher hatte man 150 Meter südlich eine Behelfsbrücke gebaut. Die vier Brückentürme sollten später abgerissen und das ganze Bauwerk durch ein Ähnliches ersetzt werden, aber bis dahin floss noch viel Wasser durch die Hunte.

Linda hatte sich im Berufsleben eine sehr nüchterne, fast schon als spröde zu bezeichnende Art angewöhnt, die durch ein nüchtern-fachlich orientiertes Verhalten bestimmt war. Aber jetzt, da sie an diesem Teil des Ufers allein waren, erzählten und lachten die beiden Verliebten ungeniert, immer wieder hatten sie das Verlangen, einander zu küssen, was sie auch dann taten, wenn zufällig ein Passant vorüberkam.

Der Abend nach diesem schwül-warmen sommerlichen Tag, den Linda im Büro ohne nennenswerte interessante Ereignisse mit dem Erledigen von Papierkram, wie sie immer sagte, verbracht hatte, war bisher in der Tat ganz wunderbar gewesen, er konnte jetzt nur noch durch eines getoppt werden …

Es verging eine lange Zeit dort, bis sie sich auf den Weg zu Lindas Wohnung im Dobbenviertel machten, wo ihr die Eltern eine schöne Wohnung überschrieben hatten – von ihrem Gehalt als Kriminalhauptkommissarin hätte sie es sich sonst nicht leisten können, dort zu wohnen. Im Garten mit seinem bequemen Mobiliar und der romantischen Beleuchtung machten sie es sich gemütlich, ein, zwei Gläser Rotwein sorgten für gute Stimmung.

Die Luft war noch angenehm warm, nur in der Ferne waren im Mondlicht einige wenige Wolken zu erkennen, selten ein wenig Wetterleuchten am Horizont. Um die Lampen im Garten schwirrten die Falter, kaum etwas störte die schöne Abendstimmung, nur hin und wieder war das Geräusch eines in der Nähe vorbeifahrenden Wagens zu hören.

Es war ein sehr romantisches Beisammensein, bei dem Pit nicht mit Rotwein aus Lindas Vorrat sparte, beschwipst waren sie, ganz ohne Frage und sehr, sehr verliebt.

Das Wetter schlug plötzlich um, wie man eigentlich am inzwischen zugezogenen Himmel schon vorher hätte erkennen können – aus dem lauen Abend wurde eine Nacht mit einem eiskalten Wind. Pit legte seine Jacke um Lindas Schultern. „Vielleicht sollten wir hineingehen, was meinst du?"

„Gehen wir zu dir oder zu mir?"

„Ich schlage vor zu dir, das ist viel, viel näher!"

Sie hatten gerade die ersten Stufen vor der Hintertür erreicht, als die ersten großen Regentropfen auf die Terrasse fielen, ein unerwarteter Blitzschlag die Szene erhellte und sie ein gewaltiger Donner erschreckte.

„Glück gehabt, wenn wir nur ein wenig langsamer gewesen wären", meinte Pit im Hineingehen, „wären jetzt gleich völlig durchgeweicht worden."

„Dann hätten wir uns sehr schnell ausziehen müssen, du weißt, wegen Erkältung oder so, und das im Freien."

„Wäre auch eine hübsche Alternative gewesen, Liebling, oder? Irgendwie schade, aber es ist auch eine glückliche Fügung, dass wir jetzt nicht bei der Brückenwirtin sind, so können wir uns jetzt ohne diese Sorge drinnen ausziehen!"

Linda sah ihn sehr verliebt an, als sie die Treppen nach oben hinaufstiegen.

„Trinken wir noch einen Schluck?" Ihm war noch nach einem weiteren Gläschen Wein, als sie gemeinsam das Wohnzimmer betraten und sich schon wieder in den Armen lagen. Eigentlich stand ihr der Sinn nach etwas anderem, aber trotzdem ging sie auf seinen Vorschlag ein.

„Na gut, aber nur einen kleinen Absacker, nur ‚ein ganz wönziges Schlöckchen'", sagte sie im Tonfall des Rektors in der Feuerzangenbowle, „dann will ich ins Bett, mein Schatz!". Sie schaltete die kleine Hockerleuchte vor dem mittleren der drei kleinen Sprossenfenster ein, dimmte die Helligkeit herunter. „Alexa, bitte leise romantische Musik", rief sie in den Raum und Alexa reagierte umgehend. Anschließend setzte sie sich zu ihrem Pit auf die gemütliche Zweiercouch in dem kleinen Erker, den sie beide so sehr liebten – er verführte geradezu zum Kuscheln.

„Linda, wenn wir so sitzen bleiben, wird es nichts mit dem Absacker, du musst mich schon loslassen!" Pit befreite sich sanft aus ihrer Umarmung, ging in die Küche und holte eine Flasche Rotwein, entkorkte sie, nahm im Wohnzimmer zwei von den schönen alten Kristallpokalen aus dem Schrank und kam zu ihr zurück. Nach einigen Minuten, mehr Zeit bekam der gute 2016er heute Nacht nicht zum Atmen, schenkte er für beide je einen kleinen Schluck ein.

„Auf diesen schönen Abend, mein Schatz."

„Auf eine schöne gemeinsame Nacht, Liebling!"

Der Klang der Gläser beim Anstoßen war hell und klar. Fast eine Stunde verbrachten sie so aneinander gekuschelt, sahen sich in die Augen, tranken hin und wieder einen Schluck. Pit wollte gerade die Frage aller Fragen an seine Liebste richten, als er von Linda unterbrochen wurde:

„Ich habe genug Wein gehabt, Liebling, ich will mit dir sofort ins Bett!"

Pit reagierte mit einem extra langen Kuss. Dann sprang er auf, verschwand im Bad. Linda, ziemlich beschwipst vom Rotwein, war sehr schnell im Schlafzimmer und entkleidete sich. Bereits nach wenigen Minuten rekelte sie sich knapp, eigentlich fast gar nicht bekleidet auf ihrem Bett. Nach dem schönen Abend, den sie mit ihrem Freund und Geliebten verbracht hatte, sehnte sich ihr ganzer Körper, ihre ganze Seele nach mehr. Nach viel mehr als nur ein paar Streicheleinheiten und Küssen am Kanal oder mitten in der Nacht im Garten.

Pit brauchte noch im Bad, wie immer ließ er sich trotz der auch für ihn wunderbaren Situation Zeit.

„Wann kommst du denn endlich, Liebling, ich vergehe hier vor Sehnsucht!"

„Ich bin sofort bei dir, mein Schatz, noch eine Minute!"

Es war gerade 01:40 Uhr, er betrat gerade das Schlafzimmer, als Lindas Smartphone vibrierte. Entsetzt vernahm sie das Geräusch, denn es hatte nichts Gutes zu bedeuten. Sie hatte zwar heute ihren freien Tag und wurde erst am nächsten Morgen wieder im Kommissariat erwartet, aber in Notfällen riefen ihre Kollegen auch zu ungewöhnlichen Zeiten bei ihr an, fragten um einen Rat oder baten sie um ihr Kommen an einen Tatort.

„Du wirst doch nicht etwa …?"

„Ich muss, Schatz, mich würde jetzt niemand anrufen, wenn es nicht sehr wichtig wäre."

„Aber du wirst mich doch hier nicht allein lassen?" Eine gespielte Verzweiflung lag in seiner Stimme.

Sie richtete sich auf, nahm das Smartphone zur Hand. „Linda hier, was gibt es Wichtiges?"

Pit verstand kein Wort der Antwort, konnte aber das Ergebnis von Lindas Gespräch erahnen, immer wieder ging ihr Blick zu Pit, schließlich sagte sie: „Ach, Paul, das ist Mist, aber ich komme. Aber es muss mich jemand abholen!"

Linda sah ihren Freund liebevoll-mitleidig an: „Das war Paul, er holt mich gleich ab. Es ist wieder einmal etwas Schreckliches passiert, sie brauchen meine Hilfe."

Was blieb Pit anderes übrig, als zuzustimmen. Er hatte das Gespräch verfolgt und mit einem gequälten Gesicht sofort begonnen, sich wieder anzukleiden, wieder einmal ging ein vielversprechender Abend unschön zu Ende, aber so war es nun einmal, wenn man eine Polizistin liebte, sagte er sich. Sie hatte schon während des Telefonats ihre Alltagskleidung angezogen, normale Unterwäsche, Jeans und den grauen, kuscheligen Pullover, den sie so liebte.

„Es tut mir soooo leid, Liebling, ehrlich, aber du weißt ja, die Mörder sind noch nicht alle gefangen ..."

„Wenn ich einen von denen erwische, bringe ich ihn um!"

„Und wenn es eine Frau ist?" „Auch!"

„Dann gehörst du also auch zu den Menschen, denen man alles zutrauen kann, pass auf, dass ich dich nicht als potenziellen Gewalttäter festnehme", flachste Linda.

„Zieh dir eine warme Jacke an, es ist jetzt draußen nach dem Gewitter sehr frisch geworden." Pit war immer so fürsorglich, auch das liebte sie so sehr an ihm. Sie umarmte und küsste ihn zum Abschied, verschloss die Wohnungstür lautlos, denn die anderen Bewohner des Hauses sollten nicht gestört werden.

Enttäuscht legte sich Pit ins Bett, aber schon nach zwei Minuten schlief er tief und fest. Im Wohnzimmer spielte immer noch die leise Musik, niemand hatte Alexa abgeschaltet.

Kapitel 02 Einsatz   Montag 21.09.2020

Paul Lobisch 01:55 Uhr

Hauptkommissar Paul Lobisch hatte vor etwas mehr als einem Monat das vierundsechzigste Lebensjahr vollendet. Im Verlaufe seines Lebens war aus dem ehemaligen Marathonläufer ein begeisterter Wanderer geworden, der mit Freunden an vielen Wochenenden die nähere und auch fernere Umgebung erkundete. Ein Highlight in seinem Wanderleben war in jedem Jahr eine ausgiebige Tour in den Alpen, an der fast immer auch seine geliebte Frau Dorothea teilnahm. In diesem Jahr allerdings fand die Tour ohne sie statt, sie fühle sich etwas unsicher, hatte sie gesagt, der Kreislauf.

Paul war auch jetzt noch immer ein sportlicher, drahtiger Typ, der es in Bezug auf Ausdauer mit vielen jüngeren Menschen aufnehmen konnte. Durch seine kurz geschnittenen inzwischen silbergrauen Haare über dem kantigen hageren Gesicht machte er auf seine Gegenüber einen asketischen Eindruck.

Von seinen Mitstreitern im Präsidium häufig als ‚Der Alte' bezeichnet, hatte er in seinem Leben als Kriminalbeamter alle Höhen und Tiefen seines Berufes kennengelernt. Jetzt, im letzten Jahr vor seiner inzwischen von ihm immer sehnsüchtiger erwarteten Pensionierung, wurden ihm zu seiner Freude keine schwierigen oder aufwendigen Fälle mehr übertragen. Er tat selbstverständlich seine Pflicht, wälzte Akten, wohnte Befragungen und Vernehmungen bei, half den jüngeren Kolleginnen und Kollegen bei der Analyse von Problemen und komplizierten Sachverhalten. Seine jahrzehntelange Erfahrung war vielen fast unersetzlich geworden. „Frag doch mal

Paul" war eine häufig von seinen Kolleginnen und Kollegen gebrauchte Formulierung.

Paul half, wann und wo immer es ihm möglich war. Seine ruhige, sonore Bassstimme hatte schon so manche knifflige Verhörsituation beruhigt, manchen zunächst völlig unklaren Sachverhalt durch gelegentlich unorthodoxes Vorgehen aufgeklärt.

Er freute sich auf die Zeit nach den langen Dienstjahren, in der er mit seiner geliebten Dorothea endlich nach Herzenslust würde verreisen können. Ein komfortables Wohnmobil hatten sie sich angeschafft, mit dem Europa von Gibraltar bis zum Nordkap, vom Atlantik bis in die Karpaten erkundet werden sollte.

Der mit dem inzwischen vorüber gezogenen Gewitter verbundene Starkregen hatte nachgelassen, das Wasser von den Straßen begann abzulaufen. Als Linda aus der Tür ging, wartete er bereits vor dem Haus in einem zivilen Wagen der Fahrbereitschaft mit laufendem Motor.

„Hallo Linda, tut mir leid, aber du musst dir die ganze Chose unbedingt ansehen, Daniel konnten wir nicht erreichen."

Als sie ihrem Kollegen vor dem Einsteigen von ihrem Weingenuss am Abend berichtete, meinte der altgediente Hauptkommissar freundschaftlich: „Ach Mädchen, so ist es doch jedem von uns schon mindestens einmal, vielleicht sogar mehrmals ergangen, jetzt starten wir an die Arbeit, da wirst du garantiert nüchtern!"

Sie stieg ein, nickte ihm freundlich zu. „Daniel steht also heute Nacht nicht zur Verfügung? Na gut, machen wir zwei Hübschen eben den Job, aber ich werde mit ihm ein paar deutliche Worte wechseln müssen, schließlich habe ich heute Nacht frei! Ich hatte sie mir völlig anders vorgestellt! Fahr bitte los, Paul, ich will mög-

lichst bald wieder nach Haus in mein Bett, in dem mein Pit gemütlich schlummert."

Mit dem neuen Job als Leiterin des Kommissariats für Gewaltverbrechen war sie von der Kriminaloberkommissarin zur Hauptkommissarin befördert worden, wegen ihres Alters eine sehr seltene
Aktion, ein Verdienst, das nach ihrer Ansicht vor allem dem Ermitt-
lungserfolg zum in der Presse als „Badewannenmord" bezeichneten
Fall erzielt hatte. Ihr Kollege Daniel von Stetten hatte eigentlich auf
die Beförderung spekuliert, war aber wegen des genannten Falles
aus dem Rennen auf den Dienstposten ausgeschieden. Als die Entscheidung für seine Kollegin bekannt geworden war, kam er mit
einer hübsch verpackten Schachtel Marzipanpralinen zum Gratulieren und flüsterte ihr grinsend zu: „Mögest du daran ersticken, liebste Linda, du alte Hexe!"

Das Verhältnis zwischen den beiden war von diesem Zeitpunkt
an nicht mehr das Beste.

„Wohin geht die Reise, Paul?"

„Nicht sehr weit, nur zur Cäcilienbrücke, Linda, aber auf der Osternburger Seite werden wir gebraucht."

„Was ist passiert, kannst du mir schon etwas sagen?"

„Um es mit den Rosenheim-Cops zu sagen: ‚Es gibt a Leich'.
Wir haben um 1:25 Uhr einen Hinweis bekommen!"

„Du schaust Rosenheim-Cops? Da staune ich! Ich habe dich
mehr für ‚Wunder der Natur' eingeschätzt, Paul."

„Nee, nee, ich bilde mich in Rosenheim immer weiter, du weißt
doch, ich muss noch fast ein Jahr und da muss ich auf dem aktuellen
Stand der Kriminalistik bleiben", grinste er zum Beifahrersitz hinüber, „und wenn ich dann mit meiner Doro dorthin fahre, will ich
mich auskennen!" Er schmunzelte in sich hinein.

„Ist die Identität des Opfers schon festgestellt worden?"

„Keine Ahnung, hat mir noch niemand gesagt. Unsere Kollegen vom KDD haben mir nur erzählt, es sei schrecklich und ich solle dich abholen."

Beide schwiegen, dachten über das nach, was da noch kommen würde. Linda nahm die Unterhaltung wieder auf. „Wie geht es denn deiner Frau, Paul? Ihr wollt doch sicher im Urlaub wieder in die Berge?!"

„Ist noch nicht ganz sicher, sie hat zurzeit massive Kreislauf-Probleme, aber die Ärztin meinte, das wäre sicher bald wieder in Ordnung. Dann hat sie ihr eine Handvoll Medikamente verschrieben …"

„Tut mir leid, hoffentlich ist sie bald wieder ganz fit." Linda sah nachdenklich zu ihm hinüber. Seine Stimme klang etwas bedrückt, wie ihr schien.

Sie fuhren über den Schloßwall. Schon vor dem Abbiegen in die Huntestraße konnten sie zwischen Prinzenpalais und Augusteum den entfernten Widerschein der flackernden Blaulichter hinter der Brücke sehen, die an der Frontscheibe blau glitzernde Lichtfäden zogen.

„Die alte Karre sollte endlich mal neue Wischerblätter bekommen", fluchte Paul leise. Er bog hinter der ‚Deutschen Rente' rechts ab, fuhr über die Amalienbrücke, die Nord- und die Stedinger Straße weiter und bog dann in die Bremer Straße ein. Kurz vor der Brücke hielt er auf dem Fußweg vor der Einmündung zur Uferstraße, in der die unauffälligen Fahrzeuge der Spurensicherung am linken Straßenrand parkten. Vor der gesperrten Zufahrt zur abgebauten Brücke standen die Einsatzfahrzeuge mit noch immer leuchtenden Blaulichtern.

Während der Fahrt zum Tatort hatten Linda und Paul nur noch wenig geredet, die gewechselten Worte waren über belanglose Themen. Hier vor Ort jedoch wurde es ernst, sehr ernst. Lindas Schwips war endgültig verflogen, als sie die Einsatzfahrzeuge sah.

Die ganze Umgebung wurde bereits von den Scheinwerfern der Technik ausgeleuchtet. Die Reihe der Bauzäune war von Kollegen teilweise abgebaut worden, um einen ungehinderten Zugang zum südwestlichen Brückenturm zu ermöglichen. Kriminalbeamte der Spurensicherung liefen hin und her, trugen Koffer in den Turm. Aus den größeren Turmfenstern kam helles Licht, aus den oberen kleinen leuchteten, bedingt durch die Enge des Raumes und die Bewegungen der Polizisten, ständig wechselnde Lichtstrahlen. An den Fenstern der anliegenden Gebäude waren einige Beobachter zu erkennen, manche Neugierige standen sogar jetzt, mitten in der Nacht auf der Uferstraße, obwohl die Luft durch das Gewitter deutlich abgekühlt war.

Silvia Tebben, eine junge Beamtin aus ihrer Gruppe, hatte ihr Kommen bemerkt und trat zu ihnen an den Wagen: „Linda, gut, dass du kommen konntest, es ist schrecklich, folgt mir bitte!" Linda nahm ihre Latexhandschuhe aus der Handtasche, wo sie diese neben Lippenstift, Papiertaschentüchern und den anderen Dingen, die Frau so benötigte, verwahrte, zog sie an und ging, gefolgt von Paul Lobisch, mit der Beamtin zum Turmeingang. Am Fuß der Treppe, die ein Streifenbeamter gegen unerlaubte Neugierige beschützte, zögerte Silvia: „Macht es euch etwas aus, wenn ich noch einen Moment hier unten bleibe?"

Sie wiederholte sich, noch immer blass vor Erschütterung: „Es ist so schrecklich, der arme Mann!"

„Kein Problem", meinte Linda, „sag mir nur, wohin wir gehen müssen."
„Ganz nach oben, die Kollegen sind dort."

„Danke, Silvia", antwortete Linda bewusst sanft und freundlich. Normalerweise hätte sie etwas harscher reagiert, aber Silvia schien ziemlich fertig zu sein.

Sie gingen nebeneinander die Treppe hinauf, die von der Technik sofort nach deren Eintreffen von ihnen hell beleuchtet wurde.

Der Himmel hatte inzwischen erneut eine bedrohlich wirkende Schwärze angenommen, vom Mondlicht war keine Spur mehr zu erkennen. Zwischen der Dunkelheit des Himmels und der von den Scheinwerfern taghell erleuchteten Straße und den Lichtern im Turm konnte der Unterschied nicht größer sein, irgendwie erinnerte die Szene mit ihrer Hell-Dunkel-Wirkung an ein Bild von Radziwill, wenn man sich die Fahrzeuge und den Bauzaun wegdachte. Im Biergarten des Lokals hatten die Kollegen ein weißes Arbeitszelt aufgebaut, um dem erwarteten Regen zu entgehen.

Um 02:05 stiegen Linda und Paul langsam bis zur ersten Ebene hinauf. Zwei-, dreimal kamen ihnen im engen Treppenaufgang Kollegen der Spurensicherung entgegen, murmelten einen kurzen Gruß und verschwanden schnell nach unten, einige von ihnen sahen ziemlich blass aus.

„Was mag da oben passiert sein? Die Kollegen benehmen sich alle so eigenartig", fragte Linda ihren Kollegen und sah durch ein Fenster der ersten Ebene hinunter auf die Uferstraße, in die gerade der schwarze Kombi eines Bestatters einbog und am Bauzaun hielt. Mit den Worten „Komm, lass uns nachschauen" zog sie Paul weiter zur Treppe. Es waren nur zwölf weitere Stufen bis zur zweiten Ebene. Der Raum war taghell erleuchtet, drei Kollegen und eine Kollegin waren dort, mehrere Alukoffer standen unter der Dreier-Fensterreihe im Süden des Turmzimmers. An der linken Seite des Raumes lag in einer ungewöhnlichen Körperhaltung ein Mensch. Linda wollte näher herangehen, genauer hinsehen.

„Stopp!", rief einer der in weiße Schutzanzüge gekleideten Kollegen. Es war Dietmar aus ihrer Ermittlungsgruppe, wie Linda trotz der ‚Maskierung' feststellte. „Stopp, nicht anfassen, wir sind noch nicht fertig, und du solltest besser zu mir kommen, statt dicht an das Opfer heranzugehen."

„Dietmar, ich muss mir einen Eindruck verschaffen, aber sag mir bitte, wer dieses arme Schwein ist!"

Ungeachtet des ‚Stopps‘ vom Kollegen trat Linda nahe, ganz nahe an den völlig verkrümmt neben der Wand liegenden Toten und musste einen Würgereiz unterdrücken, als sie sah, wie er zugerichtet war. Es war eindeutig eine männliche Person. Sie war fast unbekleidet, nur der Unterleib war, anscheinend durch ihre Kollegen, mit einem hellen Tuch bedeckt. Seine Beine waren seltsam angewinkelt, so, als hätte sie der Täter miteinander verknoten wollen. Die Arme waren wie – ja, wie bei dem gekreuzigten Christus weit vom Körper seitwärts abgespreizt. „Ein Ritualmord“ ging ihr als Erstes durch den Sinn. Dann sah sie das durch rohe Gewalt malträtierte Gesicht und musste sich abwenden: Das Opfer war eindeutig Gerold Fasner, der von ihr so geschätzte Kollege, ihr Vorgänger auf dem Posten in der Leitung der Mordkommission! Sie unterdrückte einen Würgereiz und ging zurück in die Mitte des Raumes zu den anderen.

„Linda, was ist?“, fragte Paul. Er hatte in der Zwischenzeit versucht, Details von den Kollegen zu erfahren.

„Es ist Gerold Fasner“, sagte sie mit zitternder Stimme und Tränen in den Augen, „die Schweine, ich werde sie bekommen, sie werden uns nicht entwischen, oder, Paul?“

Der nahm sie in den Arm: „Gerold, unser alter Kollege Gerold? Das kann nicht sein, du irrst, Linda!“

„Leider irre ich mich nicht, Paul! Ganz bestimmt werden wir den oder die Täter bekommen, und wenn es das Letzte ist, was ich als Polizistin tue. Ich werde daran arbeiten, soweit meine Kräfte und Fähigkeiten reichen!“ Linda war den Tränen nahe.

Die geschäftigen Aktivitäten der Spurensicherung waren inzwischen weitgehend beendet worden, die Kollegen verstauten ihre Utensilien und die wenigen Beweise in ihren Koffern. Auf der Treppe hörte man ein Rumpeln und Stöhnen, die Männer des Beerdigungsinstitutes versuchten, den Transportsarg heraufzuschaffen.

„Mist, das ist zu eng hier, wir müssen zurück, Werner!", schallte die Stimme von einem der Männer durch das Treppenhaus. „Dann müssen wir einen Leichensack nehmen", hörte man die Stimme des Zweiten. Das Rumpeln war nicht mehr zu hören. Schon nach wenigen Minuten waren zwei schwarz gekleidete Männer mit einem Leichen-Transportsack in der zweiten Ebene angelangt.

„Oh", war der Kommentar des einen zu hören, „oh, der liegt aber ungünstig." Beide schienen von der Situation emotional wenig berührt zu sein, was sicher mit ihrer beruflichen Tätigkeit zu tun hatte. Sie legten den Transportsack geöffnet auf den Boden neben die Leiche, dann wurden Fasners Gliedmaßen langsam und sorgfältig an seinen Körper gelegt. Linda drehte sich zu Paul um: „Ich kann da nicht hinsehen", flüsterte sie mit fast versagender Stimme, „der arme Gerold!"

Nach dem Abtransport ihres toten Kollegen in die Gerichtsmedizin inspizierten sie zu zweit noch einmal die Stelle im Raum, an der er gelegen hatte.

„Dies ist nicht der Tatort", stellte Linda fest, „man hat ihn hier nur so hingelegt, hier ist nichts, absolut nichts."

„Richtig, dann hätten im Treppenaufgang eigentlich Spuren sein müssen", meinte Paul, „waren es aber auch nicht, hat Dietmar vorhin gesagt, sie haben nur diverse Fingerabdrücke."

„Und wenn man ihn in einem solchen grausigen Plastiksack oder einer anderen ‚Verpackung' schon nach hier transportiert hatte? Er war schlank und relativ leicht, schätze ich. Ihn hierher durch das Treppenhaus zu bugsieren müsste ohne große Probleme möglich sein."

Schweigen breitete sich im Turm aus, Nachdenklichkeit, auch Traurigkeit.

„Wisst ihr schon etwas über den Todeszeitpunkt?", fragte Linda in die augenblickliche Stille, „es wird schwierig werden, den Ort zu finden, und die Zeit läuft uns davon!"

„Es ist mindestens 12 Stunden her, alle Zeichen deuten darauf hin. Wir haben es hier vor Ort nicht genau feststellen können, die Pathologie wird es euch morgen sagen." Dietmar machte eine kleine Pause, dann fuhr er leise fort: „Habt ihr eine Idee, wer ihn so sehr gehasst hat?"

Linda zögerte einen Moment, ihre Ansicht zu äußern. „Ich möchte eigentlich den Ermittlungen nicht vorgreifen, Dietmar, und jetzt Verdächtigungen aussprechen, die ich nachher nicht beweisen kann, das ist nicht mein Ding. Lass uns abwarten, schon in wenigen Stunden fangen wir an, und zwar mit allen Leuten und Möglichkeiten, die wir haben!"

Linda blickte zu Paul, der aus einem der Fenster über den Ortsteil Osternburg sah. „Die Sonne wird bald aufgehen, bitte bring mich nach Haus, hier will ich jetzt nicht mehr sein."

Er nickte ihr zu: „Wir können zurzeit nichts mehr tun, du hast recht, lass uns fahren, vielleicht ist noch eine Mütze Schlaf vor Arbeitsbeginn möglich."

Schweigend gingen sie die Stufen hinunter, der Anblick ihres toten, ihres brutal ermordeten Kollegen beschäftigte beide. Sie verließen das Treppenhaus, traten ins Freie und atmeten automatisch tief durch. Die Situation oben im Turm hatte selbst einen ‚alten Hasen‘ wie Paul Lobisch an seine Grenzen gebracht.

Nachdem sie die wenigen Stufen hinabgegangen waren, wurden sie trotz der nächtlichen Stunde sofort von Presseleuten umringt, jemand von den Neugierigen auf der Straße mußte die informiert haben. Kameras wurden gezückt, die Blitzlichter blendeten sie ein wenig.

Paul, der den Zeitungsleuten bestens bekannt war, wurde von einem der Reporter direkt angesprochen: „Herr Lobisch, leiten Sie die Ermittlungen? Was ist passiert, ein Mord? Wer ist das Opfer, können Sie uns Näheres sagen?"

Er beendete die Fragerei der Presseleute mit einer Handbewegung. „Meine Damen und Herren, nein, ich leite die Ermittlungen nicht, dafür ist meine Kollegin Linda Barowski zuständig. Weitere Auskünfte werden wir Ihnen heute Nacht nicht geben, es wird morgen im Verlaufe des Nachmittags", er schaute zu Linda hinüber, die zustimmend nickte, „eine Pressemitteilung geben."

Die Reporter nahmen jetzt Linda ins Visier, um von ihr vielleicht doch noch Informationen zu bekommen, aber auch sie verhielt sich abweisend. „Sie bekommen morgen alle Fakten mitgeteilt, soweit die nicht ermittlungsrelevant sind. Und jetzt entschuldigen Sie uns bitte, die Nacht war lang und anstrengend!"

Die beiden Ermittler drängten sich durch die Presseleute und gingen zu ihrem Wagen.

„Hast du morgen, ach nein, heute schon Termine, Paul?" Linda möchte ihren älteren Kollegen wegen dessen umfangreicher Erfahrungen gern mit in ihr Ermittlungsteam einbinden, getreu dem Slogan im Kommissariat ‚Frag doch mal Paul!'.

„Kann ich dir so nicht sagen, Linda, aber ich werde mich auf jeden Fall von allem anderen freischaufeln. Du kannst auf mich zählen, falls nicht noch ein weiterer Mord geschieht, den ich dann übernehmen müsste!"

„Fahren wir?" Linda sehnte sich nach Haus, nach ihrem Bett, wollte zu ihrem Pit.

„Ja, Linda, fahren wir. Ich hoffe, du wirst noch etwas schlafen können."

Kapitel 03 Der ‚Club Elektra‘   Mitte 2016

Humphrey Wenders

Nach einem guten Abschluss der zehnten Klasse der Realschule in Oberneuland und dem Erreichen des Fachabiturs hatte er eine duale Ausbildung zum Hotelfachmann absolviert und in seinem Ausbildungsbetrieb sofort einen guten Job erhalten. Von dieser Zeit an war er im Wesentlichen an der Rezeption des Hauses beschäftigt, immer häufiger wurde er jedoch auch für Assistenten-Tätigkeiten an der Seite des Hotelmanagers herangezogen. Hier bekam er Einblicke in alle Bereiche des Hotels.

Es war an einem Abend im Advent vor etwas vier Jahren, als ihm sein Job als Mitarbeiter des Mittelklassehotels in Bremen sehr negativ ins Bewusstsein rückte. Eigentlich geschah es ganz plötzlich, obwohl es ihm schon viel früher hätte klar werden müssen..

Er hatte häufiger vertretungsweise Dienst an der Rezeption zu leisten, was zumeist in den Abend- und Nachtstunden der Fall war. Dann wurden von ihm, denn er kam aus einem bürgerlichen, christlich orientierten Elternhaus, die vielen männlichen Gäste mit ihren meist zu jungen Begleiterinnen Steine des Anstoßes. Die so genannten honorigen, gutsituierten „Sugardaddys“, die in der Stadt an einem Meeting oder einem Kongress teilnahmen, waren ihm zutiefst zuwider. Sie buchten stets nur Doppelzimmer, bestellten schon bei ihrer Ankunft „Schampus, aber vom Feinsten“ und verführten ihre Gespielinnen, die dann mitten in der Nacht das Haus verließen. Häufig sah er ihre Tränen …

Irgendwann kam er zu der Erkenntnis, dass dies nicht sein Weg war. „Wenn ich schon das Elend dieser jungen Dinger nicht verhindern kann, will ich zumindest das Geld der Kerle haben!", dachte Humphrey und kündigte.

Nur drei Monate später hatte er den „Club Elektra" im beschaulichen Oldenburg übernommen, einen völlig heruntergewirtschafteten drittklassigen Club mit Bordell. Es war für ihn ein großer Schritt in die Selbstständigkeit. Dem zunächst nur vagen, bald aber sich immer weiter verdichtenden Gedanken, seinen relativ gut bezahlten Job als Assistent des Managers aufzugeben und sich im Rotlicht-Milieu zu verwirklichen, waren viele Stunden des Beobachtens, des Nachdenkens und Rechnens gefolgt. Seine Schwäche für liebevolle Frauen und eine größere Erbschaft erleichterten jedoch den Umstieg zum Geschäftsmann in Sachen ‚Liebe‘, seine inzwischen verstorbenen Eltern würden sich allerdings ‚im Grabe umdrehen‘, wie man so zu sagen pflegte.

Seine erste Maßnahme nach der Übernahme war die Totalrenovierung des Hauses. Die Finanzierung konnte er natürlich nur zum Teil aus Eigenmitteln leisten, ortsansässige Banken erkannten jedoch sein Geschäftsmodell als lukrativ an und finanzierten gern den erforderlichen Rest – manchmal half bei der Kreditgewährung auch das Versprechen auf eine Vorzugsbehandlung im Club …

Unmittelbar vor Beginn der Umbau- und Renovierungsarbeiten erfolgte der Austausch des Personals. Die Damen wurden ohne Prämie und ‚Ablöse‘ freigestellt und ließen sich zumeist in dafür bekannten Straßen der Stadt als unabhängige Liebesdienerinnen nieder. Er hatte sich allerdings einen nennenswerten Anteil an ihren künftigen Einnahmen als Entgelt für garantierte Schutzmaßnahmen gesichert. Den Schutz garantierte Bogdan, ein bulliger Rumäne, den er als ‚Inventar‘ beim Kauf des Clubs übernommen hatte; der sorgte auch für die korrekten Abrechnungen mit den Damen.

Bogdan hatte gute Kontakte nach Ost- und Südosteuropa, die Wenders halfen, neues Personal für den Betrieb zu finden, und bereits nach acht Wochen Umbau wurden die ersten Umsätze des neuen Personals mit Kunden realisiert.

Ein Bremer Händler für Getränke, Woitschek und Sohn, wurde für die Belieferung zu besten Konditionen gewonnen. Sein Inhaber, ein Iraker mit hervorragenden Deutschkenntnissen und einer großen Familie, entwickelte fast freundschaftliche Beziehungen zu ihm, dem Neuling in diesem Gewerbe. „Humphrey", sagte er zu ihm, „wir werden dich unterstützen. Wenn du irgendetwas benötigst, sag es mir, meine Jungs machen, was immer du als nötig erachtest! Für Freunde tun wir gern etwas."

Das Betriebsgebäude des Clubs war im Bereich des Hafens angesiedelt, das weibliche Personal mit Ausnahme der beiden fest angestellten Barfrauen wohnte im Haus. Die Ausweisdokumente der Damen hatte er in seinem Safe verwahrt, schließlich war er ein vorsichtiger Mensch! Die Vorsicht erstreckte sich auch auf die Obrigkeit, alle Frauen hatten eine Arbeitserlaubnis und regelmäßigen Kontakt zum Gesundheitsamt.

Die Geschäfte liefen so gut, dass sich Humphrey nach knapp zwei Jahren ein luxuriöses Penthaus in der Bremer Straße leisten konnte, in dem er privat Freunde und Gäste zu rauschenden Partys empfing. Normalerweise waren die Gäste Kunden und hübsche junge Frauen, die jeweils nur wenige Male an seinen Partys teilnahmen, aus der Stadt und ‚Umzu'. Der Alkohol floss reichlich, und die angebotenen Stimmungsaufheller aus den kleinen Plastiktütchen führten zu ausgelassenem Feiern …

Er hatte für den Betrieb seines Clubs eine besondere Geschäftsform entwickelt, die ihn von ähnlichen Unternehmungen unterschied: Die überwiegende Zahl der Besucher waren regelmäßig den Club besuchende ‚Freunde', Clubmitglieder, die einen nicht unerheblichen festen Jahresbeitrag leisteten und als Gegenleistung fast unbegrenzt sein ‚Betriebskapital', die fest ans Haus gebundenen Frauen, nutzen durften – Sonderleistungen waren selbstverständlich extra zu honorieren. Die ebenfalls für ihn ertragreiche Versorgung

29

der Freunde mit ‚Stimmungsaufhellern' sorgte dafür, dass sie ihm gewogen blieben. Sollte einer der gutsituierten Männer die Freundschaft aufkündigen wollen, half im Normalfall ein zarter Hinweis auf diese Stoffe zu weiteren Beitragszahlungen …

Das Personal: Das waren etwa acht bis zehn Frauen im Alter von achtzehn bis etwa fünfunddreißig Jahren, zumeist osteuropäischer Herkunft. Sie taten in seinem Club regelmäßig Dienst, genauer gesagt waren sie seinen ‚Freunden' und ‚gewöhnlichen' Kunden zu Diensten, oft hart am Rande des Anstandes und der Legalität. Nicht alle von ihnen waren dieser Tätigkeit wegen aus ihrer Heimat nach Deutschland gekommen, aber nach der ‚Rekrutierung', die zumeist vom Türsteher Bogdan vorgenommen wurde, der eine ganz besondere Methode des gefügig-machens entwickelt hatte, waren sie voll in den Betrieb integriert. Sie wurden von Wenders als Chef relativ gut behandelt, waren ja sozusagen sein Betriebskapital und er war schließlich ein kultivierter Mensch! Ihre Lizenzabgaben sowie die Clubbeiträge und auch die Schutzgelder der ‚Externen' erlaubten ihm ein gutes, angenehmes Leben, in dem ihn nur seine Arbeitszeiten manchmal etwas störten. Aber wenn er sich gelegentlich ein paar Tage freigegeben und die Leitung des Hauses seinem Bogdan überlassen hatte, konnte er das Leben sehr genießen.

Dank der Verwahrung der Ausweispapiere in seinem Tresor war ihm noch keine der Damen abhandengekommen. Gegen Schwangerschaften und damit Verdienstausfälle wusste er vorzusorgen – ein Arzt unter seinen Stammkunden sorgte dann für Abhilfe, mit oder gegen den Willen der Betroffenen.

Ein weiterer Geschäftszweig wurde die Eröffnung eines Swingerclubs etwas südlich der Stadtgrenze in einem schönen alten Bauernhaus gelegen, das er mit viel Geld dem Zweck entsprechend hatte umbauen lassen. Eine gediegene Atmosphäre, qualifiziertes Personal, großzügige Parkmöglichkeiten und, als Wichtigstes, absolute Diskretion zeichneten die Unternehmung aus.

Nicht in den eigentlichen Zweck dieses Hauses eingeweihten Menschen erschien es als ein vornehmes Speiselokal, dem ein sehr guter Ruf vorausging. Service und Speisen waren von hoher Qualität, die angebotenen Weine und Spirituosen von erstklassigen Herstellern und seinen zuverlässigen Lieferanten.

Dass von den Kunden des Clubs, die überwiegend aus der gutverdienenden Mittel- und Oberschicht der Stadt des weiteren Umlandes entstammten, Dossiers zur weiteren, von Humphrey jedoch noch nicht definierten weiteren Verwendung angelegt wurden, war nur ihm und seinem Geschäftsführer dort, Jago Dimitrowich, bekannt. Auch in diesem Haus galt die ‚Kundenkarte‘ des „Club Elektra", diese für Humphrey sehr nützliche Erfindung. Für Damen in der Begleitung der Stammkunden musste allerdings mangels Clubkarte hier ein kleiner Obolus entrichtet werden, schließlich war es ja kein Bordell, darauf legte man großen Wert.

Seine Freunde aus der Gesellschaft, die ihm ausnahmslos auch sonst geschäftlich sehr verbunden waren, wussten oftmals den Service beider Häuser zu schätzen, und die Begleiterinnen der Freunde wurden durch sie zumeist reichlich beschenkt. Seine Geschäftsidee zahlte sich in jeder Hinsicht aus!

Ein Aspekt seines Erfolges als Geschäftsmann fehlte ihm noch und würde ihn ungeheuer stolz machen: Einer seiner Freunde sollte für ihn bürgen, ihn in die Casino-Gesellschaft einführen, eine Vereinigung vornehmer Bürgerinnen und Bürger der Stadt. Privat war er auf der Suche nach einer belastbaren, dauerhaften Beziehung.

Kapitel 04 Eine ehrenwerte Familie   Januar 2016

Tarik Ben Amir

Ein wirklich honoriger Mann, dieser Tarik. Hochgewachsen, sportlich, mit seinen ungefähr 55 Jahren trug er seinen Namen zu Recht: der Eroberer, Sohn des Befehlenden. Er war sehr stolz auf seine arabische Herkunft, auf seine Sprache und seine Religion. Seine ganze Familie, Vater, Mutter, drei Söhne von 18, 20 und 25 Jahren und die jetzt fünfzehnjährige Tochter Yasmina war vor nun schon zwölf Jahren nach Deutschland gekommen. Die Entbehrungen der langen Flucht, auch damals war die Balkanroute der Weg für Familien aus dem Irak nach Europa, hatten die Menschen hart gemacht, jedenfalls diejenigen, die daran nicht zerbrochen waren. Nach ihrer Ankunft in Deutschland hatten sie einige Jahre in einem Aufnahmelager in Süddeutschland verbringen müssen, dann endlich durften sie mit einer Niederlassungserlaubnis nach Bremen ziehen, wo Angehörige ihres Clans, ihrer Großfamilie schon lange ein Zuhause gefunden hatten.

Der Ehrgeiz des Vaters, schnell in seine neue Heimat integriert zu werden, führte dazu, dass die ganze Familie sehr schnell Sprache, Sitten und Gebräuche erlernte. Die Kinder fanden deutsche und arabisch sprechende Freunde, seine Frau Malika integrierte sich, wie auch er und die Kinder, schnell in ihrer neuen Umgebung. Sie lernten sehr schnell Deutsch, die Kinder in der Schule und die Eltern im täglichen Leben, und passten sich im Lebensstil bald ihren Nachbarn an, ohne ihre Wurzeln und ihre Religion zu verraten.

Tarik, der vor der Flucht in seiner Heimat leitender Angestellter eines irakischen Handelshauses war, fand schon früh einen Job in dem Getränke-Großhandel „Woitschek und Sohn" als Tourdisponent, eine Arbeit, die ihn nicht befriedigte, reichte der Verdienst einschließlich der staatlichen Hilfen für die große Familie gerade zum Leben, zum Überleben. Es waren schwierige Zeiten für die Familie. Kurz nach der Einarbeitung Tariks verstarb der alte Woitschek und er übernahm auf Wunsch der Witwe kurzfristig die wesentlichen Aktivitäten des Verstorbenen, leitete das Handelsunternehmen, ein Job, den er erlernt hatte. Er füllte ihn so gut aus, dass die Witwe ihn schon nach wenigen Monaten fragte: „Tarik, wollt Ihr den Betrieb kaufen? Ich kann das Geschäft nicht führen, Kinder waren bei uns ja leider Fehlanzeige …".

Er brauchte nicht sehr lange, um diesem Vorschlag zuzustimmen, das erforderliche Kapital besorgte der Clan, er hatte inzwischen die deutsche Staatsbürgerschaft erworben. Als Geschäftsführer fand sich ein Cousin, der in Deutschland Betriebswirtschaft studiert hatte und sich sehr gut in den Getränkehandel einarbeitete – seine Nebenbei-Geschäfte interessierten Tarik zunächst nicht.

Genau diese Nebengeschäfte von Cousin Samir sollten aber auch für den Betrieb eine lukrative Angelegenheit werden. Schon bald versorgte er die Clubs und Bordelle im weiten Umkreis um Bremen mit allem, was verboten war – Drogen. Haschisch für viele Shisha-Bars, Heroin und Kokain, auch die ganz harten Sachen wie Speed und Ecstasy. Es war ein hart umkämpfter Markt, in dem sich eine ganze Reihe von Clans unterschiedlicher Nationalitäten tummelte und in den er eindrang, aber seine Jungs und viele Verwandte sorgten dafür, dass er sich gegen diese Konkurrenten durchsetzen konnte. Wichtig war ihm auch, dass sein Name und die Namen seiner Söhne sauber blieben.

Schon nach nur wenigen Jahren in Bremen beherrschte seine Familie den Handel mit Drogen im Nordwesten.

Die Waren bezog die Familie zusammen mit den Wein- und Champagner-Lieferungen aus Spanien, Südfrankreich und Belgien, eine unauffällige Art, Drogen ins Land zu bekommen. In seinem Betrieb erfolgte dann die Konfektionierung zu verbraucherfreundlichen und gut handhabbaren kleinen Portionsbeutelchen, die den Zwischenhändlern wie z.B. bestimmten Bars und Bordellen, aber auch Einzelakteuren für den Verkauf an die Endkunden geliefert wurden.

Die Lieferungen aus dem Getränkemarkt erledigte der jüngste Bruder mit dem Sprinter, dessen Außenseite dezent an mehreren Stellen die rot-weiss-schwarze irakische Flagge zierte, allerdings ohne den in Deutschland unerwünschten arabischen Schriftzug „Allahu Akbar" – Gott ist groß.

Eines der Bordelle in der Kundenliste des Unternehmens war der „Club Elektra" in Oldenburg. Hier waren nicht nur die Wein- und Sektumsätze sehr zu seiner Zufriedenheit, das „Mitglieder-Modell" des Inhabers war nach seiner Meinung nicht nur im Hinblick auf die Kundenfrequenz der Damen und den Alkoholkonsum, sondern auch in Bezug auf den „Stoff-Umsatz" erfolgreich und sollte erweitert werden. Er würde seinen Sohn Ahmad und den Cousin Samir damit beauftragen, ein Konzept zu entwickeln. Sehr interessant war auch der Swingerclub im Süden der Stadt, auch hier wurden regelmäßig gute Geschäfte realisiert, nicht nur mit Champagner!

Kapitel 05 Der Prior   Ende Juli 2017

Erasmus van Delden

Niemand im Club wusste mehr genau, wann der Prior, wie er sich selbst nannte, zum ersten Mal an der Hintertür geklingelt und Einlass begehrt hatte, aber von diesem Zeitpunkt an kam er regelmäßig am letzten Sonntag eines jeden Monats.

Der Mann war ein sehr eigenartiger und eigenwilliger Typ, der zudem die Damen im Club mit besonderen Wünschen an den Rand ihrer Leistungswilligkeit brachte. Er war etwa vierzig Jahre alt und von hagerer, asketischer Figur. Seine Haare waren zur Tonsur geschnitten, weshalb er in der Öffentlichkeit immer mit einer Mönchskutte und hochgeschlagener Kapuze unterwegs war. Er ließ sich mit „Hochwürdigster Herr Prälat" anreden und schien ein religiöser Spinner zu sein, von dem niemand erfuhr, wer er tatsächlich war.

Da er seinen bürgerlichen Namen nicht nannte, konnte er natürlich auch nicht ‚reguläres' Mitglied des Clubs werden, aber er war wegen des guten Umsatzes trotzdem ein gern gesehener Gast.

An diesem sehr warmen Sonntagabend klingelte er, wie schon erwartet, gegen Mitternacht am hinteren Eingang, denn niemand von den ‚normalen' Kunden sollte ihn sehen – er sagte immer zu sich selbst, dass ein Mann in seiner Position sonst die Kirche in Schwierigkeiten bringen könnte, und das wolle er nicht.

Paola, eine wohlproportionierte Latina, die zu den ersten von Wenders nach der Übernahme angeheuerten Mitarbeiterinnen gehörte und sich, wie einige andere Kolleginnen auch, um die ‚Special Guests‘, die Kunden mit sehr speziellen Vorlieben kümmerte, öffnete: „Ich grüße Sie, hochwürdigster Herr Prälat und bin gern zu Ihren Diensten!"

Dieses Begrüßungsritual, bei dem sie dem Mann einen Gutteil ihres Oberkörpers, den er wohlwollend mit den Worten „Mein Kind, du sollst mir ein Segen sein" tätschelte, hatte sich schon seit dem zweiten Besuch des sonderbaren Kunden so etabliert. Paola nahm seine rechte Hand, auch das gehörte zum Ritual, legte sie auf ihre Herzgegend. So gingen beide in ein Zimmer des Hauses im Erdgeschoß, das sogenannte Studio, das für die vom Prior und ähnlichen Kunden gewünschten Praktiken reserviert war. Was in diesem Raum geschah, wurde sowohl von den Kunden als auch den Damen diskret verschwiegen, allerdings war hier der Genuss von ‚verbotenen‘ Stoffen durchaus erwünscht, die Clubleitung erfreute sich am guten Umsatz.

Der Prior blieb immer bis zur Morgendämmerung im Haus, auch wenn Paola den Raum bereits nach etwa zwei Stunden verließ und sich in ihr Privatzimmer zurückzog, um sich anderen Kunden zu widmen, die keine Spezialbehandlung wünschten. Beim ersten Sonnenstrahl, der durch ein kleines Fenster an der Ostseite des Raumes fiel, ging er wieder durch den Hintereingang, niemand folgte ihm, wozu auch …

Der Mann verbarg sich nicht in der Öffentlichkeit, viele Menschen hatten ihn in seinem weißen Habit mit dem geflochtenen Ledergürtel, dem ebenfalls weißen Skapulier und der von ihm stets übergestülpten Kapuze gesehen, manchmal trug er dazu auch einen schwarzen Radmantel. Er war stets höflich und freundlich, saß häufig in Gebete vertieft in einer vorderen Bankreihe von St. Peter und ging gegen Abend in sein Zuhause, von dem niemand wusste, wo es zu finden war – ein geheimnisvoller Mensch.

Er schien keine Freunde zu haben, ortsansässigen Geistlichen war er unbekannt, auf Fragen zu seiner Person schwieg er beharrlich und wie er seinen Lebensunterhalt bestritt, wusste ebenfalls niemand. Erstaunlich war jedoch, dass er sich die sehr teuren Clubaufenthalte leisten konnte.

„Woher stammen der Liebeslohn und das Geld für die ‚Nebenkosten'", fragte sich Humphrey Wenders oftmals, obwohl es ihm eigentlich gleichgültig war, „sein Name Erasmus van Delden scheint niederländischen Ursprungs, ist dies sein wirklicher Name?"

Kapitel 06 Erfahrung eines Polizisten März 2019

Gerold Fasner

Hauptkommissar Gerold Fasner, 55 Jahre alt, Leiter der Ermittlungsgruppe „Drogen und Prostitution", hatte seinen vorherigen Job als Leiter der Mordkommission im letzten Jahr an die junge Kommissarin Linda Barowski übergeben, die diese Position erstaunlich gut ausfüllte – er selbst wollte sich zum Ende seiner Dienstzeit noch einmal auf einem anderen ‚kriminellen' Gebiet beweisen!

Seit fast zwei Jahren hatte er nun seinen neuen Dienstposten, auf dem er sich – rein kriminalistisch betrachtet – sehr wohl fühlte. Die Zusammenarbeit mit seiner Truppe, wie er immer zu sagen pflegte, war hervorragend. Die Kolleginnen und Kollegen kannten sich in den verschiedenen Szenen sehr gut aus, ließen ihn teilhaben an ihren Erfahrungen, sodass sie auch unter seiner Leitung weiterhin gute Erfolge auf allen Gebieten vorweisen konnten.

Wesentlicher Teil seiner Aufgaben war die Bekämpfung der Drogenkriminalität, gemeinsam mit den Kolleginnen und Kollegen. Hier sah er sich noch stärker als bei der Prostitution gefordert, ging es hier um wesentlich größere Geldbeträge, Gefährdungen auch von Jugendlichen, häufig auch um Gewalt.

Etwas weniger problematisch als bei den Drogen war die Situation in der Prostitution, aber hier überschnitten sich die Problemstellungen! Es gab nicht viele Clubs und Bordelle in ihrem Zuständigkeitsbereich, die konzentrierte Ermittlungsarbeit möglich machten, denn viele selbstständige Liebesdienerinnen nicht nur in einer Straße, sondern über das ganze Stadtgebiet verteilt entzogen sich natürlich polizeilichen Kontrollen, und hier relevante Ergebnisse bei Anzeigen und Straftaten zu erzielen, war nicht einfach. Oft war nur dank des ‚Kollegen Zufall' ein kleiner Erfolg möglich, die Herren und Damen der Branche waren sehr gut vernetzt. Dennoch: Durch sorgfältige Recherchen konnte man den schwarzen Schafen der Branche durchaus auf die Schliche kommen, war Fasners Meinung!

Er gestand sich ein, dass es sein erster, wenn auch dienstlich begründeter Besuch in einem derartigen Etablissement war. Als Leiter der Ermittlungsgruppe hielt er es jedoch für seine Pflicht, sich dort einmal umzusehen, rein platonisch selbstverständlich. Er hatte nicht die Absicht, die Dienste der dort arbeitenden Damen in Anspruch zu nehmen. Ein formales Auftreten als Polizist schied jedoch aus, denn es lagen keine Hinweise auf unerlaubte Aktivitäten dort vor und natürlich war er niemandem über seine privaten Unternehmungen Rechenschaft schuldig.

An diesem Samstagabend stand dieser besondere ‚Besuch' auf seinem Programm, ein solches Haus hatte er in seinem ganzen Leben bisher nicht besucht. Sein junger Kollege Will Porter hingegen hatte schon Erfahrungen im „Club Elektra" gesammelt, kannte sich aus, wie er seinem Chef einmal hinter vorgehaltener Hand sagte: „Die Mädels sind einfach klasse!".

Will war ein ziemlich introvertierter junger Mann von etwa dreißig Jahren, stets korrekt gekleidet und sehr formal in seinem Umgang mit anderen Menschen. In der Abteilung war es die Recherche per Computer, polizeiintern und auch im Netz, die er aus dem FF beherrschte. Mit Kontakten zu seinen Kollegen, besonders aber zu Kolleginnen tat er sich schwer, und vor festen Bindungen schien er sogar in gewisser Weise Angst zu haben.

Von Wills Privatleben war in der Abteilung wenig, eigentlich nichts bekannt. Er wohnte allein, sein Leben spielte sich gemeinhin im Amt ab, wie er immer zu sagen pflegte. Hin und wieder bekam er Besuch von Freunden, die ihm teilweise seit der Schulzeit verbunden waren und manchmal, aber ganz, ganz selten, schaute auch eine Kollegin oder ein Kollege herein, um mit ihm ein Stündchen zu plaudern. Sein liebstes Hobby war der alte 911er Porsche, den er hegte und pflegte und an Wochenenden für kleine und größere Trips nützte. Nach Feierabend ging er selten aus dem Haus, man hätte ihn als Eigenbrötler bezeichnen können, umso erstaunlicher war es für Fasner, dass ausgerechnet Will sich selbst als Fachmann für den Club empfohlen hatte.

Der Kommissar und sein Mitarbeiter trafen sich am historischen Kran am Stau, von hier aus war es nicht weit bis zu ihrem „Einsatzort". Es war etwa 22 Uhr, als sie dort eintrafen, schon von Weitem war die rote Leuchtreklame des Clubs zu sehen. Fasner verspürte ein Grummeln in seiner Magengegend – dann aber gewann sein Pflichtbewusstsein die Oberhand über seine Nervosität: „Komm, Will, packen wir es an!"

Beim Näherkommen registrierte er das Fehlen der Buchstaben „e" und „k", die nur ganz leicht schimmerten, was den Namen zu „El..tra" verfremdete … Sie betraten den Club und wurden im sparsam beleuchteten Eingangsbereich von einem sehr freundlichen jungen Mann im dunklen Anzug empfangen: „Willkommen im Club Elektra! Ich wünsche Ihnen eine angenehme Zeit bei uns! Darf ich Sie auf einen Drink an der Bar einladen?"

Er durfte, alle Drei gingen durch einen schweren roten Samtvorhang, nach dem sie ihre Wetterjacken abgelegt hatten und betraten das Foyer. Hier befand sich die sehr edel wirkende Bar, hinter der eine knapp bekleidete, wohl proportionierte junge Frau agierte. Schwere Polstermöbel waren in kleinen Sitzgruppen um kleine Mahagonitische angeordnet, in denen zu dieser ‚frühen' Abendstunde nur wenige Gäste saßen. An der Bar hielten sich auf Hockern fünf, sechs knapp bekleidete zumeist junge Frauen unterschiedlichsten Typs auf, von denen zwei auf die Neuankömmlinge zukamen. Eine davon, eine sportlich wirkende Blondine, ging sofort zu Will:

„Schön, dich wieder einmal zu sehen, Will, wir haben dich schon vermisst!"

Eine etwas rundlichere Mitarbeiterin mit netten Grübchen im Gesicht, ebenfalls noch ziemlich jung, so etwa 25 Jahre alt, schätzte er, steuerte auf Fasner zu.

„Hallo, ich bin Jeanette. Wie darf ich dich anreden?"

Ihre Stimme passte nicht so recht zu ihrem Namen, hatte vielmehr einen osteuropäischen Klang. Sie hakte sich bei ihm unter, ohne seine Antwort abzuwarten.

„Kommst du mit mir an die Bar? Ich würde gern ein Glas Sekt trinken. Unser Chef hat euch bestimmt zu einem Begrüßungsdrink eingeladen!"
„Hallo, Jeanette, ich bin Gerold. OK, lass uns gemeinsam einen Schluck trinken", stimmte er zu. Gemeinsam nahmen sie an der Bar Platz.
„Dörte, einen Prosecco für mich! Und was darf sie dir bringen?"
„Ich nehme einen Scotch ohne Eis bitte!"

Die Getränke kamen sofort, Jeanette trank ziemlich schnell: „Wollen wir uns eine Sitzgruppe nehmen, oder möchtest du gleich mit mir auf mein Zimmer?"

Der Barraum war noch ziemlich leer, nur drei Pärchen saßen mehr oder weniger intim in den Sitzgruppen. Gedämpftes Licht, leise Musik, Gekicher der Mädchen, Klingen von Gläsern – es war eine anregende Atmosphäre.

„Lass uns noch ein wenig bleiben, ich bin noch etwas vom Tag erschöpft und dafür noch nicht gut genug aufgelegt; ich möchte erstmal nur ein wenig entspannen." Er hatte nicht vor, mit der Frau ein Schäferstündchen zu verbringen, schließlich war er im Dienst! Trotzdem, die auf erotische Wirkung gestylte Umgebung verfehlte auch bei ihm, dem eingefleischten Junggesellen, nicht völlig ihre Wirkung. Sein Kollege Will dachte in der Beziehung völlig anders, er war der schönen Frauen wegen hier und schon längst mit einem der Mädchen verschwunden.

„In Ordnung, das macht nichts, komm, wir setzen uns dort hinten in die Sessel, da sind wir ziemlich ungestört. Für deine Entspannung bin ich DIE Spezialistin!"

Die Sitzgruppe, in der Fasner und seine Begleiterin die kommende halbe Stunde verbrachten, lag im hinteren Bereich des Barraumes, nahe am Durchgang zu den ‚Gästezimmern'.

„Komm, Gerry", sprach sie ihn mit einem ihr besser als ‚Gerold' erscheinenden Namen an, „trink noch einen Schluck, du bist ja völlig verspannt."

Mit diesen Worten trat sie hinter seinen Sessel, massierte ihm sanft und zugleich intensiv den Nackenbereich – ein wohliges Gefühl durchflutete seinen Körper. Jeanette nickte ihrer Kollegin hinter der Bar zu, die sofort einen weiteren Scotch brachte.

Jeanette begann jetzt mit ihrem schon so häufig angewendeten Programm, zarte Berührungen, Umarmungen, sanftes Streicheln – Fasner, durch den wenigen Alkohol anscheinend bereits sensibilisiert für ihre Aktivitäten, wurde von ihr widerspruchslos sanft in ihr Appartement ‚entführt'. Er registrierte, dass von Will schon lange nichts mehr zu hören oder zu sehen war.

Durch den Vorhang hinter ihnen führte sie ihren neuen Kunden zu ihrem Appartement. Die Wände in dem schmalen Treppenaufgang waren mit rotem Plüschsamt bespannt, er fühlte sich in einen Film mit Humphrey Bogart versetzt, wie hieß nochmal der Titel? Es ging hinauf zu einem ebenso gestalteten Flur, von dem, genau konnte er es in dem Schummerlicht nicht erkennen, acht oder zehn Türen zu den einzelnen Arbeitszimmern der ‚Damen' gingen. Der Boden hier war wie die Treppe mit einem blauen, schon etwas gealterten Velourteppichboden ausgelegt, der schon deutliche Laufspuren aufwies, hier oben ähnlich einem Ast mit Abzweigungen zu den Zimmereingängen. Der zweite Eingang links führte zu Jeanette („Wie alt mag sie eigentlich sein", fragte er sich).

Weit heruntergedimmtes Licht, leise sphärische Musik und der Alkohol taten ihre Wirkung, ließen anscheinend den eigentlich so prinzipientreuen Mann dahinschmelzen – er schien einigermaßen willenlos geworden zu sein. Die erotische Atmosphäre machte durchaus Eindruck auf ihn, der noch niemals in einer derartigen Situation gewesen war. „Gerry, komm!", gurrte die attraktive Jeanette und rekelte sich auf ihrem breiten Bett, „leg ab, was immer dich bedrückt."

„Jetzt ist sie auch noch Seelenheilerin", dachte Fasner. Er versuchte, ein Kribbeln in der Lendengegend zu unterdrücken und setzte sich auf einen der beiden im Zimmer befindlichen Plüschsessel. „Langsam, junge Frau, langsam!"

Sie verließ ihre Spielwiese und kam zu ihm, jetzt noch knapper bekleidet. Ihre Figur war trotz (oder wegen) ihres ‚Berufes' makellos, wie ihm schien - die Beleuchtung tat ein Übriges.

„Magst du mich nicht, Gerry?"

„Doch, doch, du bist sehr süß, Jeanette. Ich habe nur einen sehr schlechten Tag heute, es war alles zu stressig, ich glaube, mit uns wird das heute nichts!"

„Soll ich dir etwas zur Motivierung geben? Ich habe da ein wunderbares Geheimmittel, wirkt immer und bei jedem Formtief!" „Und was soll das für ein Mittelchen sein?"

„Du kannst es pur nehmen oder in einem Schluck Whisky, ganz wie du willst, oder auch einatmen. Ich verspreche dir, es wirkt Wunder!"

„Kostet das extra?"

„Ja, sicher, du weißt doch, hundert für mich und dazu fünfzig für den Kick."

„Darf ich mal sehen?"

„Du bist aber neugierig, aber in Ordnung, weil du mir so gut gefällst, Gerry, und weil ich gern mit dir ins Bett will." Sie ging an ein kleines Schränkchen und nahm ein Tütchen heraus: „Hier, siehst du, das ist meine Geheimwaffe für müde Männer." Er nahm das Plastiktütchen in die Hand: „Ist das Koks?"

„Ich habe keine Ahnung, wie es heißt, aber ich weiß genau, wie es auf Männer wirkt. Also, wollen wir? Es dauert nur wenige Minuten, wenn du es einatmest! Du wirst dein blaues Wunder erleben, Gerry, und ich auch. Ich freue mich schon auf dich …!"
Sie setzte sich auf seinen Schoß, umfasste ihn mit einem Arm und begann, sein Hemd zu öffnen. Er wehrte sie sanft ab, soweit ihm das in diesem Augenblick möglich war:

„Jeanette, heute wirklich nicht, ich hätte nicht herkommen sollen, ich gehe jetzt wieder nach unten und warte dort auf meinen Kumpel. Wo ist der überhaupt geblieben?" Er schloss die wenigen von ihr bereits geöffneten Hemdenknöpfe, strich ihr kurz über den Kopf und verließ den Raum, ging durch den Flur und die Treppe hinab, nachdem er zwei 50-Euro-Noten auf das Tischchen neben der Tür gelegt hatte. Was er erfahren wollte, hatte ihm Jeanette gesagt.

Im Barraum setzte er sich wieder in einen der Sessel, wartete auf Will, der nach etwa dreißig Minuten mit gerötetem Gesicht endlich erschien.

„Hast du?", wurde er von Fasner gefragt.

„Ja, sicher, wozu war ich denn sonst hier? Du etwa nicht?"

„Nein," war die geflüsterte Antwort, „ich bin schließlich dienstlich hier."

Will schüttelte den Kopf: „Muss ich so etwas verstehen? Bist du schon SO alt? Ich glaube es nicht, geht ins Bordell und macht es nicht!"

„Denk, was du willst, Kollege. Ich habe jedenfalls eine interessante Feststellung gemacht, erzähle ich dir draußen."

Sie zahlten die Rechnung an der Bar, wendeten sich zum Ausgang. Im Durchgang stand der smarte junge Mann von vorhin: „Hat es Ihnen gefallen, Will, Herr Kommissar? Beehren Sie uns bald wieder."

Sie gingen langsam in die kühl gewordene Nacht hinaus, hingen ihren Gedanken nach. Die verbliebenen Leuchtbuchstaben leuchteten hinter ihnen: „Woher wusste dieser Mensch, dass ich Polizist bin?"

Durch den Besuch im Club hatte er eine wichtige dienstliche Erfahrung gemacht, denn es gab dort auf jeden Fall Rauschmittel. Ob nur für die Kunden oder auch als Handelsware, das wollte er kurzfristig herausfinden.

Am Tag danach bat er seine Truppe zur Besprechung. Einziges Thema war „Überprüfung des ‚Club Elektra' auf Rauschgifte. Die Staatsanwaltschaft, die das Etablissement schon länger auf dem Schirm hatte als möglichen Umschlagplatz für Drogen und auch für den Handel mit Frauen aus Osteuropa, hatte für eine Razzia dort grünes Licht gegeben.

Die ganze Aktion wurde für den übernächsten Samstag um 23 Uhr geplant. Die neun Angehörigen der Ermittlungsgruppe würden verstärkt durch Kollegen und Kolleginnen aus anderen Ressorts, dazu sollten auch noch Drogenspürhunde des LKA aus Hannover kommen.

In der Zeit bis dahin bereitete Fasner akribisch die Aktion vor, gemeinsam mit Will Porter und Claudia Mansholt. Will und er hatten durch ihren Besuch im Club eine gute Vorstellung von den Räumlichkeiten, Will als Stammgast noch besser als er. Claudia hatte früher einmal in einem bürgerlichen Lokal als Barfrau gearbeitet, wie sie sagte, und kannte sich in dieser Beziehung gut aus. In einer Video-Konferenz mit Staatsanwalt und LKA wurden die Details festgelegt, Standorte bestimmt, Einzelaufgaben definiert, der Einsatz der Hunde organisiert.

Am Tag „X" kam die ganze Einsatzgruppe am Vormittag zu einem letzten Brainstorming zusammen. Die Wartezeit bis zum Einsatz strapazierte bei allen Beteiligten die Nerven …

Die Existenz von Drogen im Club, zumindest bei den Damen, war Gerold durch seinen Besuch bekannt, allerdings hatte ihm sein Mitarbeiter Will diesen Fakt nicht bestätigt. Dennoch, er war überzeugt, diesen Drogensumpf heute ausrotten zu können. So jedenfalls war der Plan.

Um exakt 23 Uhr fuhren die Wagen der Polizei und des LKA beim Club vor. In Windeseile hatten die Frauen und Männer die Fahrzeuge verlassen, sicherten den Eingang an der Straßenecke und besetzten den im Hinterhof, in dem sich zu dieser Zeit mehrere Fahrzeuge, anscheinend von Kunden, befanden.

Er öffnete die Eingangstür, der bullige, mit einem Smoking und Fliege ‚verkleidete' Türsteher blickte verwundert auf die blinkenden Lichter der Einsatzfahrzeuge und die Polizisten, versuchte, einen Alarmknopf an der Innenseite des Türrahmens zu betätigen.

„Lassen Sie das", fauchte ihn Gerold an, „dies ist eine Polizeiaktion! Sie gehen mit meinem Kollegen sofort hinüber in eines der Fahrzeuge. Dort werden Sie warten." Er wartete, bis der Mann mit dem Beamten gegangen war, dann schob er den roten Samt zum

Barraum zur Seite und trat ein. Der smarte Typ, den er schon bei seinem ‚Probebesuch' kennengelernt hatte, trat ihm entgegen:

„Hallo, Herr Kommissar, da sind Sie ja wieder. Schön, dass es Ihnen bei uns so gut gefällt!"

„Es tut mir leid, ich bin dienstlich hier, wie auch bei meinem ersten Besuch", entgegnete er seinem Gegenüber, „hier ist ein Durchsuchungsbeschluss wegen des Verdachts auf Drogenmissbrauch und Handel mit verbotenen Stoffen, sehen Sie?"

Er hielt ihm das Papier entgegen: „Wenn Sie sich jetzt bitte ausweisen würden?" Der smarte Herr erklärte sich als „Humphrey Wenders", Besitzer und Geschäftsführer des Etablissements.

Inzwischen bevölkerten die an der Razzia beteiligten Beamten den Raum, stürmten die Treppe zu den Räumen der Damen hinauf, öffneten die Türen der Appartements, aus denen vielfaches Schreien der Frauen und energisches Brüllen und Schimpfen ihrer Kunden herunterdrang.

Die Beamten waren angewiesen worden, alle angetroffenen Personen unmittelbar in den Barraum zu bitten, damit die Serviceräume untersucht werden konnten, was auch Aufgabe der Drogenspürhunde war. Hier im Kontaktbereich wurden die Personalien aller Angestellten, der freien Mitarbeiterinnen und der Gäste festgestellt, was energische Proteste insbesondere der Herren, hervorrief. Worte wie „Sie werden von meinem Anwalt hören", „Eine Unverschämtheit" oder auch „Bullenschweine" ließen den Kommissar kalt, ihm ging es um die Drogen.

„Meine Damen und Herren, nachdem Sie sich ausgewiesen haben und auf den Besitz von Drogen überprüft wurden, können Sie selbstverständlich das Haus verlassen. Die Mitarbeiterinnen, die Mitarbeiter und der Geschäftsführer bleiben bitte hier."

Nach etwa zehn Minuten rief einer der Hundeführer aus dem Servicebereich herunter: „Chef, der Hund hat etwas gewittert!"

Fasner ging den ihm von seinem Testbesuch schon bekannten Weg die Treppe hinauf. Ausgerechnet aus dem Zimmer ‚seiner' Jeanette kam der Ruf des Beamten. Er ging hinein, der Hund stand vor dem kleinen Schrank, aus dem sie das Tütchen mit ihrem angeblichen Wundermittel genommen hatte und gab noch einmal Laut.

„Die Frau soll heraufkommen!", wies Gerold seinen Kollegen an, der den Namen „Jeanette" laut in den Gang hineinrief.

Jeanette kam sofort, froh, sich nicht länger im Barraum in dem Gedränge von Kolleginnen und Polizisten aufhalten zu müssen: „Was ist, wie kann ich helfen? Ach, du bist es, Gerry, hast du es dir noch mal anders überlegt?"

Konsterniert antwortete er auf diese Fragen: „Jeanette, Sie verkennen die Situation! Der Drogenhund hat in dem Schrank etwas gewittert. Er hat eine sehr, sehr feine Nase für so etwas. Also bitte, öffnen Sie den Schrank, sonst müssen wir es tun."

Sie sah ihn lächelnd mit einem Augenaufschlag an: „Aber das mache ich doch gern für dich, Gerry!" Dann nahm sie einen Schlüssel aus ihrer Handtasche und schloss die Tür des Schrankes auf.

„Bitte sehr, Herr Hund, extra für dich!" Die Ironie in ihrer Stimme war jetzt unverkennbar – der Schrank war leer, der Beagle schnupperte noch einmal, drehte sich Lob erheischend zu seinem Herrn um, der dem Hund ein Leckerli gab und zu Gerold gewandt sagte: „Wir sind dann hier wohl überflüssig, Chef, oder?" Damit gingen beide weiter in einen der anderen noch zu überprüfenden Räume.

„Gerry, hast du jetzt frei? Dann können wir doch da weitermachen, wo wir damals aufgehört haben!?" Sie grinste ihn jetzt ganz unverhohlen, überlegen an: „Keine Zeit? Ich verstehe, die Kollegen! Kommst du nochmal wieder? Ich würde mich freuen, du weißt doch, hundert für mich und fünfzig für Sonderleistungen!"

Gerold Fasner sah sie mit einem langen, nachdenklichen Blick an. Dann verließ er wortlos den Raum, ging wieder hinunter zum Team und zu den anderen Personen im Barraum.

Die Überprüfung der Privat- und Geschäftsräume des Clubs blieb ohne verwertbares Ergebnis, war ein totaler Misserfolg. Keine Drogen, nur Hinweise auf die Vermutung, dass dort einmal Drogen gewesen sein könnten, wie er konstatierte. „Hatte jemand einen Tipp wegen der Razzia gegeben?" Er vermutete es, denn kein Hinweis darauf war bisher zu erkennen, der ganze Laden total sauber – irgendetwas war im Vorfeld schiefgelaufen!

„Aktion beenden und abrücken!" waren die letzten Anweisungen, die er in dieser Nacht gab. Humphrey Wenders sah ihm lächelnd nach, als sein Widersacher in den Polizeiwagen stieg: „Beehren Sie uns bald wieder, Herr Kommissar, privat, versteht sich!"

Kapitel 07 Die zweite Razzia   Ende Juni 2019

Gerold Fasner

Er fühlte sich nach den Rückschlägen gegen den Club und damit gegen die Drogenszene einfach schlecht. Im Büro grübelte er oftmals über seinen Unterlagen, starrte teilnahmslos auf seinen Computer, dachte immer häufiger daran, ob seine Entscheidung, das Metier zu wechseln, die Richtige gewesen war.

Zu Hause fühlte er sich ebenso leer wie zurzeit im Büro, wenn nicht Buddy gewesen wäre. Buddy war ein inzwischen fast zehn Jahre alter Berner Sennenhund, der ihm treu ergeben war. Er hatte seine statistische Lebenserwartung von acht Jahren längst überschritten, war als ehemaliger Fährtenhund nach sechs Jahren Dienstzeit ‚pensioniert' worden und lebte seitdem bei Gerold. Die allabendlichen Spaziergänge von Herr und Hund waren ein Ritual, das beide immer sehr genossen, nach Feierabend waren sie unzertrennlich.

Die Razzia gegen den Club im April war zwar ein Schlag ins Leere gewesen, hatte aber die Verdachtsmomente noch lange nicht entkräftet. Häufig wurden in seinem Umfeld und dem des Personals Konsumenten und Kleindealer festgenommen, eine direkte Verbindung konnte jedoch noch niemals nachgewiesen werden, und die Kunden des Hauses waren aus verständlichen Gründen sehr schweigsam bei diesem Thema.

Jetzt hatten sie einen Tipp bekommen, die Frauen und Männer der Ermittlungsgruppe „Drogen und Prostitution" – im „Club Elektra" sollten am nächsten Mittwoch Rauschmittel in erheblichem

Umfang eintreffen. Der Informant blieb für die Fahnder anonym, war dem Staatsanwalt jedoch als zuverlässig bekannt, die detaillierten Hinweise schienen sehr glaubhaft zu sein. Die Frauen und Männer in Fasners Büro waren alarmiert, dieses Mal musste es einfach klappen!

Bereits mehrere Tage vor dem Termin wurden mit Sicht auf den Club sowie auf den Hof des Gebäudes in benachbarten Gebäuden jeweils eine Überwachungskamera installiert, die mit dem Drogendezernat verbunden und rund um die Uhr besetzt waren. Diese mit dem LKA und der Staatsanwaltschaft abgestimmte Maßnahme sollte das Einsatzteam vor zeitlichen Überraschungen bewahren. Das LKA erwartete aufgrund der Informationen des Tippgebers einen deutlichen Erfolg im Kampf gegen die Drogenkriminalität in Oldenburg, ja in ganz Nordwest-Niedersachsen und bereitete die Gestellung von Spürhunden vor.

Der Einsatz der Drogenfahnder wurde exakt geplant, jetzt sollte endlich der große Schlag gegen diese Facette der Kriminalität gelingen!
Der Termin schien zu stimmen: An diesem Tag war der Club zum Erstaunen der potenziellen Kunden nicht geöffnet, ein Schild mit dem Text „Wegen Familienfeier geschlossen" hing unübersehbar an der Tür. Im Hof parkte nur der Wagen des Geschäftsführers und ein dunkelgrauer SUV mit einem HB-Kennzeichen, der einem dortigen Barbesitzer gehörte und der der Polizei bisher nur durch kleinere Gesetzesverstöße bekannt geworden war.

Alle waren auf Position. Beamte in Zivil, Frauen und Männer, flanierten teils einzeln, teils auch wie Liebespaare unauffällig am Ufer des Hafens nur wenige Schritte vom Zielobjekt entfernt, Fahrzeuge mit Kennzeichen aus mehreren Städten parkten unauffällig in Rufnähe zum Club an den Straßenrändern. Der Informant hatte 23 Uhr als Zeitpunkt für das Treffen zwischen Lieferanten und Kunden genannt.

Fasner hatte die Leitung der Aktion. Um 23:10 Uhr wurde ihm die Ankunft eines grauen Sprinters gemeldet, der sich langsam aus Richtung Innenstadt näherte und dann in den Hof des Clubs fuhr. Mehrere Personen stiegen aus, durch die anschließend geöffnete hintere Ladetür des Wagens wurden mehrere Partien Kisten ausgeladen und ins Haus getragen.

„Zugriff!", befahl Fasner. Beamte stürmten in den Hof des Clubs und durch den geöffneten Hintereingang in das Gebäude. Jetzt ging alles sehr schnell. Die Männer aus dem Sprinter schienen nicht besonders verwundert, stoppten sofort ihre Entladetätigkeiten, Ladelisten und Personalien wurden überprüft. Ein Spürhund untersuche den Laderaum und die Fahrerkabine des Sprinters – ohne Ergebnis. Kontrolliert wurden auch die entladenen Kartons, in denen die Polizei das Rauschgift vermutete – Fehlanzeige, keine Spur von verbotenen Stoffen. Sie enthielten ausschließlich Weine, Spirituosen und Champagner.

Im Hintereingang des Clubs erschien Humphrey Wenders, wie immer im ‚feinen Zwirn'.

„Herr Kommissar, es tut mir schrecklich leid, dass Sie anscheinend einer Fehlinformation aufgesessen sind, bei uns gibt es keine Drogen, das wissen sie doch schon aus der ersten Aktion! Wir haben heute so etwas wie eine Familienfeier und deshalb geschlossen. Wollen Sie wissen, was wir feiern? Ich sage es Ihnen sehr gern: Ihre kleine Jeanette verlobt sich! Wollen Sie nicht hereinkommen, ihr gratulieren, ein wenig mitfeiern?"

Er grinste ihn unverschämt an, seine Ironie war unbeschreiblich.

Der Kommissar wandte sich um. Im Weggehen warf er ihm noch die Worte „Herr Wenders, es wird der Tag kommen, an dem wir Ihnen Ihr schmutziges Handwerk legen, Sie können sich darauf verlassen!" zu und ging zu den Fahrzeugen.

„Dieses Schwein, mich so vor meiner ganzen Truppe bloßzustellen. Dich kriege ich noch, warte nur ab", dachte er und überlegte zugleich, wie er seinen Kolleginnen und Kollegen seinen damaligen Besuch, gemeinsam mit Will, erklären sollte. Noch eines ging ihm durch den Sinn: „Sollte es in meiner Abteilung wirklich einen Maulwurf geben, der an Wenders den Tipp gegeben hatte, wann der Einsatz stattfinden sollte? Wir müssen es überprüfen!"

„Aktion beenden", befahl Fasner enttäuscht seinen Leuten, „abrücken!"

Die Vermutung, dass es einen Maulwurf im Präsidium geben könnte, beschäftigte ihn nach seiner Rückkehr ins Büro, wo er noch bis weit nach Mitternacht seinen Bericht über den fehlgeschlagenen Einsatz schrieb. Sie beschäftigte ihn auf dem Weg zu seinem kleinen, von den Eltern geerbtes Einfamilienhaus. Sie quälte ihn in der Nacht und am frühen Morgen nach nur kurzem Schlaf. Wer könnte dieser Maulwurf sein?

Nach einem schnellen Kaffee nahm er seinen ihm treu ergebenen Hund. „Komm, Buddy, es ist Zeit für einen Rundgang!" Dankbare Hundeaugen sahen ihn an, er hatte das Gefühl, dass das Tier seinen Seelenzustand genau erkannt hatte und ihm Trost in einer schwierigen Lage sagen wollte.

„Ja, Junge, du hast recht, ich habe Sorgen, aber leider kannst du mir nicht helfen, sie zu vertreiben." Sie kamen am Bäckerladen um die Ecke an. „Sitz! Warte!" Buddy setzte sich, sah ihm nach, bis er im Laden verschwunden war und legte sich hin.

„Komm, wir gehen frühstücken, mein einziger wahrer Freund!" Der sah ihn mit seinen großen braunen Augen an und trottete mit ihm nach Haus.

Kapitel 08   **Geschäfte, Geschäfte**   **Im Juli 2019**

Ahmad ben Tarik

Der junge Wilde, wie ihn sein Vater Tarik oftmals zu nennen pflegte, war gut im Geschäft. Wie vom Abu, vom Vater, angeordnet, beherrschte er gemeinsam mit seinem Cousin nach vielen Auseinandersetzungen mit Konkurrenten aus anderen Familien inzwischen den Handel mit Rauschgiften und ähnlichen Substanzen im ganzen Bereich Weser-Ems.

Mit den Konkurrenten aus Libanon, Syrien und der Türkei hatte man Arrangements getroffen, nach langen, teilweise handfesten Auseinandersetzungen, bei denen es durchaus auch Blessuren gegeben hatte.

Der Getränkehandel seines Vaters in Bremen war der zentrale Anlaufplatz für die Belieferung der Kunden im Nordwesten. Die Fahrzeuge, inzwischen war die Auslieferungsflotte für Getränke auf fast zwanzig Fahrzeuge angewachsen, waren mit Fahrern besetzt, die aus braven deutschen Verhältnissen stammten − niemand von denen sollte einen Verdacht auf Drogenhandel und -Lieferung erregen.

„Abnay, meine Söhne", sagte Abu Tarik, denn alle drei arbeiteten im Geschäft aktiv mit, „wir müssen zu jeder Stunde an jedem Tag sehr aufmerksam sein. Polizei und unsere ‚Freunde' sind ständig auf der Lauer, uns unser schönes Geschäft zu vermiesen!" Er ermahnte seine Söhne ständig, um derartigen Problemen vorzubeugen.

„Abana, sei unbesorgt, wir haben alles im Griff", antworteten sie zumeist unisono, „wir sind sehr vorsichtig!"

Gerold Fasner, aber davon wusste die Familie des Tarik ben Amir noch nichts, hatte sie jedoch seit der letzten fehlgeschlagenen Razzia im ‚Club Elektra' noch stärker im Visier seiner Ermittlungen. Vermutungen und gewisse Befürchtungen ja, aber konkrete Gedanken wegen anstehender Ermittlungen?

Der Sprinter aus Bremen, der die Getränke während der Razzia anlieferte, war Fasner zu clean, zu sauber, vor allem auch, weil er von seinem Besuch bei Jeanette wusste, dass Drogen in den Serviceräumen des Clubs, wie er zu sagen pflegte, angeboten wurden. Sein Kommissariat aktivierte alle Menschen, die als Informanten verfügbar waren. Da gab es selbstständige Gewerbliche, die gezwungen worden waren, Stoff an ihre Kunden zu verkaufen. Es gab Kleindealer, die sich betrogen fühlten, weil das Heroin zu stark gestreckt war und Kneipenwirte, denen der Getränkehandel im wahrsten Sinne des Wortes den Hahn abdrehen wollte und konnte, weil sie im Handel mit dem weißen Pulver nicht mitspielen wollten – diese Kontakte waren Teile des noch zu erstellenden Mosaiks, das Klarheit bringen sollte.

Die Kunden in den diversen Clubs, die regional von Ahmad versorgt wurden, hielten still, von ihnen konnte Fasners Truppe fast nie etwas in Erfahrung bringen.

An einem schönen Sommertag traf sich die Familie Tarik ben Amir im Garten ihrer bescheidenen Villa in Bremen-Borgfeld, die sie erst vor kurzer Zeit bezogen hatte. Am Freitag hatten sie alle am Freitagsgebet in der Fatih-Moschee teilgenommen, heute, am Samstag, stand die wöchentliche Besprechung auf dem Programm, natürlich nur unter Männern

Ehefrau Malika, die einzige Ehefrau in seinem Leben, und Tochter Yasmina sorgten für Tee und süßes Gebäck.

„Wir müssen etwas unternehmen, Abnay, meine Söhne", eröffnete Tarik das Gespräch, „in der letzten Zeit häufen sich die Ausfälle an Waren und die Kritik an unserem Geschäft ganz allgemein.

Was sagt ihr dazu?"

„Abu, Vater, wir haben trotzdem alles im Griff", meinte Ahmad, „ja, es gab ein paar unliebsame Vorfälle bei Kunden unserer Kunden. Wir haben mit diesen Leuten geredet, und ein paar Mal haben wir auch unter Einsatz von Körperkraft argumentiert, seitdem ist aber wieder Ruhe bei den Konsumenten!"

„Ismail, was sagst du?" Ismail war der Zweitälteste und betreute den Großraum Norden-Aurich-Emden.

„Wir hatten schon ein, zwei Mal Probleme mit der Polizei, die unsere Wagen kontrollierten. Sie haben aber nie etwas gefunden, unsere ‚Verpackungstechnik' in den Bierfässern ist einfach genial, das schaffen nicht einmal ihre Hunde!"

„Gut, Ibnii Ismail, und was ist bei dir, Gamal?" Der jüngste Sohn schien etwas bedrückt. „Nun los, sag, was ist!"

„Auch fast alles gut, Abi! Wir hatten einen Verlust, weil ein dummer Wirt nicht in der Lage war, den Lieferbehälter richtig zu öffnen und einen seiner Freunde hinzugezogen hat. Der hat sofort erkannt, um welche Ware es sich handelte und die Bullen gerufen. Sie haben den Mann sofort kassiert, leider ist er bei der Aktion verstorben, er hatte den Inhalt eines ganzen Tütchens verschluckt, die Ärzte konnten nicht mehr helfen!"

„Gut, werden wir also noch besser werden müssen, damit Derartiges nicht mehr vorkommen kann! Ich hoffe, die Oldenburger Bullen machen uns keine Probleme!" Mit diesen Worten beendete Tarik die Besprechung und sie wandten sich anderen Themen zu, wie zum Beispiel der trotz aller Integration unerwünschten Liaison von Yasmina mit einem Deutschen.

Kapitel 09 Erste Begegnung   Anfang März 2020

Humphrey Wenders

Janina war jung, beinahe 19 Jahre alt, hochgewachsen, mit einer tollen Figur. Ihre braunen Haare fielen nicht locker über ihre Schultern, sondern waren immer sehr sorgfältig zu einem französischen Zopf geflochten, was er als sehr anregend empfand – zu gern hätte er sie jedoch auch einmal mit gelösten Haaren gesehen. Ihr ebenmäßiges Gesicht hätte von einem berühmten Modelleur aus feinem Porzellan geformt sein können – er war schlichtweg begeistert.

Im Olantis-Huntebad, das Freibad war jahreszeitlich bedingt geschlossen, war sie ihm kurz nach Weihnachten zum ersten Mal aufgefallen. Er kam gerade aus der Umkleide, als sie ihm in die Arme fiel, weil sie über ein von jemandem verlorenes Kleidungsstück gestolpert war. Er fing sie mit seinen muskulösen Armen auf, hielt sie fest, bewahrte das hübsche junge Ding so vor einem bösen Sturz auf die Fliesen.

„Hallo, junge Frau, nicht so stürmisch!" Janina wand sich blitzschnell aus seinen Armen. „Danke!" war ihre einzige, eine recht kühle Reaktion, „danke, das hätte schief gehen können!"

Immer wieder war sie ihm im Hallenbad über den Weg gelaufen, hatte ihn neugierig gemacht. Diese junge Frau wollte er haben, sie war etwas ganz Besonderes, ein Sahnestück für seine Sammlung. Jetzt, heute, war sie ihm direkt in die Arme gefallen. Gab es Zufälle?

„Lust auf einen Cappuccino?" Zu seinem Erstaunen sagte sie ohne Umschweife ‚ja' auf diese Frage. Die kurze Begegnung dehnte sich über mehr als eine Stunde aus, an deren Ende sie sich zu einem unverbindlichen Date verabredeten …

So waren sie miteinander ins Gespräch gekommen, in dessen Verlauf er einige wenige Dinge über das Mädchen erfuhr, ohne von sich etwas preiszugeben. Dann gingen beide wieder zum Schwimmen, lächelten einander zu, wenn sie sich im Wasser begegneten.

Sie entsprach genau seinem Beuteschema. Jung, selbstbewusst, intelligent und mit einer hinreißenden, mädchenhaften Figur! Dass sie nicht blond war, tat seinem Interesse keinen Abbruch, obwohl er sich fast immer am Satz „Blondinen bevorzugt" orientierte – ihr ganzes Auftreten machte diesen kleinen Makel mehr als wett.

Von den Frauen, die er in seinem Club beschäftigte, erwartete er Fügsamkeit, entgegenkommende Freundlichkeit seinen Freunden gegenüber, absolute Loyalität. Bei diesem Mädchen erwartete, erhoffte er etwas anderes, nämlich echte Zuneigung, jedenfalls solange es ihm gefiel. Es war zu seinem eigenen Erstaunen tatsächlich so: Er, der Frauen bisher nur als Lustobjekte und Geldbeschafferinnen gesehen hatte, war verliebt, verliebt in eine Neunzehnjährige!

„Wenn ich sie habe, werde ich sie ganz für mich behalten", dachte er bei sich, „meine Freunde und die Kunden sollen mit den anderen Mädchen zufrieden sein!"

Das Frühjahr kam mit viel Wärme, die Menschen atmeten nach den langen Wintermonaten wieder auf. Vor etwa drei Monaten erst hatten sie sich kennengelernt – der smarte Geschäftsführer eines Clubs und die Abiturientin. Schon bei ihrem zweiten Zusammentreffen, zufällig in einem Eiscafé in der Innenstadt, hatte sie sich in den charmanten, sportlichen Mann verliebt, der sie in der Folge mit Aufmerksamkeiten, kleinen Geschenken und bald auch mit Zärtlichkeiten verwöhnte.

Heute nun saß das ungleiche Paar im Außenbereich des Eiscafés an der Lambertikirche, die sehr junge Frau mit etwas übernächtigt wirkenden dunklen Augen. Sie trug ein helles mit stilisierten Blumen bedrucktes Chiffonkleid, ziemlich tief dekolletiert, das ihre Figur sehr gut zur Geltung kommen ließ. Humphrey war etwa vierzig Jahre alt, sportlich, braungebrannt, trug Polohemd und Jeans von der edlen Sorte, Goldkettchen am Hals, teure Breitling am Handgelenk. Er war sicher nicht für jede Frau ein verlockender Typ, aber anscheinend für Janina Martensen.

„Gehen wir zu dir oder zu mir?", fragte er die junge Frau ziemlich unverblümt zwischen zwei Löffeln Himbeereis aus dem Eispokal.

„Du spinnst, doch nicht am helllichten Tage", kam ihre ebenfalls direkte Antwort, „du scheinst zu vergessen, dass ich mitten im Abitur stecke. Ich kann meine Zeit nicht dauernd im Bett mit dir verbringen, muss noch viel pauken, und morgen liegt Englisch an!"

Ihre bestimmende und selbstsichere Art, ihm ihre Meinung zu sagen, irritierte ihn ein uns andere Mal – welch eine tolle junge Frau!

Sie mochte ihn sehr, besonders auch seine auf vielen Gebieten großzügige Art bis hin zu kleinen Trips übers Wochenende, aber ihre Zukunft war ihr wichtig und sollte nicht darin bestehen, die Zeit mit einem Liebhaber zu verbringen.

„Das ist eine klare Ansage, meine Süße, aber wenn ich dir, falls du es dir anders überlegen solltest, in meiner bescheidenen Hütte etwas sehr Hübsches schenken möchte?"

„Deine Hütte! Du sprichst von einem Luxusapartement, deinem Loft in der Bremer Straße, nicht von einer Hütte. Sei nicht so bescheiden, mein Lieber! Egal, heute werde ich dich dort nicht besuchen, was immer du mir versprichst! Ich habe dir doch gesagt, dass ich für die letzten Abiprüfungen viel zu arbeiten habe. Von selbst laufen Klausuren nämlich nicht!"

Er schmollte gekünstelt. „Wann bist du denn endlich mit dem

blöden Abitur fertig? Und wozu soll es überhaupt gut sein, bei deinen Qualitäten im Bett? Du hast doch mich für ein schönes Leben! Komm, Süße, wir gehen jetzt zu mir!"

„Irrtum, mein Lieber! Bett ist wunderbar, aber das Abi ist für mich extrem wichtig. Ich gehe zu mir in die Wohnung meiner Eltern und du in deine Hütte."

Sie erhob sich ungestüm, warf dabei fast ihren leeren Eisbecher um, bat die Leute an den Nachbartischen deswegen um Entschuldigung und ging davon. Er rief nach der Bedienung, zahlte die kleine Zeche mit einem Hunderter und ging, nachdem er das Wechselgeld erhalten hatte, in Richtung Damm davon. „Du kleine süße Zicke, heute lasse ich mir dein Verhalten noch gefallen, aber damit ist bald Schluss!", brummelte er in seinen nicht vorhandenen Bart.

Er hatte auf seinem Weg noch nicht die Brücke erreicht, als sich sein Smartphone meldete, eine ihm unbekannte Festnetznummer wurde angezeigt. „Peer, ich rufe aus einem Laden an. Ich habe mein Handy im Eiscafé vergessen, kannst du dort mal nachfragen, dich darum kümmern?"

„Aber gern, Süße, für dich tue ich doch fast alles! Aber als Dank dafür solltest du mich heute Abend besuchen, ich habe eine riesige Sehnsucht nach dir!"

„Wenn ich mein heutiges Lernprogramm fertig habe, komme ich vielleicht noch kurz zu dir, versprochen, aber nur kurz, nicht die ganze Nacht, morgen habe ich die Abschlussklausur in Englisch."

„Wenn du nur kommst! Ich freue mich und kümmere mich jetzt um dein Handy, ebenfalls versprochen."

Peer, den seine Eltern ganz anders genannt hatten und der nur von Janina und den Leuten im Club so genannt wurde (sie fand den Namen Humphrey zu gestelzt und hatte deshalb diesen übernommen, was er tatsächlich akzeptiert hatte), rief erfolgreich im Eiscafé an; man hatte das Teil unter einem der Tische gefunden.

Janina ging zügig nach Haus, sie hatte noch viel Arbeit für die Klausur am nächsten Tag vor sich. Ihre Mutter empfing sie mit einem kritischen Blick bereits an der Eingangstür: „Bist du dir ganz sicher, dass du dir diese Bummelei und auch deine nächtlichen Ausflüge leisten kannst? Denkst du vielleicht, dass wir nicht merken, wenn du mit einem Mann unterwegs bist?"

„Mama, reg dich nicht auf, alles im grünen Bereich! Ich setze mich gleich an die Arbeit. Und was meine Nächte betrifft: Das geht euch nichts an, ich bin neunzehn und kann machen, was ich will. Also bitte, haltet euch aus meinem Privatleben raus", brach es wütend aus ihr heraus.

Ihre Mutter war entsetzt. „Was ist denn nur aus meiner braven Tochter geworden?" fragte sie sich, drehte sich schweigend um und ging konsterniert zu ihrem Mann ins Wohnzimmer zurück, während Janina verärgert oben in ihrem Zimmer verschwand, um sich auf die Klausur vorzubereiten. Von oben rief sie noch herunter: „Ich mache jetzt Englisch, ruft mich bitte zum Essen!"

Es ging auf neun Uhr am Abend zu. Sie hatte ihr letztes Vokabeltraining, das sie sicherheitshalber noch gemacht hatte, als OK abgehakt. Anschließend bereitete sie alles für den nächsten Tag vor, dann zog sie eines der Kleider aus der Nobelboutique in Bremen an, griff sich eine von den schicken Jacken, die ihr Peer geschenkt hatte, von der Garderobe in ihrem Zimmer und verließ das Haus. Mit dem Rad vergingen nur etwa zwanzig Minuten, als sie tatsächlich an der Tür seines Appartements klingelte! Er ging ihr entgegen, umarmte sie stürmisch. „Komm!"

Es wurde spät in Humphreys Penthaus in dieser Nacht. Als Janina irgendwann auf die Uhr sah, erschrak sie: „Peer, ich muss sofort los, schon zwei Uhr vorbei, und morgen kommt die schwere Englischklausur, Shakespeare-Übersetzung und Interpretation. Wenn ich das morgen verhaue, ist meine Englischnote, ist die ganze Abizensur im Eimer!"

„Hast du Bedenken, es nicht zu schaffen, bist du zu müde dazu?"

„Du bist gut, erst lieben wir uns stundenlang, und dann fragst du mich, ob ich um halb acht vielleicht müde sein könnte! Natürlich werde ich dann noch todmüde sein. Ich werde die Klausur verhauen, das ist mir schon jetzt klar."

Sie sank in einen Sessel im Wohnzimmer, ihr kamen die Tränen.

„Liebste, du bist wie immer so toll gewesen! Gegen deine Müdigkeit morgen früh habe ich ein Wundermittel. Hier, nimm nach dem Frühstück zwei von diesen Pillen, und du wirst topfit sein, ich garantiere es! Du schreibst eine Eins, mindestens."

Er reichte ihr eine kleine Plastiktüte mit zwei kleinen weißen Pillen.

„Sind die Dinger gefährlich, Peer?"

Er antwortete sehr ernsthaft, wie es ihr erschien und lächelte ihr gewinnend zu: „Denkst du, ich würde dir etwas geben, was Risiken hat? Never ever, Kleine. Ich will dir helfen, die Hürde morgen zu meistern. Nimm die Pillen morgen früh, du wirst dich wundern. Und jetzt hau ab, ich will dich erst morgen wieder hier sehen – raus mit dir!"

Kapitel 10 Streit im Penthaus   Im Juni

Mike Martensen

Mit allen möglichen Besuchern hatte Humphrey an diesem Nachmittag gerechnet, als er nach dem Läuten der elektronischen Gong seine Wohnungstür öffnete, aber nicht mit diesem jungen Mann.

„Sind Sie Peer Wenders?"

„Ich bin Humphrey Wenders, wie es auf dem Schild steht. Wieso fragst du mich nach diesem Namen?"

„Wieso Humphrey? Haben Sie noch einen Bruder irgendwo, der so heißt?"

„Nein, ich werde aber von manchen so genannt."

„Gehört Janina dazu? Sie sprach von einem Peer. Kennen Sie meine Schwester? Ich bin Mike, Mike Martensen."

„Klar, ich kenne Janina sehr gut! Und DU bist Mike? Sie hat mir schon von dir erzählt. Wie läuft es in der Schule? Musst du nicht jetzt deine Hausaufgaben erledigen? Entschuldigung, komm erst mal herein!"

„Hausaufgaben? Heute? Meister, es ist Sonntag, haben Sie wohl nicht mitbekommen?"

„Oh, sorry, du hast ja recht, ich komme wegen meiner Arbeitszeiten häufig mit den Wochentagen durcheinander, ja sicher ist heute Sonntag!"

Mike staunte, als er die luxuriöse Wohnung sah, so etwas hatte er noch nicht betreten, aber er kam ja auch nicht in viele fremde Wohnungen. Klar, zu Hause war es auch nicht schlecht, aber nicht so modern, einfach toll. „SO also sieht es bei einem reichen Mann aus, nicht schlecht, das würde mir später auch gefallen", dachte er bei sich. Aber er war nicht zur Besichtigung einer Wohnung hier, sondern er hatte eine Mission diesem Kerl gegenüber.

„Warum bist du gekommen, was kann ich für dich tun?"

Wenders war bewusst freundlich zu dem jungen Mann, schließlich war er der Bruder seiner Gespielin.

Der nahm all seinen Mut zusammen, dann brach es geradezu aus ihm heraus: „Ich will nicht, dass Sie immer mit meiner Schwester herummachen! Ich will nicht, dass Sie ihr immer so viel schenken, ich bekomme das immer mit, wenn sie einen teuren Pulli hat oder ein Schmuckstück, Dinge, die sie sich vom Taschengeld nicht leisten kann! Wofür bekommt sie die Sachen? Bestimmt nicht, weil sie schön singen kann! Hören Sie damit auf, ich will das nicht, und meine Eltern, wenn sie davon erfahren, bestimmt auch nicht!" Er hatte sich richtiggehend in Wut geredet.

Humphrey war zunächst amüsiert, dann jedoch sehr verärgert. „Junger Mann, hör zu, hör genau zu! Es geht dich überhaupt nichts an, wem ich was schenke und wofür, wen ich mag und wen ich nicht mag! Wenn du mir Vorschriften machen willst, musst du sehr viel früher aufstehen, ich bestimme, wo es lang geht, und nicht DU! Und wenn du damit nicht einverstanden bist, gehörst du zu denen, die ich nicht mag, und das solltest du dir nicht wünschen!"

Er schwieg, sah Mike jetzt nicht mehr freundlich an, blieb aber noch ruhig. „Deine Schwester und ich lieben uns, falls du verstehst, was das bedeutet, und ich werde ganz bestimmt NICHT von ihr lassen."

In diesem Moment betrat Janina, die im Bad den Streit zwischen ihrem Peer und Mike mitbekommen hatte, den großen Wohnraum.

Sie war barfuß, hatte ihre Haare unter einem Frotteehandtuch zusammengedreht und anscheinend nur mit einem weißen, flauschigen Bademantel bekleidet. „Was ist denn los? Mike, was willst du denn hier? Du hast hier nichts zu suchen, also verschwinde ganz schnell wieder!"

Janina war von Mikes Besuch peinlich berührt. Sie hatte bislang gehofft, ihr Verhältnis mit ihrem älteren Liebhaber geheim halten zu können, das plötzliche Auftauchen ihres ‚kleinen' Bruders im Penthaus machte diesen Plan zunichte.

„Raus mit dir, kleiner Bruder, und zwar sofort. Das hier geht dich nichts an!"

Mike sah sie mit großen erstaunten Augen an. „Oh doch, Schwester, oh doch, das geht mich sehr viel an! Egal, ob er mir droht, aber du solltest wissen, was ich über ihn weiss, womit er sein Geld verdient."

Humphrey ging langsam, bedrohlich auf Mike zu. „Halt jetzt endlich den Mund, du Zwerg, sonst zerlege ich dich sofort hier in deine Einzelteile, und wenn du dann hier raus bist, kennen dich deine Eltern und Freunde nicht mehr wieder!"

„Peer, hör auf", mischte sich Janina ein, „hör sofort auf oder ich gehe mit Mike raus! So darfst du mit ihm nicht umgehen, er ist mein Bruder und macht sich Sorgen um mich. Ich finde das von ihm sehr süß!"

Mike war schon bei Humphreys Worten in Richtung Eingang zurückgewichen: „Das wirst du noch bereuen!", stieß er wutentbrannt zwischen den Zähnen hervor, drehte sich um und verschwand mit einem lauten Knall der schweren Tür.

„Liebling, hättest du die Sache nicht auch ohne Drohung erledigen können? Mike ist mein Bruder und was immer passiert, ich halte auf jeden Fall zu meiner Familie! Und jetzt komm, lass uns diesen Teil des Nachmittages vergessen."

Mit diesen Worten streifte sie den Bademantel ab und zog ihn sanft ins Schlafzimmer auf das breite Wasserbett, während er noch murmelte: „Er ist ein frecher Rotzlöffel, der einmal eine Portion Prügel verdient hat!"

Bei Janina vergaß er sehr schnell den Ärger mit Mike, gab sich ganz der wieder einmal wunderbaren Situation hin. „Welch eine wunderbare Geliebte, so eine hatte ich schon lange nicht mehr. Sie sollte später ans Geschäft herangeführt werden, aber noch nicht, zuerst komme ich!"

Er löste sich aus ihrer Umarmung, ging ins Bad und machte sich wieder frisch. „Wann bist du eigentlich mit dem blöden Abitur fertig? Dann feiern wir hier eine ganz, ganz große Party mit vielen Freunden von mir. Du kannst dann auch Freundinnen mitbringen, so viele du willst!", rief er hinüber ins Schlafzimmer, seine Spielwiese, wie er immer zu sagen pflegte, „du wirst dabei besonders viel Spaß haben!"

„Das weiß ich noch nicht, mal sehen." Sie zog sich an, viele Kleidungsstücke hatte sie heute wegen des schönen Wetters nicht dabei, nur Slip, Sommerkleid und Sneaker. Auf ihren BH verzichtete sie ohnehin, wenn sie zu ihm ging, er mochte das.

„Ich fahre jetzt nach Haus, meinen Bruder wieder beruhigen, denn ich möchte nicht, dass ihr euch meinetwegen streitet!" Sie zog auf dem Flur die edle Windjacke über, die ihr Peer geschenkt hatte, küsste ihn zum Abschied auf die Stirn und verließ die Wohnung.

Kapitel 11 Die Martensens   Im Juni

Johanna Martensen

„Janina, Mike, aufstehen!" Janinas Mutter rief laut die Treppe hinauf. Es wurde höchste Zeit dafür, anscheinend hatten ihre Kinder verschlafen. Sicher, nach ihrer Ansicht waren die Anfangszeiten der Schulen speziell für die Kleinen zu früh, auch die Älteren, die erst um Mitternacht in die Disko aufbrachen, könnten noch etwas Schlaf gebrauchen, aber was nützte ihre Meinung in dieser Beziehung?

Von oben war immer noch kein Laut zu hören, die jungen Herrschaften schienen es heute nicht nötig zu haben, pünktlich am Frühstückstisch zu sitzen. Sie rief noch einmal lautstark „Aufstehen!", dann ging sie in die geräumige Wohnküche und setzte sich zu ihrem Mann an den liebevoll gedeckten Tisch.

„Unsere lieben Kleinen scheinen es heute nicht nötig zu haben, lass uns anfangen."

Henrik, ihr Mann und Vater ihrer Kinder, den sie vor langen Jahren bei einem Kopenhagen-Aufenthalt kennen- und lieben gelernt hatte, löffelte bereits sein Porridge, ein ‚Gericht', für das sie sich noch nie hatte erwärmen können. Auch wenn er seinen Haferbrei saisonal verfeinerte, nein, das war nicht ihr Frühstück, sie liebte ihre frischen Brötchen und die Croissants vom Bäcker um die Ecke, die Henrik an jedem Morgen besorgte.

Endlich, nachdem er seine Porridgeschale schon fast leer gegessen und Johanna beim zweiten Brötchen angelangt war, konnte man in den oberen Räumen Rumpeln und Schritte hören, dann gellte plötzlich Janinas Stimme durch das Haus. „Warum hat mich niemand geweckt, ich verpasse meine Klausur! Mama, wo ist …?" Der Rest ihrer Worte verschwand im Geräusch der Dusche.

Selbst Mike war vom Geschrei seiner Schwester endlich wach geworden und kam die Treppe heruntergestolpert, setzte sich wortlos, nur mit Sporthose und T-Shirt bekleidet, an den Tisch. Er nahm sich ein Brötchen, das seine Mutter schon zuvor aufgeschnitten hatte, stach in die Butter, schmierte sie auf sein Brötchen.

„Kaffee?"

„Ja, bitte", kam es mit rauer Stimme zurück, „bitte", legte sich je eine Scheibe Gouda auf die Brötchenhälften und bedeckte sie zusätzlich mit Erdbeermarmelade.

„In welcher Disko hast du dich denn letzte Nacht herumgetrieben, Junge?", fragte Papa Henrik mit amüsierter Stimme seinen Filius, der ihn mit müden Augen ansah und „Irgendwo, wieso?" murmelte.

„Ich muss los, keine Zeit fürs Frühstück, Englischklausur!" Mit diesen Worten kam Janina in die Küche gestürzt, „nur einen Kaffee, Mama, bitte, zum Wachwerden."

„Kind, setzt dich doch wenigstens einen Moment hin, wie siehst du überhaupt aus, völlig übermüdet. Du hättest besser den Abend im Bett verbracht statt unterwegs in irgendwelchen Kneipen."

Mike grinste verstohlen zu seiner Schwester hinüber. „Mama hat ja so recht, große Schwester, allein im Bett ist immer sehr empfehlenswert, gerade vor Klausuren!" Ein böser Blick von Janina traf ihn, der weiter sein Gesicht zu einem breiten Grinsen verzog.

„Leute, ich habe so schlecht geschlafen heute Nacht, die Klausur ging mir andauernd im Kopf herum, jetzt habe ich grausiges Kopfweh. Und ich bin total müde, die Arbeit geht zu hundert Prozent daneben, fürchte ich." Sie ging an den Küchenschrank, nahm sich ein Glas heraus, füllte es mit Wasser. In der Hand hatte sie die beiden Pillen, die ihr Peer gegeben hatte, bevor sie in der Nacht von ihm wegging. Statt Aspirin nahm sie die Dinger in der Hoffnung, damit so gut über die Runden zu kommen, wie er gesagt hatte.

Mit einem „Ich muss los" trank sie noch einen Schluck Kaffee und stürmte hinaus, der Rest der Familie sah ihr verwundert nach.

„Oh Mann, die ist vielleicht hinüber", meinte Mike, „wenn die Klausur in die Hose geht, es würde mich nicht wundern!"

„Mike, weißt du mehr, hast du eine Ahnung, weshalb Janina so erschöpft war? Du hast da vorhin eine sehr eigenartige Bemerkung gemacht!" Henrik machte ein besorgtes Gesicht, er liebte seine Kinder beide sehr.

„Papa, Mama, eigentlich wollte ich es nicht sagen, aber ich habe gestern ihren Freund kennengelernt, und den mag ich nicht. Bei dem ist sie fast die ganze Nacht gewesen, ich habe gehört, als sie in ihr Zimmer geschlichen ist!"

Johanna und Henrik Martensen waren entsetzt. „Sie war die ganze Nacht bei einem Mann? Wer ist es? Kennen wir ihn?"

„Nein, nein, den kennt ihr nicht. Ich habe ihn mal zusammen mit Janina im Eiscafé am Markt gesehen, und dann bin ich ihnen gefolgt bis in die Bremer Straße. Er wohnt dort in einer Penthaus-Wohnung."

„Und? Was ist das für ein Typ, für ein Mensch?" Die Eltern sahen besorgt aus.

„Weiß ich noch nicht ganz genau, muss ich noch rausfinden. Jedenfalls haben wir uns fast geprügelt!"

„Geprügelt? Wo denn, im Eiscafé vor allen Leuten?"

„Nee, in seiner Wohnung, ich wollte ihn zur Rede stellen wegen Janina, aber er hat mich weggejagt, als sie im Wohnzimmer auftauchte. Wenn der ihr was tut, bringe ich ihn um." Mike hatte sich richtig in Wut geredet. „Ich bringe ihn um, wenn er …!"

Sein Vater unterbrach ihn: „Na ja, nicht gleich umbringen. Deine Schwester ist volljährig, aber wir werden uns mit ihr unterhalten müssen. Und jetzt pack bitte deine Sachen für die Schule und Abmarsch!"

Mike folgte seiner Schwester hinaus und rief noch zurück: „Trotzdem, Papa, ich bringe ihn um!", bevor er sich auch auf sein Rad schwang.

Noch immer müde von der langen intensiven Nacht mit ihrem Freund und Geliebten machte sich Janina mit dem Rad auf den Weg zur Schule. Mit jedem Meter, so schien es ihr, wurde sie wacher, und das lag nicht an der frischen Morgenluft ...

Schon auf dem Schulhof war sie, wie Peer es ihr vorausgesagt hatte, topfit, begrüßte ihre Freundinnen überschwänglich. Sie hatte sich vor den wilden Stunden im Bett gut vorbereitet und jetzt dank der Wunderpillen keine Probleme mit der Klausur. Übersetzung und Interpretation des schwierigen Textes waren für sie kein Problem, schon zwanzig Minuten vor Ablauf der Zeit konnte sie die Arbeit abgeben.

An diesem Vormittag gab es für sie keinen weiteren Unterricht mehr, also nahm sie ihr Rad und fuhr zügig über die Straße ‚Am Damm' und die neue Fußgängerbrücke zur Bremer Straße zu ihrem Peer. Sie klingelte in dem verabredeten Takt, wartete auf das Öffnen der Tür. Es dauerte einige ihr unendlich scheinende Minuten, bis ihr Geliebter endlich öffnete.

„Janina, du?", kam die erstaunte Frage.

„Natürlich, wen hast du denn erwartet, die Wohlfahrt?"

Sie drängte sich an ihm vorbei in den Flur, fiel ihm um den Hals, küsste ihn leidenschaftlich: „Die Arbeit ist dank deiner Pillen wunderbar gelaufen, komm, ich möchte mich bedanken!"

Sie legte ihre Jacke ab, öffnete gerade die ersten Knöpfe ihrer Bluse, als am Ende des Flurs eine fast unbekleidete Blondine auftauchte.

Wie erstarrt blickte sie erst zu ihrem Peer, dann zu der unbekannten Frau.

„Es ist nicht so, wie du denkst, Janina".

Diese nahezu klassische Ausrede eines Mannes, der mit einer anderen Frau ertappt wird, bewirkte bei ihr genau das Gegenteil von dem, was sie eigentlich sollte. Sie drehte sich auf dem Absatz um und verschwand ohne ein Wort im Lift, dessen Tür noch vom Herauffahren offenstand. Sekunden später war sie mit Tränen in den Augen auf dem Weg nach unten.

„Ich will ihn nie wiedersehen, nie, nie, nie!" Ihre Gedanken drehten sich im Kreis. „Er hat gesagt, dass er mich, nur mich liebt, und jetzt ist da eine Andere!"

Sie nahm ihr Rad, fuhr zurück in die Stadt, stellte es auf dem Schlossplatz bei der ‚Alten Wache' unter. Dann ging sie hinüber in Richtung Schloss und setzte sie sich auf die lange steinerne Bank in unmittelbarer Nähe zum Eingang. Heulte, die Tränen liefen ihr über die Wangen. Der salzige Geschmack erreichte ihre Mundwinkel, das verstärkte noch ihre Traurigkeit.

Die Sonne, die an diesem späten Vormittag schon sehr hoch am Himmel stand, wärmte ihr Gesicht, irgendwann trockneten die Tränen. Sie schöpfte neuen Mut nach der großen Enttäuschung, nahm ihre Ledermappe, bummelte hinüber zu ihrem Rad und fuhr langsam nach Hause.

Kapitel 12 Die Party bei Humphrey   Im August

Janina

Sie hatte es geschafft, das Abiturzeugnis war über Erwarten gut ausgefallen, Note 1,1! Mit ihren Freundinnen und Freunden aus dem Jahrgang wollte sie eine schöne Party in einer Disco feiern, das musste wegen der aktuellen Regelungen leider ausfallen.

Alles war für sie so leer, so unwichtig, seitdem sie keinen Kontakt mehr zu Peer hatte. Die Wut auf die fremde Blondine in Peers Wohnung war verflossen, von einer schier unendlichen Sehnsucht nach ihm verdrängt worden. Manchmal hatte sie ihn in der Stadt gesehen, aus der Ferne, sich hinter anderen Menschen versteckt, um ihm nicht zu begegnen, aber auch das half nicht. Eine alte Weisheit sagte, dass der erste Mann im Leben einer Frau ihr unvergessen bleibe …

An diesem Sonntag im August nahm sie all ihren Mut zusammen, holte ihr Fahrrad aus dem Keller und radelte in Richtung Bremer Straße. Je näher sie der alten Brücke kam, desto höher schlug ihr Herz. Auf der neuen Fußgängerbrücke stoppte sie, sah in Richtung Westen über den Kanal. Sie hatte sich so angezogen, wie sie als Schülerin zu ihrer Schule gegangen war, nicht so locker, wie bei ihren bisherigen Besuchen bei Peer, trotzdem wirkte sie äußerst attraktiv.

Ihr Herz schlug ihr bis zum Hals, als sie den Lift verließ und vor seiner Tür stand. Sie klingelte, von drinnen waren Schritte zu hören, dann öffnete ihr Peer, schweigend standen sie sich gegenüber.

„Bitte komm herein." Seine Stimme war so fröhlich und überschwänglich, wie sie es kannte, trotzdem sah er sie sehr nachdenklich an.

„Hallo Peer, wie geht es dir?" Er antwortete nicht auf ihre Frage, die ohnehin nur eine reine Höflichkeitsfloskel war. Mit einer Handbewegung bat er sie in sein riesiges Wohnzimmer. „Bitte nimm Platz. Wir haben uns lange nicht gesehen, was kann ich für dich tun?"

Janina war irritiert, wieso war er so nüchtern und sachlich zu ihr, schließlich war er noch vor wenigen Wochen so liebevoll zu ihr, konnte von ihr gar nicht genug bekommen!

„Soll ich wieder gehen? Ist die Blonde von damals jetzt deine große Liebe, und mich willst du nicht mehr? Dann sage es jetzt, ich verschwinde auf der Stelle und werde dich nicht mehr belästigen!" Sie deutete an, dass sie sich erheben und wieder gehen wollte.

„Du meinst Mary, die du bei deinem letzten Besuch gesehen hast? Die hat sich mir massiv an den Hals geworfen. Ich bin nur ein schwacher Mann, deshalb wollte ich mal feststellen, wie weit sie gehen würde. Ich werde dir jetzt ein Geheimnis verraten, falls du es wissen möchtest."

„Und du behauptest jetzt, dass ich nicht auch zum Test mit dir im Bett war, damit du mich auf die unterschiedlichste Weise einsetzen kannst? Dein großes Geheimnis will ich nicht wissen, mir reicht, was du gerade gesagt hast, fühle ich mich doch irgendwie missbraucht. Ich gehe, jetzt!"

„Nein, nein, nein, bitte, ich liebe dich noch immer über alles, habe so oft an dich gedacht! Bitte geh nicht, du warst und bist für mich absolut kein Test- oder Lustobjekt, sondern die Frau, die immer bei mir bleiben sollte. Und dann bist du wegen eines dummen Fehlers von mir gegangen! Ich war ganz schön fertig deswegen. Übrigens: Die Mary hatte längst nicht die Talente und Qualitäten wie du, erspare mir die Schilderung der Einzelheiten." Er sank mit theatralischer Gestik vor ihr auf die Knie und fügte hinzu: „Bitte, bitte bleib jetzt wieder bei mir!"

Janina konnte sich ein Lächeln nicht verkneifen. „Steh auf, Peer, sonst fange ich an zu lachen. Ich werde noch einmal über uns nachdenken und dich anrufen, jetzt fahre ich wieder nach Haus."

Sie erhob sich aus dem Sessel, Peer stand ebenfalls auf, wollte sie umarmen, aber sie wies ihn zurück, obwohl sie ihn am liebsten geküsst hätte, ging zur Tür. Peer folgte ihr, wollte sie hindern, ihn jetzt zu verlassen.

„Bitte, Liebling, bleib!", flüsterte er mit rauer Stimme. Sie drehte sich zu ihm um, schlang ihre Arme um seinen Nacken und küsste ihn hemmungslos: „Lass uns ins Bett gehen!"

Am nächsten Morgen, nach einem ausgiebigen reichlichen Frühstück, das Peer aus der Stadt hatte kommen lassen, fragte sie ihn zwischen zwei Butter-Croissants: „Mein lieber Peer, und jetzt kannst du mir dein großes Geheimnis verraten, worum geht es?"

„Liebling", log Peer, eigentlich hatte er von seiner Bar erzählen wollen, „wir haben dein Abi noch nicht feiern können. Wie wäre es, wenn ich hier für dich eine große Party veranstalten würde? Ich könnte ein paar Freunde einladen, und du lädst dazu einige deiner Freundinnen ein. Ich denke, das könnte eine tolle Sache werden, was meinst du zu meiner Idee?"

„Das ist super, Liebling, wann soll das denn sein?"

„Vielleicht am übernächsten Wochenende? Bekommst du das hin mit vielleicht so acht oder zehn Freundinnen? Ich organisiere alles und sage meinen Freunden Bescheid. Aber einen Vorbehalt muss ich machen: Dein Bruder sollte nicht kommen, er würde wahrscheinlich nur für Streit sorgen!"

Es fiel Janina nicht schwer, für die Party einige Freundinnen aus ihren ehemaligen Kursen und aus dem Freundinnenkreis zu motivieren – endlich einmal etwas anderes als die normale Disco, in der ihnen zu viel ‚junges Gemüse' herumhüpfte. Einige der jungen Frauen hatten sie vor einiger Zeit schon einmal mit Peer gesehen und auch mitbekommen, dass er mit Geschenken an seine Freundin nicht kleinlich gewesen war. Die ganze Clique verabredete sich für den Samstag der Party am Südwest-Turm der Brücke.

Sie hatten sich richtig chic gemacht, wie es sich für eine Party in ihren Augen gehörte. Manche waren mit ihren Klamotten allerdings schon hart an die Grenze des Akzeptablen herangegangen …

Fröhlich plaudernd, nein, eigentlich plappernd zog die ganze Horde die Bremer Straße hinunter bis zu dem Haus, in dem Peer seine Wohnung hatte. Einige der jungen Damen waren schrecklich aufgeregt, manche etwas ängstlich bedrückt, denn keine von ihnen wusste, wie der Abend verlaufen würde.

Janina voraus, enterten sie den Lift, der zwar nur für acht Personen ausgelegt war, aber sicher auch mit neun hübschen leichtgewichtigen jungen Frauen keine Probleme haben würde. Oben angekommen, schallte ihnen schon laute Partymucke entgegen.

Janina klingelte, die Tür öffnete sich, Peer hatte sie schon erwartet. Liebevoll wurde sie von ihm umarmt, bevor er alle ihre Freundinnen ebenfalls zur Begrüßung nacheinander in die Arme nahm: „Wie schön, dass ihr alle hier seid, kommt herein, nehmt euch ein Glas Schampus und macht euch bitte selbst bekannt."

Die Mädels staunten nicht schlecht, in einer derartig schicken Umgebung hatten alle noch nie eine Party gefeiert. Es waren schon etwa zwanzig oder fünfundzwanzig Menschen im Raum, allerdings überwiegend ältere Männer. Die meisten von ihnen waren solo, einige wurden von attraktiven, zumeist leicht bekleideten jüngeren Frauen begleitet, die anscheinend schon reichlich dem Champagner zugesprochen hatten.

Peer kam zu ihnen. „Ihr solltet euch erst mal etwas locker machen, Mädels, trinkt, was und wie viel ihr mögt und vertragt. Und wenn euch trotz der Musik langweilig wird: Meine Freunde sind ohne Ausnahme hervorragende Gesellschafter, die gern neue Menschen kennenlernen würden". Er drehte sich um. „Hast du einen Moment für mich?" Janina nickte ihm zu, gemeinsam gingen sie in die Küche.

„Kannst du dich noch an die kleinen Pillen erinnern, die du wegen deiner Englischklausur gebraucht hast? Hier", er öffnete eine Schranktür und nahm eine Dose heraus, „hier sind die Wunderpillen drin. Damit deine Freundinnen etwas in Stimmung kommen, könntest du ihnen ja mal jeweils eine oder zwei davon gönnen."

Janina zögerte ein wenig, erinnerte sich dann an die tolle Wirkung vor ihrer Klausur. Dann steckte sie eine kleine Handvoll der Pillen für die Freundinnen in ihr Handtäschchen, begab sich wieder ins Partygetümmel. Die Musik, die ein von Peer engagierter professioneller Discjockey auflegte, war inzwischen noch etwas rhythmischer und lauter geworden. Pärchen, zu denen auch schon einige der Freundinnen von Janina gehörten, tanzten zum Teil fast ekstatisch, zum Teil engumschlungen in der Mitte des Raumes, drei der neu angekommenen Mädchen standen allerdings, noch immer ihre Gläser in den Händen haltend, ein wenig schüchtern am Rande.

Janina schlängelte sich durch die Tanzenden zu den drei Freundinnen. „Möchtet ihr auch nicht tanzen? Hier, nehmt eine von den kleinen Pillen, die bringen euch in Stimmung und wartet einen Moment, ich hole neuen Champagner!"

Sie kam nach wenigen Augenblicken mit einer teuer wirkenden Flasche zurück und schenkte die Gläser, auch ihr Eigenes, voll. Die Mädchen zögerten noch etwas, dann überwog die Neugierde und sie nahmen die Pillen, die Janina damals so munter, fast übermütig gemacht hatten.

„Wir sehen uns gleich beim Tanzen?"

Die drei nickten, waren jedoch noch immer skeptisch über das, was Janina ihnen in Bezug auf die Pillen gesagt hatte. Peer hatte aus der Ferne das Gespräch zwischen den Vieren verfolgt und war sehr zufrieden, als dann alle brav die Pillen genommen hatten – seine Freunde würde es freuen.

In einer Tanzpause, während er eine kleine Ansprache hielt, verteilte Janina ihre Pillen an ihre anderen Freundinnen, die aber ohnehin schon in richtiger Partylaune waren. Einige der Herren, der Freunde, wie Peer sie genannt hatte, gingen zwischendurch in Nebenräume, kamen nach wenigen Minuten jeweils zurück. In den Sesseln im Wohnzimmer hatten es sich einige Pärchen gemütlich gemacht, tranken und schmusten hemmungslos, manche Männerhand schien sich bereits in die falschen Regionen zu verlaufen.

Die Musik setzte wieder ein. „Je t'aime" wurde speziell für diese Gäste gespielt, Peer dimmte die Beleuchtung herunter.

„Süße, komm zu mir, ich muss dich jetzt küssen!" Er zog Janina zu sich heran, tanzte mit ihr nach den einschmeichelnden Klängen eines Saxofons, wollte gerade ihren Körper erneut erkunden, als es an der Wohnungstür klingelte.

„Verdammt, wer kommt denn jetzt noch, wir sind doch komplett?"

Er ging, um zu öffnen. Zu seinem Erstaunen standen zwei uniformierte Polizisten davor: „Sind Sie Herr Wenders?"

„Ja, ist die Musik zu laut gewesen, haben sich Mieter beschwert?"

Hinter den Uniformierten tauchte plötzlich Gerold Fasner auf. „Guten Abend, Herr Wenders, gestatten Sie, dass wir hereinkommen!"

Ohne eine Antwort abzuwarten, betraten mehrere Polizisten die Wohnung, manche uniformiert und manche in Zivil, veranlassten den DJ, die Musik zu beenden, schalteten das Licht wieder an.

„Herr Fasner, was soll der ganze Spuk? Bitte verlassen Sie mit Ihren Leuten sofort meine Wohnung, das ist ein eindeutiger Rechtsbruch! Sie dürfen hier ohne richterliche Anweisung nicht eindringen. Hier sind ehrenwerte unbescholtene Menschen, die ein kleines Fest feiern. Also ziehen Sie gefälligst wieder ab und lassen Sie uns weiterfeiern!"

„Das, lieber Herr Wenders, stellt sich für uns ganz anders da", Fasners Stimme war schneidend, „wir haben einen Hinweis bekommen, dass in dieser Wohnung heute eine Party veranstaltet wird, in deren Verlauf es zum Genuss von verbotenen Substanzen kommen könnte. Außerdem verstoßen Sie und Ihre Gäste gegen das gültige Versammlungsverbot, aber das ist nicht unser Hauptinteresse." Er wandte sich an die erschrockenen Partygäste.

„Sie werden uns ausnahmslos zur Feststellung Ihrer Identitäten und zur Untersuchung wegen möglichen Drogenkonsums begleiten. Für den Transport ins Präsidium stehen vor dem Haus unsere Fahrzeuge bereit." Noch einmal sprach er den Wohnungsinhaber an: „Ich habe hier einen richterlichen Beschluss, der uns zur Durchsuchung Ihrer Wohnung ermächtigt, also lassen Sie uns bitte unsere Arbeit machen."

Die Gäste der Party, von denen die jungen Damen überwiegend nur sehr leicht bekleidet waren, es war eben Partytime, wurden von den Kolleginnen und Kollegen sanft, aber energisch aus der Wohnung komplimentiert. Mithilfe des Liftes geleitete man sie zu den wartenden Polizeifahrzeugen – es gab reichlich lautstarke Proteste dabei, vor allem von den honorigen Herren. Einer von ihnen wurde besonders ausfallend und lautstark, er wurde unter Anwendung von körperlichem Zwang, wie es bei der Polizei genannt wird, in eines der Fahrzeuge verfrachtet.

Ein aufmerksamer Beobachter der Szene hätte etwa fünfzig Meter entfernt einen Fahrradfahrer gesehen, der das ganze Geschehen mit großer Aufmerksamkeit und auch Freude beobachtete. Seine Gedanken waren in etwa: „Da hat sich mein Tipp an die Bullen tatsächlich gelohnt, super! Dieses Schwein, jetzt haben sie ihn, und Janina wird von ihm nicht mehr ausgenutzt und missbraucht!" Nachdem die ganze Armada von Polizeifahrzeugen den Schauplatz verlassen hatte, radelte er zurück über die Fußgängerbrücke in Richtung Polizeipräsidium.

Als mit Ausnahme des Wohnungsinhabers, den Fasner in einen der Sessel beordert hatte, alle zuvor Anwesenden zur Befragung auf dem Weg zum Präsidium waren, übernahm Kollegin Tina von Wellinghof, eine erfahrene Drogenspürhündin, die Hauptarbeit der lokalen Ermittlungen. Der Einsatz der tierischen Kollegin war mehrfach von Erfolg gekrönt.

In der Küche gab sie Laut vor einem der Schränke, in dem Wenders die kleinen Pillen aufbewahrte, und in seinem Arbeitszimmer waren sowohl Spuren von Kokain auf dem Glastischchen am Fenster als auch in einer Schublade kleine Plastiktütchen mit weiterem „Stoff" von Hündin Tina erschnüffelt worden.

Die menschlichen Kolleginnen und Kollegen, soweit sie noch in der Wohnung waren, sicherten und dokumentierten alle Fakten und fotografierten die Lokalität.

Humphrey Wenders saß derweil zusammengesunken in seinem Sessel und dachte darüber nach, welche Schritte er unternehmen konnte, um aus dieser bedrohlichen Lage wieder herauszukommen. Ein weiterer Gedanke beschäftigte ihn: „Wer hat uns bei der Polizei angeschwärzt?"

Kapitel 13 Erfolg der Drogenfahndung **Im August**

Gerold Fasner

Es war stickig in der Halle des Präsidiums, in der alle Partygäste auf die weiteren Schritte der Polizei warten mussten. Fast alle hatten ihre Smartphones dabei, telefonierten mit ihren Anwälten, die jungen Frauen mit ihren Eltern oder Freunden, das Stimmengewirr war erheblich.

Einige der hier von der Polizei zunächst festgehaltenen Männer äußerten lautstark ihren Protest gegen diese Aktion. Ein bulliger Unternehmertyp, der auf der Party seine Finger nicht von einer Freundin Janinas lassen konnte, tat sich besonders hervor: „Wer ist hier verantwortlich? Ich bestehe darauf, sofort das Haus verlassen zu können, man kann mir nichts strafrechtlich Relevantes anhängen!", dröhnte seine Stimme durch die Halle.

Die jungen Frauen, denen außer ihrer Neugier und ihrem Drang nach Partys nichts vorzuwerfen war (mit Ausnahme der Teilnahme an einer unerlaubten Zusammenkunft), alberten unter dem Einfluss der kleinen weißen Pillen von Janina herum. „Mist, der kleine Dunkelhaarige war so süß, mit dem hätte ich gern ...", meinte eine. „Ich fand den komischen dünnen Typen mit der Mütze irgendwie aufregend, der ist bestimmt super im Bett, aber so eine kleine Dicke hing andauernd an ihm", meinte eine andere und kicherte. Janina warf beiden einen kritischen Blick zu: „Nehmt euch zusammen, dass hier ist kein Spiel und keine Party!"

„Aber DU hast uns doch so gut in Stimmung gebracht, mein Tanzpartner wollte gerade mit mir ins Nebenzimmer gehen, als die

Bullen kamen. Ich habe mich vielleicht geärgert, wir wollten eine Linie ziehen, hat er gesagt, das wäre bestimmt spannend geworden!"

Als das Stichwort ‚Bullen' fiel, erinnerte sich Janina, dass sie noch immer einige der Pillen in ihrer Handtasche hatte: „Mist, wo ist meine Tasche?"

„Du hattest sie zuletzt in dem Polizeiauto, mit dem wir hergebracht wurden", sagte die kleine Paula, die sich als Einzige ‚normal' verhielt, anscheinend hatte sie das Aufputschmittel nicht genommen.

In Begleitung von Humphrey Wenders betrat Gerold Fasner die Halle. Der Polizist wurde mit wütenden Sprüchen empfangen. „Unverschämtheit! Bullenterror! Amtsmissbrauch!" waren nur einige der Beschimpfungen, die er über sich ergehen lassen musste. Mit stoischer Gelassenheit übergab er seinen Begleiter an einen Kollegen, der den Mann in vorläufigen Gewahrsam nahm, ging ungerührt durch die aufgebrachten Partygäste.

Er stellte sich auf die dritte Stufe der nach oben führenden Treppe: „Meine Damen und Herren! Mein Name ist Kriminalhauptkommissar Gerold Fasner und ich leite diesen Einsatz unserer Drogenfahndung."

Erneut breitete sich Unruhe aus. Der Unternehmertyp, sein Name war Frerich Porz, hatte sich selbst zum Wortführer ernannt. „Wir alle wollen sofort nach Hause, Fasner, brechen Sie diese unangemessene Aktion sofort ab. Ich habe meinen Anwalt bereits informiert, er wird in Kürze eintreffen. Damit Sie es wissen: Diese Aktion kann Sie Ihren Job kosten, ich golfe mit Ihrem höchsten Vorgesetzten!"

Fasner blieb unbeeindruckt. „Sie golfen? Na so was!"

Er sah sich in der Halle um, gab Anweisungen, mit den Befragungen zu beginnen. Es war ein guter Einsatz gewesen. Die meisten

der Menschen hier waren dabei nicht so wichtig, sozusagen Bei-
fang, aber der Nachweis von Drogenbesitz und Missbrauch in der
Wohnung von Wenders freute ihn – dieser Schlag gegen das Milieu
war ein guter Erfolg.

Zwei Kolleginnen des Befragungsteams kümmerten sich zunächst um die Personalien der jungen Frauen, die anschließend gehen durften. Sie wurden zum überwiegenden Teil von ihren Eltern
abgeholt, die familieninternen Konsequenzen waren für die Ermittlungen irrelevant, denn alle der jungen Damen waren volljährig, so
konnte Wenders in dieser Hinsicht nichts vorgeworfen werden. Ge-
nerelles Ergebnis aus der ‚Frauengruppe' war, dass alle jeweils eine
kleine Pille eines Amphetamins genommen hatten und entsprechend
‚aufgekratzt' waren.

„Herr Kommissar, ich habe meine Handtasche im Wagen vergessen, darf ich sie schnell holen?" Janina trat die Flucht nach vorn
an.

„Aber ja! Herr Bartels, bitte sehen Sie einmal im zweiten Wagen
nach" war Fasners Reaktion.

Die Männer, die im Rahmen der Aktion anwesend waren, erfor-
derten mehr Aufwand. Mit einer größeren Anzahl der etwa zwölf
Personen umfassenden Gruppe, die augenscheinlich irgendwelche
Rauschmittel konsumiert hatten, war jeweils ein Team von zwei
Beamten befasst. Nach der Feststellung der Identitäten wurde der in
dieser Nacht extra in Bereitschaft befindliche Amtsarzt gebeten,
Blutproben zu entnehmen mit dem Ziel, unerlaubte Substanzen da-
rin festzustellen.

Besonders spannend in den Befragungen durch Fasner und Kollegin Berenike Schneider waren der ‚Unternehmer', wie er seit seinem lautstarken Auftritt vorhin in der Wartezone intern genannt
wurde, und zwei weitere Männer, der eine um die vierzig und der
Dritte ein etwa Fünfundzwanzigjähriger.

Alle drei hatten dem Augenschein nach deutliche Mengen Drogen konsumiert, wie an den geweiteten Pupillen und ihrem jeweiligen Auftreten zu erkennen war. Der ‚Unternehmer' sprach davon, auf seinen Anwalt warten zu wollen, was Fasner natürlich akzeptierte. Der junge Mann fiel im Hinblick auf die Struktur der anderen männlichen Partygäste aus dem Rahmen, er war einfach zu jung für derartige Veranstaltungen – Männer in seinem Alter waren in Discos zu finden und nicht bei privaten Sexpartys!

„Herr Ahmad ben Tarik", las Fasner in dessen Ausweis ab, „was wollten Sie auf der Party? Sie sind jung, sehen gut aus, stammen aus einem Elternhaus, dessen Name mir durchaus schon bekannt ist, also was wollten Sie dort bei Wenders? Haben Sie den Stoff für die Party geliefert, den wir entdeckt haben?"

„Vielen Dank für die Blumen, Herr Kommissar! Um Ihre Frage zu beantworten: Nein, ich habe nichts geliefert, ich besitze nichts Derartiges! Ich war nur dort, weil mir meine Freundin weggelaufen ist. Mein Freund Peer hatte mich eingeladen, ich sollte wieder einmal ein paar schöne Stunden haben. Es war ja auch sehr schön, bis Sie mir ihren Leuten auftauchten. Ich hatte mich gerade mit einem hübschen Mädchen angefreundet und wir wollten uns für das nächste Wochenende verabreden. Sie haben alles kaputtgemacht, ich hasse Sie!" Er sah die beiden Polizisten wütend an.

„Haben Sie an diesem Abend Drogen genommen?" Die nächste Frage kam von Berenike, die in Fasners Kommissariat bereits langjährige Erfahrung mit solchen Kunden hatte.

„Sie können gern den Bluttest machen, es war nur ein leichtes Aufputschmittel, ich war davor ziemlich gehemmt!"

Berenike ließ nicht locker. „Sie gehemmt? Wie spannend. Ein leichtes Aufputschmittel war alles? Nur ein Muntermacher, kein Koks, kein Speed, kein Heroin?"

„Nein, Sie werden es sehen, nichts davon!"

„Sie wohnen in Bremen? Was machen Sie dort?"

„Ich bin Auslieferungsfahrer in der Firma meines Vaters, wir beliefern Gastronomie-Betriebe."

„Herr ben Tarik, Sie können zunächst gehen. Wenn der Drogentest positiv sein sollte, hören Sie von uns", beendete Fasner das Gespräch. Ahmad stand auf, nahm seine Jacke und verließ den Befragungsraum.

„Wie lange muss ich denn hier auf meine Vernehmung warten?" Der Zweite auf seinem Zettel, ein hagerer Mann in den Vierzigern, der auf alle einen sehr eigenwilligen Eindruck gemacht hatte, wurde unruhig. „Ich sitze hier mit diesen sündigen Menschen zusammen, ohne vor dem Altar des Herrn für sie beten zu können. Bitte beeilen Sie sich, ich muss unbedingt zur Matutin in meinem Kloster sein. Bitte, es ist schon fast halb drei!"

Geradezu flehentlich kamen die Worte des Mannes, der sowohl während der Party als auch hier im Präsidium seine Mütze nicht abgenommen hatte. Er hatte aus der Wohnung seinen ledernen Rucksack mitgenommen, den er nicht aus den Augen ließ. Gerold und Berenike baten ihn in den Befragungsraum: „Bitte treten Sie ein, mein Herr!"

Der Hagere trat ein, setzte sich nach Aufforderung schweigend an den Tisch, auf dem in der Mitte zwei Mikrofone deponiert waren. Fragende und Befragter sahen sich an, bevor Berenike begann.

„Bitte sagen Sie uns noch einmal, wer Sie sind und weshalb Sie an der Party teilgenommen haben."

„Seien Sie gegrüßt, meine Dame, mein Herr. Mein Name ist Erasmus van Delden und ich bin Prior des Klosters Rastede, einer kleinen Dependance des berühmten Dominikanerklosters San Marco in Florenz. Bevor Sie weiter insistieren: In einem Kloster, selbst einer so kleinen Außenstelle, bleiben wir Mönche in vielerlei Hinsicht weit entfernt vom ‚richtigen' Leben. Wir haben strenge Ordensregeln und leben im Allgemeinen sehr zurückgezogen. Wir sehen selten das Leben in seiner weltlichen Fülle, wie es vor allem junge Menschen praktizieren, obwohl gerade wir Dominikaner allgemeinen als ‚volkstümlich' gelten. Um mich aber in die Menschen wirklich hineinversetzen zu können, bedarf es der Teilhabe, das verbindet Ihren und meinen Beruf, unsere Berufung, möchte ich sagen. Dieser Abend, zu dem mich ein Freund aus der Stadt, ein wohl angesehener Herr, eingeladen hatte, bot mir somit eine einmalige Gelegenheit, die Denkweisen und das Verhalten der jungen Leute zu studieren."

Berenike und Gerold verschlug es die Sprache, eine derartig abgehobene Argumentation hatten sie noch nicht gehört.

„Herr van Delden", Fasner wurde sofort von dem Befragten unterbrochen: „Bitte reden Sie mich mit ‚hochwürdigster Herr Prälat' an, wie es einem Prior zusteht!"

Der Hauptkommissar blieb stur. „Herr van Delden, Ehren- und Majestätsbezeichnungen sind bei uns unüblich, außerdem interessiert uns ausschließlich Ihr ziviler Name und kein Titel, also, wie heißen Sie im richtigen Leben?"

Der Angesprochene reckte sich auf, sah verächtlich zu den beiden Polizisten. „Was wissen Sie denn schon vom richtigen, vom wahren Leben? Ich behaupte, dass Sie davon NICHTS wissen! Aber wenn Sie darauf bestehen, mein Name vor der Profess war Dieter Matzke, und ich habe in Berlin-Zehlendorf gewohnt, bevor ich als Novize in San Marco aufgenommen wurde. Jetzt bin ich Prior unserer kleinen Nebenstelle."

Die im Raum anwesende Protokollantin schrieb eifrig mit.

Erneut war Berenike an der Reihe, zu fragen. „Herr Matzke oder Herr van Delden oder Herr Prior oder … egal, wie Sie sich nennen, haben Sie auf der Party verbotene Substanzen genommen?"

„Nur unwesentlich, sozusagen fast nichts. Ich habe es gemacht wie viele andere Gäste, habe im Nebenzimmer eine Linie gezogen, wie es mir mehrere Gäste empfohlen haben, sonst nichts. Ich hatte mich vorher sehr als Außenseiter gesehen, anschließend habe ich mich ziemlich gut gefühlt. Eine junge Frau, eine dunkelhaarige wohl proportionierte Person, hat sich etwas um mich gekümmert, es hat mir, Gott verzeihe mir, gut gefallen!"

„Wir sind für moralische Bewertungen Ihres Handelns nicht zuständig, nur für die strafrechtliche. Haben Sie das Kokain mitgebracht oder hat es der Gastgeber spendiert?"

„Mein Freund Peer, äh, Herr Wenders hatte einen kleinen Vorrat davon für uns Gäste. Die Frauen haben auch teilweise davon genascht!"

Fasner hatte keinen Grund, den Spinner, wie er ihn für sich im Geheimen bezeichnete, in Gewahrsam zu nehmen. Die Personalien standen fest, der Wohnort war überprüft, der Mann war kooperativ, also konnte er gehen. „Es kann sein, dass wir Sie wegen der Party noch einmal befragen müssen. Sie können jetzt gehen, Herr van Delden, aber halten Sie sich für spätere Nachfragen zur Verfügung!"

Der Mann stand auf, entnahm dem Rucksack seinen Habit, warf ihn über, gürtete sich, wie man so schön sagt, nahm seine Mütze ab. Seine sauber geschnittene Tonsur kam zum Vorschein. „Meine Dame, mein Herr, ich werde für Sie beten, auf Wiedersehen!" Er zog die Kapuze über den Kopf und verließ den Befragungsraum.

„Puh, was war das denn?", verwunderte sich Berenike über diesen Menschen. „Hat er uns veralbert?"

„Ich denke nein, er lebt nur in seiner eigenen Welt, die mit unserer nicht vieles gemeinsam hat. Jetzt lass uns den letzten der Kandidaten noch befragen, danach ist dann Feierabend."

Der Beamte im Wartebereich bat den Unternehmer herein, der sofort lospolterte. „Was haben Sie sich eigentlich dabei gedacht, ehrenwerte Bürger, die ein wenig Spaß haben wollten, zu verhaften? Mein Anwalt ist auf dem Weg hierher, wird in wenigen Minuten eintreffen. Bis dahin sage ich kein Wort!"

Die beiden Kommissare gingen aus dem Raum und ließen den Mann unter der Aufsicht eines Kriminalmeisters zurück.

„Was hältst du von unserem Mönch, ist der echt oder nur ein Spinner? Irgendwie hat er etwas an sich, über das ich mir erst noch klar werden muss!" Berenike war von dem Mann und seinen Äußerungen noch immer irritiert. „Auf der einen Seite tut er fromm, auf der anderen geht er auf eine Sex-and-Drugs-Party, angeblich um die Menschen zu studieren."

„Ich denke, er ist nicht echt, ist ein Spinner, der sich pseudoreligiös gibt. Wir sollten noch ein paar Ermittlungen zu ihm anstellen. Gibt es in Rastede denn überhaupt so etwas wie ein Kloster oder eine Zweigstelle davon? Werden wir morgen überprüfen!"

Der Anwalt des ‚Unternehmers' kam, legitimierte sich und verlangte als erstes, seinen Mandanten zunächst unter vier Augen sprechen zu dürfen, was ihm niemand verwehrte. Im Befragungsraum wollte dann Berenike beginnen, wurde aber sofort vom Anwalt daran gehindert. „Ich verlange, dass Sie meinen Mandanten ohne weitere Fragen oder gar Vernehmungen sofort gehen lassen. Herr Porz ist ein ehrenwerter, unbescholtener Bürger, der in der Kaufmannschaft unserer Stadt hohes Ansehen genießt. Er hat sich keiner Straftat schuldig gemacht, Sie können ihm nichts anhängen außer dem Verstoß nach dem Infektionsschutzgesetz!"

Fasner hatte sich den Vortrag des Anwaltes, ohne das Gesicht zu verziehen, angehört und antwortete darauf: „Verehrter Herr Anwalt, Sie gehen von falschen Voraussetzungen aus. Wir hängen niemandem, auch nicht Herrn Porz, etwas an. Ihr Mandant wird zurzeit nicht vernommen, sondern soll lediglich zum vergangenen Abend befragt werden! Er hat, das wird das vorbereitete Drogenscreening erweisen, in der Wohnung des Herrn Wenders eindeutig Drogen konsumiert, und wir interessieren uns sehr für deren Herkunft. Herr

Porz, stimmt unsere Behauptung?"

Porz nahm Blickkontakt zu seinem Anwalt auf, bevor er antwortete. „Herr Kommissar, ja, ich habe eine kleine Menge eines Amphetamins zu mir genommen. Eine Pille aus dem Eigenbedarf, das ist nicht strafbar!"

„Herr Porz, woher stammt das Amphetamin? Woher hatten Sie es? Bitte erzählen Sie uns, wieso Sie zu der Party eingeladen waren und wie für Sie, ganz subjektiv betrachtet, der Abend gelaufen ist, wir sind gespannt", fragte jetzt Berenike, sie war natürlich besonders an der Bezugsquelle für die Drogen interessiert …

Wieder ging der Blick von Porz zu seinem Anwalt, der unmerklich den Kopf schüttelte, woraufhin er meinte: „Ich denke, dass Sie davon ausgehen sollten, dass es ganz einfach eine private Party unter Freunden war. Sie haben kein Recht," damit hob er die Stimme und wurde laut, „einen unbescholtenen Bürger, ich wiederhole mich, festzuhalten. Wenn Sie mir etwas vorzuwerfen haben, dann tun Sie es. Mein Anwalt wird dann entsprechend reagieren!"

Fasner blieb ganz ruhig, während Berenike bei dieser Aussage etwas nervös wurde und Porz intensiv ansah.

„Bitte, Herr Porz, sagen Sie uns einfach, woher der Stoff stammt und ob Sie, natürlich für den Eigenbedarf, noch mehr davon haben!"

Anstelle des Befragten antwortete wieder der Anwalt, nachdem beide ein paar für die Polizisten unhörbare Worte gewechselt hatten: „Junge Frau, spielen Sie jetzt hier ‚Good Cop – Bad Cop'? Bitte nicht mit uns! Wir haben zu diesem Thema nichts mehr zu sagen, mein Mandant wird jetzt diesen ungastlichen Raum verlassen, es sei denn, Sie weisen einen Haftbefehl vor, den Sie mit Sicherheit nicht haben!"

Er erhob sich, sein Mandant tat desgleichen. Sie wollten gerade die Tür öffnen, als sie von Fasner gestoppt wurden. „Meine Herren, ich fürchte, daraus wird nichts. Da Sie auf die wirklich allgemein verständlichen, einfachen Fragen meiner Kollegin nicht zu antworten bereit sind, bitte ich Herrn Porz, heute Nacht auch ohne Haftbefehl unser Gast zu sein! Vielleicht geben Sie uns morgen die von uns erbetenen Auskünfte."

Herr Porz wurde unter lautem Protest auch seines Anwaltes von einem Polizeimeister in eine Gewahrsamszelle geleitet. Berenike und Gerold Fasner sahen sich an.

„Das war ein ganzes Stück Arbeit bis hierher", meinte Berenike, Fasner stimmte ihr zu. „Wir sehen uns morgen, nein, heute um zehn?"

Berenike nickte „Gute Nacht!"

„Gute Nacht!".

Kapitel 14 Befragungen Wenders und Porz   Ende August

Gerold Fasner

Er hatte eine unruhige Nacht im Polizeigewahrsam verbracht. Seine Wut über den Polizeieinsatz in der letzten Nacht konzentrierte sich auf den Einsatzleiter, Gerold Fasner. Bereits zwei störende Aktionen in seinem Club hatte er dem Polizisten zu verdanken, die wegen eines wohlmeinenden Informanten für ihn gut ausgegangen waren, aber dieses Mal hatte sich der Bulle sehr gut vorbereitet. Seine Leute hatten die bis zu dem Zeitpunkt so schöne Party gesprengt, die hübschen Mädchen vergrault und mit Sicherheit einige Stammkunden massiv geärgert.

Als um halb zehn Uhr ein Wachtmeister in die Gewahrsamszelle kam, hatte er gerade das wirklich mäßige Frühstück mit dem faden Getränk, das man hier anscheinend als Kaffee bezeichnete, lustlos heruntergewürgt.

„Kommen Sie Herr Wenders, Zeit für ein Gespräch mit dem Hauptkommissar."

Er nahm seine Jacke und folgte dem Beamten, der anscheinend gehbehindert war und langsam vor ihm her humpelte.

„Sollten Sie sich nicht eigentlich aufs Altenteil begeben, anstatt hier noch Dienst zu tun? Sie scheinen mir dienstunfähig zu sein."

„Ach, wissen Sie, Herr Wenders, ich bin wie ein altes Pferd, das hier sein Gnadenbrot bekommt. Ich hatte vor zwei Jahren Pech und bin beim Streit zwischen Drogenclans zwischen die Fronten geraten, deshalb mein Beinproblem. Aber mein Antrag auf vorzeitige Pensionierung läuft, nur noch ein, zwei Monate, dann bin ich raus!"

Der alte Polizist erweckte in ihm Emotionen, er dachte an seinen eigenen Vater, der schon mit knapp über Fünfzig durch einen Unfall zum Rentner wurde. „Kann ich verstehen, mein Vater musste auch sehr früh auf Rente gehen, er war angefahren worden."

Sie hatten ihr Ziel erreicht, den Befragungsraum, in dem er bereits von Fasner erwartet wurde. Dort wurde er freundlich mit „Guten Morgen, Herr Wenders, wir müssen reden" begrüßt und aufgefordert, Platz zu nehmen.

Die Kontrahenten, wenn man sie denn so bezeichnen will, saßen einander gegenüber, der Kommissar blätterte in seinen Unterlagen, Wenders streckte die Beine unter den Tisch, schlug die Arme unter, seine ganze Körperhaltung drückte Ablehnung aus.

„Herr Wenders, über Ihre Party in der letzten Nacht ist eine Diskussion unnütz, die Fakten sprechen für sich. Leider hatten wir gestern keine Zeit, uns zu unterhalten, aber heute habe ich mir für Sie den ganzen Tag reserviert."

„Sie wollen mich doch nicht den ganzen Tag über hierbehalten? Ich muss mich um wahnsinnig viele Dinge kümmern, selbst in dieser Zeit, Dinge, mit denen Sie im Amt nichts zu tun und von denen Sie auch keinerlei Ahnung haben. Bitte, Herr Fasner", er blickte mit einem ‚Hundeblick' zum Kommissar, „machen Sie es kurz."

„Da bin ich ganz bei Ihnen, Herr Wenders, machen wir es kurz. Wir haben ermittelt, dass in Ihren Räumen Drogen angeboten und konsumiert wurden. Außerdem haben wir entsprechende Vorräte gefunden, die weit über die Mengen für den Eigenbedarf hinausgehen. Ich werde diese Tatbestände der Staatsanwaltschaft mitteilen, die entsprechende Maßnahmen ergreifen wird."

„Herr Fasner, ich gestehe: Das war nicht korrekt. Ich hatte noch eine bestimmte kleine Menge von Kokain und Amphetaminen, die ich meinen Gästen angeboten habe, damit sie sich schnell in eine gute Partystimmung versetzen konnten, ein Restposten sozusagen. Das war sicher nicht korrekt!"

„Nein, das war es in der Tat nicht, aber danke für diese schnelle, eindeutige Aussage. Für mich ist jedoch auch wichtig zu wissen, woher Sie die Rauschmittel bezogen hatten. Bitte nennen Sie mir den oder die Dealer!"

„Das tut mir leid, Herr Kommissar, ich weiß es nicht mehr! Ich habe die Sachen schon so lange in meinem Besitz, ohne sie zu verwenden oder anderen anzubieten. Ich habe wirklich keine Ahnung mehr, wann ich sie erworben habe, wahrscheinlich, als wir vor mehr als einem Jahr einen Trip mit Freunden nach Berlin gemacht haben."

„Ich glaube Ihnen kein Wort, Herr Wenders. Wir müssen und werden der Sache noch nachgehen, Ihre Bestände gingen weit über den Eigenbedarf hinaus. Übrigens: Kann es sein, dass ich den jungen Mann aus Bremen schon einmal bei unserer letzten Aktion auf Ihrem Hof gesehen habe?"

„Das ist möglich, Ahmad ben Tarik ist der Sohn meines Getränkelieferanten, den Sie an dem bewussten Abend wahrscheinlich beim Ausladen ‚erwischt' hatten. Jetzt wissen Sie alles von mir, kann ich jetzt gehen?"

„Nicht so eilig, junger Mann! Ich habe noch eine, nein, zwei Fragen. Erstens: Kennen Sie den Mann mit der Tonsur schon länger, ist er einer Ihrer Stammkunden? Und zweitens noch zum Herrn Porz, den ich gleich noch einmal befragen werde, ist er auch einer Ihrer Stammkunden?"

„Den Prior kenne ich nur flüchtig, Herr Fasner, er ist ein Gelegenheitskunde, wenn Sie verstehen, was ich meine. Er kommt hin und wieder zu einem der Mädchen, bezahlt ordnungsgemäß und verschwindet wieder, alles sehr diskret. Aber, Sie wissen es ja, zurzeit ist das Geschäft für die Mädchen und uns nicht einfach. Ich habe ihn eingeladen, weil er mich ansprach, als wir uns zufällig in der Stadt getroffen haben. Ich fand es ganz lustig, einen frommen Mann dabei zu haben, sozusagen als ‚Kontrapunkt‘.

„Und Herr Porz?“

„Ein Stammkunde, ebenfalls von mir eingeladen. Regelmäßiger Gast, macht bei uns gute Umsätze.“

„Herr Wenders, ich danke Ihnen, Sie können zunächst gehen. Bitte kommen Sie morgen noch einmal vorbei, um das Befragungs-protokoll zu unterschreiben. Die Staatsanwaltschaft wird sich bei Ihnen außerdem noch melden.“

Der nächste Kandidat für die Befragungen war der ‚Unterneh-mer‘, wie er im internen Gespräch genannt wurde.

„Her Porz, wir sind mit unserem Gespräch in der Nacht noch nicht zu einem befriedigenden Ergebnis gekommen“, sprach Fasner ihn an, „haben Sie uns heute etwas zu sagen?“

„Nein! Ist mein Anwalt darüber informiert, dass Sie mich verhö-ren wollen?“

„Ist informiert, Herr Porz, Dr. Meierling-Vorsfelder kommt so-fort, denke ich. Aber zu Ihrer Information, wir sind immer noch im Stadium der Befragung und Sie sind hier als Zeuge und nicht als Beschuldigter!“

„Dann hätten Sie mich nicht hierbehalten dürfen! Ich werde Sie wegen Freiheitsberaubung verklagen, verehrter Herr Kriminal-hauptkommissar, Sie werden noch oft an mich denken. Jetzt sage ich nichts mehr, bevor mein Anwalt hier ist!“

Er lehnte sich zurück und wartete. Die Protokollantin hatte gera-de seine Drohung gegen Fasner notiert, als der Anwalt eintrat.

„Sagen Sie diesem überbezahlten Sesselhocker, dass er mich so-fort freilassen soll, Herr Meierling-Vorsfelder! Ich habe zu tun und keine Zeit, noch längere Zeit hier herumzutrödeln, nur weil der Herr

Ober- oder Hauptkommissar es so wollen!"

Der Anwalt begrüßte zunächst den Kommissar, dann erst seinen Mandanten. „Sie sollten sich mäßigen, Herr Porz! Wenn der Herr Fasner Ihre Äußerung auf die Goldwaage legen sollte, gibt es eine Anzeige wegen Beleidigung!" Er wandte sich an Fasner: „Bitte nehmen Sie die unfeine Äußerung meines Mandanten nicht ernst, er befindet sich in einem Stadium höchster Erregung!"

„Herr Anwalt, wir wollen Ihren Mandanten, wie ich bereits sagte, nicht vernehmen, sondern lediglich befragen. Es ist für uns sehr wichtig zu erfahren, woher Herr Porz die in seinem Besitz befindlichen Rauschmittel bezogen hat, das ist eine ganz einfache Frage. Wenn er sie schon in der Nacht beantwortet hätte, wäre sein Frühstück heute sicher reichhaltiger gewesen. Herr Porz, bitte lassen Sie uns nicht noch mehr Zeit bei dieser Frage verbringen, wir alle haben anderes zu tun!"

Porz besprach sich leise mit dem Anwalt, dann ließ er sich zu einer Antwort herab. „Ich habe meinen Eigenbedarf, das betone ich ausdrücklich, am Hauptbahnhof von einem Straßenhändler erworben. Nein, ich kann ihn nicht beschreiben und nein, den Zeitpunkt habe ich vergessen!"

Anwalt und Befragter machten jetzt einen zufriedenen Eindruck, Fasner konnte mit der Aussage natürlich nichts anfangen.

„Sie können gehen, wenn wir noch Fragen haben, melden wir uns bei Ihnen."

Kapitel 15 Friedhof Bümmerstede   Anfang September

Der Prior

Es war für beide ein überraschendes Zusammentreffen. Fasner hatte vom Tod einer der Damen des Clubs erfahren. Da die Todesumstände noch nicht endgültig geklärt waren und auch nicht mehr geklärt werden könnten – man vermutete eine Überdosis Speed – wollte er die Trauergemeinde in Augenschein nehmen in der Hoffnung, irgendetwas Verwertbares zu beobachten.

Schon von weitem sah er den Prior in seinem weißen Habit und ging zu ihm. „Sie heute hier, Herr van Delden? Gibt es dafür einen Grund?"

„Guten Tag, Herr Kommissar, ja, leider. Die Frau, deren Beisetzung heute ganz ohne kirchlichen Segen stattfindet, kannte ich."

„Sie kannten eine Prostituierte aus dem Club ‚Elektra'? Ich bin erstaunt!"

„Das wissen Sie doch, ich habe es Ihnen in der Nacht selbst berichtet! Und jetzt ist die Frau tot, ich behaupte, sie wurde ermordet, weil sie aus dem Gewerbe aussteigen wollte. Bei unserem letzten eigenartigerweise sehr platonischen Zusammentreffen hatte sie etwas Derartiges angedeutet, Ängste gezeigt und jetzt will ich ihr zumindest aus der Entfernung die letzte Ehre erweisen."

Die Urnenbeisetzung ging ihren Lauf, die Trauergäste, fast ausschließlich das Personal aus dem Club, darunter auch Jeanette, die Fasner kennengelernt hatte, zerstreute sich.

„Gehen wir noch ein Stück miteinander, Herr Kommissar? Ja?"
Nebeneinander gingen sie den breiten Hauptweg entlang.

„Nun, Herr Fasner, ich freue mich, dass wir uns heute hier getroffen haben, wenn auch aus einem traurigen Anlass. Ich wollte
mich gern mit Ihnen unterhalten, wenn Sie Zeit für mich haben,
weil ich Sie für einen scharfsinnigen, intelligenten Menschen halte,
der zudem auch noch über ein erhebliches Durchsetzungsvermögen
verfügt."

„Vielen Dank für die Komplimente", meinte Fasner mit einem
Lächeln, „aber was haben SIE davon?"

„Was ich davon habe? Ich will versuchen, es Ihnen zu erklären
und Ihnen dabei auch einen bestimmten Teil meines Denkens of-
fenbaren. Zunächst will ich aber ein wenig in die Vergangenheit
schweifen, die auch für Sie durchaus interessant sein kann." Er
machte eine kurze Denkpause, dann fuhr er fort.

„Die Dominikaner, deren Orden ich angehöre, wie Sie wissen
und Sie werden es überprüft haben", dabei sah er Fasner an, der
zustimmend nickte, „die Dominikaner sind ein Orden, der sich bereits im Mittelalter um Zucht und Ordnung nicht nur in der Kirche
bemüht hat. Gegner der Kirche und ihrer von Gott gegebenen Ordnung wurden bekämpft, und die Menschen wurden zu einem bibel-
gerechten, gottgefälligen Leben aufgerufen. Wenn Sie sich mit der
Geschichte der Kirche im Mittelalter befassen, finden Sie viele Bei-
spiele dafür.

Es gab damals große Streitigkeiten zwischen den Kirchenfürsten
und den Abtrünnigen, die eine andere, gottgefälligere Kirche wollten, zum Beispiel den Mönch Savonarola, der zur absoluten Askese
und einem streng an biblischen Regeln orientiertes Leben der Kirchenfürsten und auch des Volkes aufrief. Aus dieser Bewegung
damals sind unter anderem auch die Katarer entstanden, die insbesondere in Südfrankreich eine eigene Kirche gegründet hatten, die
mit der heiligen katholischen Kirche nicht vieles gemein hatte. Um

diese armen irregeleiteten Seelen wieder in den Schoß der einzig wahren Kirche zurückzuführen, wurde 1215 vom Hl. Dominikus der Orden der Dominikaner gegründet, der sich große Verdienste bei der Bekämpfung der Häresie, der Gotteslästerung, erwarb."

Fasner hatte dem Vortrag seines Begleiters aufmerksam zugehört. „Was bitte hat das alles aber mit mir, mit uns zu tun?"

Der Prior blieb stehen. „Ruhen wir ein wenig auf dieser Bank?" Sie setzten sich und er fuhr fort: „Ich will es Ihnen erklären, lieber Herr Kommissar! Heute sind wir in einer ähnlichen Situation wie die Menschen damals. Ein Teil von ihnen, die Reichen und Mächtigen – ich vergleiche sie mit den damaligen Kirchenfürsten – schwelgen in ihrem Wohlstand und missachten alle Regeln. Der andere Teil, die Ärmeren, das einfache Volk, versucht es ihnen gleichzutun und gibt sich ebenfalls, allerdings mit weniger Geld und Macht, dem Laster hin. Frauen präsentieren sich in der Öffentlichkeit unzüchtig, ziehen die lüsternen Blicke der Männer auf sich, sie genießen es, sich als Lustobjekte zur Schau zu stellen, es widert mich an!"

Der Prior hatte sich richtiggehend in Wut geredet:

„Betrug und Diebstahl, Gewalt gegen Menschen und Sachen, Drogenkonsum vielfältigster Art, Völlerei und Unzucht sind an der Tagesordnung, Sie erfahren davon wie ich täglich in den Medien.

Ich hatte Ihnen bei unserem ersten Gespräch in der Nacht erklärt, dass ich bestimmte Dinge nur getan habe, um die Menschen und verschiedene Situationen zu verstehen, die zwingend verändert, verbessert werden müssen. Darum bemühe ich mich, und an diesem Punkt laufen unsere Berufungsinteressen parallel. Auch Sie bekämpfen wie ich, wenn auch mit anderen Mitteln, das Böse in der Welt und ich hoffe für uns beide auf guten Erfolg. In der Wahl Ihrer Mittel sind Sie jedoch leider eingeschränkt durch Gesetze und Verordnungen, ich hingegen bin nur meinem Orden und letztlich meinem Gott gegenüber verantwortlich, also viel, viel freier in meinem

Handeln."

„Insoweit stimme ich Ihnen zu, aber auch Ihre Freiheit, wie Sie gerade erwähnten, erlaubt Ihnen nicht alle Mittel zur Erreichung Ihres Zieles, auch für Sie gelten letztlich unsere Regeln, unsere Gesetze! Wir sind nicht in der Zeit der Wiedertäufer in Münster, in der sich bestimmte Menschen wegen der angeblich fehlenden Moral zu Richtern über Tod und Leben erhoben, wir sind im 21. Jahrhundert, Herr Prior!"

„Ach, lieber Herr Kommissar, im Mittelalter wurden verabscheuungswürdige Menschen der heiligen Inquisition unterworfen und bei Verurteilungen hingerichtet, auch das war ein Gesetz. Warum also sollte die Bekämpfung des Bösen wie beispielsweise Rauschgift-Kriminalität, wie es Ihr Job ist, nicht mit allen Mitteln erfolgen? Sie werden so lange erfolglos bleiben, wie Sie in Ihrer Humanitätshudelei gefangen sind! Herr Kommissar, wenn wir gemeinsam versuchen würden, diese Situation zu verbessern, wären wir mit Sicherheit erfolgreich, wir könnten diese Stadt zu einer Oase der Tugend machen. Wir könnten mit Feuer und Schwert das Böse in unserer schönen Stadt mit Stumpf und Stiel ausrotten!"

„Mein lieber Herr van Delden, jetzt gehen Sie in Ihren Ansichten aber zu weit. Ja, wir versuchen, ich versuche, auf die gesetzlich mögliche und notwendige Weise diesen Job zu erledigen, aber wir lehnen eine radikale, aller Aspekte der Rechtsstaatlichkeit entledigte Handlungsweise absolut ab!"

„Wollen Sie damit sagen, dass Sie mich auf meinem Weg, das Böse, das unter anderem aus dem Drogenkonsum kommt, nicht begleiten wollen? Um es ganz klar zu sagen: Ich habe in der Vergangenheit viele Kontakte zu einer fehlgeleiteten Frau im Bordellbetrieb von Herrn Wenders gehabt, die mich die Irrungen und Wirrungen von Sex und Drogen gelehrt hat. Diese Frau war durch ihre Tätigkeit und den Genuss von Drogen ganz weit unten in ihrem Leben angekommen, für ihren Drogenkonsum erniedrigte sie sich auf eine nahezu unerträgliche Weise und jetzt ist sie tot, gestorben wegen ihrer Lust!"

In den Augen des Priors meinte Fasner einige kleine Tränen zu entdecken.

„Und Sie habe die Frau ebenfalls erniedrigt und dort, vielleicht auch anderswo, ebenfalls Drogen konsumiert? Wegen der weltlichen Erfahrungen vielleicht?"

„Ja, mea culpa, ja, und ich bedaure es irgendwie. Dieser Art von Studien habe ich aber jetzt ade gesagt. Ich werde diese Frau, die mir zugegebenermaßen schöne Stunden bereitet hat, nicht mehr treffen können, aber ich werde dafür noch büßen müssen. Ich habe die Ordensregel der Keuschheit und die der Enthaltsamkeit verletzt, der Herr vergebe mir."

Er atmete tief durch, bevor er fortfuhr. „Aber nicht ich bin wichtig! Sie und ich wissen um den Sumpf der Clubs und Bordellbetriebe, lassen Sie ihn uns gemeinsam trockenlegen, dies ist ein Angebot. Wenn wir nicht gemeinsam vorgehen können, werde ich allein zu den Mitteln der Inquisition greifen müssen, mit allen, selbst den letzten Konsequenzen. Mit Feuer und Schwert, ich sagte es bereits, muss das Böse bekämpft werden, wie früher die Häretiker!"

„Herr van Delden, was Sie gerade gesagt haben, würde Sie bei der Realisierung die Freiheit kosten, und zwar für viele Jahre. Sie haben mir in diesem Gespräch gerade die Durchführung von Gewalt bis hin zur Tötung von Menschen angekündigt! Ich müsste Sie jetzt eigentlich aus dem Verkehr ziehen!"

„Aber Herr Kommissar, das sind alles nur Denkmodelle und Gedankenspielereien von mir, Sie können mich nicht am Denken, egal in welche Richtung, hindern. Sie sagen also ‚Nein' zu meinem Vorschlag? Schade, dann ist unser Gespräch jetzt zu Ende. Ich hatte mir mehr erhofft."

Er verabschiedete sich. „Nutzen Sie Ihr Dasein, Herr Hauptkommissar, solange Sie leben. Gott segne Sie", schlug das Kreuzzeichen über dem Beamten und ging davon.

In Gedanken versunken trat Fasner den Weg zurück ins Büro an, fast wäre er auf dem Weg zu seinem Wagen von einem Pkw angefahren worden. Er dachte noch einige Zeit über den ‚verrückten‘ Mönch nach, dessen Ideen gingen ihm nicht aus dem Kopf. Im Präsidium angekommen ging er hinüber zu Berenike, die sich gerade über eine kriminologische Fachzeitschrift beugte, die sich in dieser Ausgabe mit dem Thema „Drogen und Prostitution“ beschäftigte. Sie las eine Abhandlung mit dem Titel ‚Frauen in der Bordellszene‘.

„Und, Berenike, willst du jetzt umsatteln? Die Verdienstmöglichkeiten dort sind recht gut, jedenfalls besser als hier und du bist doch noch gut in Form“, flachste er sie an. Er hatte sie auf dem falschen Fuß erwischt. „Wenn du noch einmal einen so sexistischen Spruch loslässt, kannst du was erleben, Fasner“, giftete sie ihn an.

„Oh, Verzeihung, ich wollte dir nicht zu nahetreten, was ist denn mit dir los?“

„Wenn du diesen Artikel gelesen hast, machst du solche Sprüche nicht mehr! Es ist so schlimm, was Frauen gegen ihren Willen in den Bordellen und auch außerhalb angetan wird! Ganz viele junge Dinger werden aus Osteuropa, sogar aus Fernost mit falschen Versprechungen herangeschafft, in den Bordellen eingeritten, wie diese Art der Vergewaltigung dort genannt wird, um sie gefügig zu machen. Die Ausweispapiere hat man ihnen ohnehin schon abgenommen, als sie die Grenze passiert hatten, und ganz oft werden sie auch noch mit Alkohol und Drogen abhängig gemacht!“

„Können wir reden, wenn du deine Lektüre beendet hast, Berenike?“

Sie schloss das Heft, drehte sich zu ihrem Boss: „Was gibt es, Gerold?“

„Du weißt, dass ich heute Nachmittag zum Friedhof war, die Urne der verstorbenen Prostituierten wurde beigesetzt. Was meinst du, wen ich dort getroffen habe? Unseren Prior, der die Angelegenheit auch von Ferne beobachtete und dabei ein paar Tränen verdrückt hat."

„Das ist ja interessant, der Prior und die Nutte? Ist ja fast ein Buchtitel!"

„Ja, durchaus, aber das Interessanteste kommt noch. Er hat mir vorgeschlagen, ich zitiere ‚gemeinsam den Drogensumpf in unserer Stadt mit Feuer und Schwert' trockenzulegen und sie zu einer ‚Oase der Tugend' zu machen! Ich habe natürlich abgelehnt, mit Leuten, die so denken, will ich mich in keiner Weise gemein machen!"

„Entschuldige, der spinnt doch, oder nimmst du ihn ernst?"

„Ich bin mir nicht sicher, auf jeden Fall werden wir ihn im Auge behalten, er ist zwar ein religiöser Sonderling, scheint aber eine Menge krimineller Energie zu besitzen. Übrigens: In der nächsten Woche nehme ich mir ein paar Tage frei, du kommst ja gut allein zurecht, oder?"

„Was denkst du denn, Boss, ich werde das Kind schon schaukeln."

Ehe Fasner den Raum verließ, meinte er noch fast im Vorübergehen: „Ach ja, bitte kümmere dich noch mal um die Tote aus dem Club Elektra, vielleicht gibt es ja doch noch Hinweise auf den Täter!"

„Oder eine Täterin?" Berenike sah nachdenklich hinter ihm her. „Kann man es ausschließen?"

Da das Wochenende bevorstand, verabschiedeten sie sich voneinander. Fasner ging noch einmal zurück in sein Büro, um die Begegnung des Nachmittages in der Akte „Mönch Rastede" zu dokumentieren. Anschließend verließ er das Präsidium, um zu Haus noch einen größeren Spaziergang mit Hund Buddy zu unternehmen.

Berenikes letzte Arbeit an diesem Freitag war es, dem Wunsch ihres Chefs entsprechend die erweiterte Recherche zum Tod der Dirne Paola, mit bürgerlichem Namen Renate Konisch, vorzubereiten, die sie in der kommenden Woche durchführen sollte, obwohl das Kommissariat ‚Mord‘ die Sache übernommen hatte und der Totenschein auf „Akutes Herzversagen durch Drogenmissbrauch" lautete. Je länger sie darüber nachdachte, desto seltsamer kam ihr die Sache vor, sie nahm sich vor, gleich am Montag gründlich nachzuforschen.

Inzwischen war es neunzehn Uhr geworden. „Schade, schon wieder ein wunderschöner Nachmittag, den ich nicht im Schwimmbad verbringen konnte", dachte sie bei sich, „aber morgen bin ich gleich nach dem Frühstück im Huntebad!"

Kapitel 16 Geheime Absprachen   Dienstag 15.9.

Firma SFS

Sie trafen sich am frühen Nachmittag auf einem Parkplatz an der Straße zwischen Sandkrug und Hatten. Die drei Männer waren sportlich gekleidet, Jogging-Outfit, Laufschuhe, Mützen gegen die grelle Sonne. Die wenigen Menschen, die ihnen begegneten, hielten sie für eine Gruppe, die im Wald gemeinsam trainieren wollte. Alle drei würden sich Dienstleister aller Art bezeichnen, wenn jemand danach fragen sollte …

Tom war der Wortführer, die beiden anderen, Pjotr und Jerome aufmerksame Zuhörer. „Wir sollten das Projekt noch in dieser Woche realisieren", meinte Tom, „die Zielperson ist die ganze Zeit über in seinem Haus, wie mir mitgeteilt wurde."

„Und wo ist das Haus? Wieso ist er im Haus, ist er schon Rentner?", fragte Jerome interessiert.

„Nein, er ist kein Rentner, sondern ein sehr aktiver Kriminalhaupt-kommissar, der sich ein paar Tage Urlaub genommen hat. In Donnerschwee wohnt er, ich schreibe dir die Adresse auf, aber nicht wieder verlieren wie beim letzten Auftrag!"

Jerome sah ihn beleidigt an: „Das war eine ganz besondere Situation, das weißt du ganz genau! Wenn der Typ nicht plötzlich über die Straße gelaufen wäre … Die Zielperson ist diesmal ein Bulle? Das macht die Sache schwierig und teurer!"

„Ja, das mit der verlorenen Adresse ist schon in Ordnung, mein Freund. Aber der Preis steht, wie mit dem Auftraggeber abgesprochen, es gibt keine Extras, Tarif ist Tarif! Welchen Wagen nehmen wir für die Aktion?" Tom sah Pjotr direkt an.

Der zweite Mann war Lagermeister auf einem großen Autofriedhof in der Nähe von Delmenhorst und ein guter Handwerker. „Wir haben einen ausrangierten Rettungswagen der Malteser auf dem Hof, da müsste ich nur die Elektrik wieder instand setzen, dann sieht er aus wir ein aktiver RTW."

„Pjotr, wir verlassen uns auf deine Kunst, tote Autos zum Leben zu erwecken und lebende Personen ins Jenseits zu befördern, mit der Nutte hattest du ja auch keine Probleme. Die ist inzwischen eingeäschert, niemand kann etwas nachweisen, und notfalls bauen wir als Täter den Auftraggeber auf!"

Der so gelobte grinste. „Um die Nutte war es eigentliche schade, wir hatten viel Spaß miteinander, und dann dieses Zeug … Ich habe sie noch ordentlich durchgebumst, dann ist sie ist einfach umgefallen, ein ärgerlicher Unfall!"

Jerome und Tom hatten manchmal ein schlechtes Gefühl bei Pjotr, weil er häufig seine sadistischen Anlagen auslebte, andererseits war er ein Perfektionist im Töten, der dem Team schon mehrmals gute Dienste geleistet hatte.

„Wenn wir die Person bearbeitet und gesichert haben, wer wird als Täter geliefert?" Jerome dachte oftmals noch weiter als Tom.

„Falls es nötig sein sollte, was ich aber nicht annehme, werde ich mir jemanden einfallen lassen, keine Sorge, Jerome. Noch mal zur Abholung: Er muss lautlos in den Malteserwagen. Wir sollten ihn gleich zu Beginn der Aktion außer Gefecht setzen, das werde ich selbst übernehmen!"

„Sagst du uns etwas über unseren Auftraggeber?"

„Nein", war die kurze eindeutige Antwort Toms, „er weiß auch nichts von unserem Team, alle Kontakte liefen digital. Zu eurer Information: Das Geld liegt schon auf einem neutralen Konto und wird sofort nach Erledigung ausgezahlt."

„Wie immer?"

„Wie immer! Lasst uns jetzt gehen, wir treffen uns am Freitag. Pjotr, den RTW stellst du auf den Parkplatz am Pferdemarkt, Jerome und ich kommen dann dort mit einem Wagen hin, gib uns Bescheid, wenn du dort angekommen bist!"

Die drei verabschiedeten sich voneinander. „Bis Freitag dann!"

Kapitel 17 Beginn der Ermittlungen   Montag 21.9.

08:00 Uhr

Linda Barowski

Noch völlig übermüdet von ihrem nächtlichen Einsatz konnte sich Linda kaum aufraffen, als um sechs Uhr dreißig ihr Wecker klingelte – nur eineinhalb Stunden Schlaf waren doch etwas wenig. Ihr Pit hatte das Klingeln des Weckers nicht gehört und wälzte sich gerade auf seine ihr zugewandte Körperseite, wollte sie im Halbschlaf liebevoll umarmen.

„Nix da, aufstehen, du Murmeltier!"

„Wo warst du denn so lange, ich habe ohne dich kaum ein Auge zumachen können!", brummte Pit und schwang die Beine aus dem Bett.

„Du Lügner!", grinste sie ihn trotz ihrer Müdigkeit an, „als ich nach Haus gekommen bin, hast du geschnarcht wie ein Bär. Und jetzt raus, wenn du mit mir frühstücken willst, ich muss zum Dienst!"

Es dauerte nicht lange, bis beide am Frühstückstisch saßen, er entschied sich für „Ham and Eggs", was er sich selbst zubereitete. Linda bevorzugte heute wie eigentlich fast immer Brot, Butter, Marmeladen. Und Kaffee, viel Kaffee, schwarz, süß und stark.

„Erzähl, Liebling, warum hat man dich heute Nacht von mir fortgeholt? War es wirklich so wichtig, dass man auf dich nicht verzichten konnte?"

„Das kann man wohl sagen, Pit, es gab einen Mord in einem der Türme der Cäcilienbrücke."

„Hätte das nicht dein Kollege machen müssen? Du hattest doch eigentlich bis heute Morgen frei!"

„Stimmt genau, aber der liebe Daniel van Stetten war nicht aufzutreiben, wer weiss, wo er hängen geblieben ist. Oder mit welchem Mädchen er die Nacht verbracht hat. Ich werde ihn mir vorknöpfen, verlass dich darauf, ich bin wirklich nicht sein Kindermädchen, aber er braucht mal wieder einen Schub Motivation!"

„Wisst ihr schon, wer die Leiche ist, Mann oder Frau?"

„Leider hatten wir keine Probleme, den Toten zu identifizieren."

„Hatte er seinen Ausweis dabei?"

„Hatte er nicht, er war nackt, aber das darf ich dir eigentlich noch gar nicht sagen."

„Er war nackt? Und trotzdem habt ihr ihn identifizieren können?"

„Ja, leider. Es war mein Kollege Gerold, Gerold Fasner!"

„Oh! Fasner? Der vorher deinen Dienstposten hatte und zur Droge gegangen ist? Darf ich spekulieren? Das war jemand aus dem Milieu."

„Du darfst natürlich spekulieren, aber wir müssen erst noch ermitteln. Und bitte, Pit, kein Wort zu niemandem!"

Sie stand vom Tisch auf. „Deckst du noch das Geschirr ab, Liebster? Du bist ein Schatz! Ich muss jetzt wirklich los, die Arbeit ruft, und die Spuren und Fakten warten auf mich!"

Der Weg ins Präsidium war nicht sehr weit, Linda nahm wie häufig im Sommer das Rad. Von der Gewitterfront der letzten Nacht war nichts mehr zu sehen, die Luft war wunderbar klar und rein nach der gestrigen Schwüle. Linda genoss die Fahrt durch den Morgen, freute sich über die munteren Vögel, die in den Bäumen links und rechts ihres Weges zu sehen und zu hören waren.

Kurz vor acht Uhr erreichte sie das Präsidium, stellte ihr Rad in den Fahrradkeller und fuhr mit dem Lift in ihr Büro in der zweiten Etage. Auf dem Weg dorthin wurde sie schon von Paul mit einem „Moin, Linda!" begrüßt.

Seine Stimme war knurrig an diesem Morgen. Er machte wie sie selbst einen übermüdeten Eindruck – beide erwarteten keinen guten Tag, schien es.

„Komm, packen wir es an, beginnen wir die Jagd auf den Mörder unseres Kollegen!"

Gemeinsam betraten sie ihr Büro, von ihren Kolleginnen und Kollegen erstaunt betrachtet, weil sie gemeinsam kamen, was sonst nie der Fall war – Paul war sonst immer als Erster an seinem Schreibtisch.

„Großes Palaver", rief Linda in den Raum, „wir treffen uns in fünf Minuten im Besprechungsraum eins!"

Nur wenige Minuten später waren dort alle, nein, fast alle Angehörigen der Ermittlungsgruppe „Gewaltverbrechen" (intern „Gruppe MORD" genannt) versammelt und warteten gespannt auf das, was Linda ihnen zu berichten hatte.

„Also, Kolleginnen und Kollegen", hob sie an, und ihre Professionalität war trotz der schrecklichen Nacht und ihrer daraus resultierenden Müdigkeit zu spüren, „wir haben einen Mord, einen ganz besonderen, einen schrecklichen Mord, auch wenn jeder Mord ein schreckliches Ereignis ist." Ihre Leute hörten gespannt zu.

„Das Opfer ist ein Mann, den ihr alle kanntet. Es ist mein Vorgänger auf diesem Posten, Gerold Fasner. Er wurde im Südwest-Turm der alten Cäcilienbrücke gefunden, wir hatten zunächst telefonisch einen anonymen Hinweis erhalten."

Aufgeregte Reaktion im Raum. „Gerold, unser Gerold?" Die Kolleginnen und Kollegen konnten es kaum fassen, „Gerold? Ermordet?"

Gerade als sich die Aufregung wieder gelegt hatte, kam van Stetten fröhlich zur Tür herein. „Sorry, Linda, hallo, Leute, ich hatte verschlafen heute Morgen. Was gibt es Wichtiges?"

„Wir reden nachher, Daniel", war ihre Reaktion, dann fuhr sie fort: „Nach den ersten Feststellungen erscheint es mir wie eine Hinrichtung, weshalb, wie, warum und durch wen – keine Ahnung. Die Spurensicherung hat sehr sorgfältig gearbeitet, deshalb erhoffe ich mir davon einiges an Fakten, obwohl", nachdenklich blickte sie zu Paul, „viel haben sie wahrscheinlich nicht. Das Opfer ist zurzeit in der Pathologie, ich erhoffe zumindest von dort brauchbare Informationen. Jetzt geht bitte an die Arbeit, macht euch von allem frei, was nicht mit diesem Fall zu tun hat, soweit das möglich ist. Ich komme auch gleich und dann machen wir die Aufgabenverteilung."

Sie wandte sich direkt an van Stetten: „Daniel, bleib bitte noch einen Moment."

Beide warteten, bis die anderen den Raum verlassen hatten. „Worum geht es jetzt?", fragte Daniel etwas verärgert.

„Du hattest Bereitschaft gestern Nacht. Warum warst du nicht erreichbar, weder über Festnetz noch Mobil?"

Daniel stotterte, suchte nach einer plausiblen Erklärung. „Ich, äh, ich war bei meiner Oma, die ist sehr krank, und die Familie hält bei ihr abwechselnd Nachtwache!"

„Du lügst, Daniel! Deine Oma ist nicht zufällig blond, langbeinig und etwa fünfundzwanzig? Mann! Erzähl mir nichts vom Pferd, vor einer Woche habe ich dich mit deiner Freundin gesehen. Ich war stinksauer gestern Nacht und bin es noch immer. Das kann dir eine Abmahnung bringen, mein Lieber. Wenn du mich noch einmal so verschaukelst, muss ich es nach oben melden!"

„Nun mach doch nicht einen solchen Aufstand, Linda, schließlich bist du auch nicht vollkommen! Ja, ich war bei meiner Süßen, ist doch normal, dass man sich nach einer anstrengenden Woche etwas Schönes gönnen will – ich konnte doch nicht ahnen, dass ausgerechnet in dieser Nacht eine Leiche gefunden wird."

„In Ordnung, Daniel, aber Bereitschaft ist Bereitschaft und nicht Kuschelzeit. Heute werde ich nichts unternehmen, aber du solltest dich beherrschen." Mit einem ernsten Blick fuhr sie fort: „Noch eines sollte dir klar sein, ICH bin hier der Boss!"

Daniel schwieg. „Ich lasse mich doch nicht von dir so zurechtweisen, irgendwann bekommst du es zurück", dachte er im Hinausgehen.

Zurück im Büro schaltete sie ihren Laptop ein, um sich über den aktuellen Stand der Spurensicherung zu informieren. Die geschockten Mitarbeiter standen noch in Gruppen beieinander, unterhielten sich leise über den Tod von Gerold, den alle sehr mochten. Daniel setzte sich schweigend an seinen Schreibtisch, stützte den Kopf in die Hände. Dann nahm er einen Aktendeckel zur Hand und versuchte, sich auf die Papiere im Innern des Deckels zu konzentrieren.

„Herrschaften", rief Linda in den Raum, „es gibt viel zu tun, also bitte lasst uns nicht durch Traurigkeit gelähmt sein, das heben wir uns für den Feierabend auf. Allerdings weiss ich nicht, wann der heute sein wird!"

„Lasst uns zunächst eine Bestandsaufnahme machen. Paul, berichtest du?"

Paul nahm einen großen Edding und einen Stapel A4-Blätter.

„Wir haben einen Ermordeten, unseren Gerold Fasner. Wir haben, bis auf die noch nicht identifizierten Fingerabdrücke, keine Spuren. Die Ergebnisse der Pathologie und der KTU stehen noch aus. In der unmittelbaren Umgebung des Turms wurden bisher keine relevanten Spuren gefunden. Bisher konnten keine Zeugen ermittelt werden. Es gibt noch keinen Hinweis auf den Tatort. Eine Motivation für den Mord sehe ich ganz subjektiv im Drogenmilieu, dazu müssen wir unsere Kollegen aus seiner Gruppe befragen, diesen Schritt würde ich gern selbst erledigen – aber alles kann auch ganz anders sein."

Paul sah aufmerksam in die Runde. „Linda, machst du die Aufgabenverteilung?" „Ja, natürlich, ist ja mein Job, Paul."

Während sie ihre Anweisungen gab, heftete er die von ihm beschrifteten Zettel an die Pinnwand.

„Thomas und Charly, ihr überprüft als ersten Schritt die Fingerabdrücke, die letzte Nacht im Turm genommen wurden!" Thomas war ein ‚alter Haudegen' im Kommissariat, erfahren im Kombinieren von Fakten, erfinderisch bei der Entwicklung von Denkmodellen. Charly (45) hatte ein Spezialgebiet: Rekonstruktion von Fingerabdrücken und Physionomien am Computer, Spezialistin auch für Phantomzeichnungen. Sie war klein, zäh und drahtig, hatte gerade das körperliche Mindestmaß für die Polizeischule erreicht, aber sehr ehrgeizig und ausdauernd in ihrer Arbeit. In der Freizeit war sie außerdem eine gute Marathonläuferin.

„Das sind sehr viele", meinte sie nachdenklich, „die Spusi war fleißig!"

„Ich weiß, ihr hasst wie ich solche Routinearbeiten, aber ich habe einen Tipp für euch: Ruft als Erstes bei der WSA in Bremen an, die sollen euch eine Liste aller ehemaligen Mitarbeiter schicken, vielleicht sind ja auch noch einige davon aktiv. Die bestellt ihr zur Abnahme von Kontrollabdrücken ein, damit trennt ihr schon ein wenig die Spreu vom Weizen. Ich denke, diese Leute können wir dann aus dem Täterkreis ausschließen."

Anschließend wandte sie sich einem ihrer jüngeren Mitarbeitern zu: „Bert, organisiere bitte die Suche nach einem großen Plastiksack im Umfeld des Turms, auch im Wasser, vielleicht werden wir fündig und bekommen darüber Täter-DNA! Du, Sandra, kümmerst dich um die Suche nach seinen Kleidungsstücken, die müssen ja irgendwo sein."

„Wenn sie nicht abtransportiert wurden, eventuell sogar in dem Plastiksack, den Bert suchen soll."

„Dann macht euch gemeinsam an die Arbeit als Team. Auf geht's."

Paul ergänzte seine Pinnwand um die verteilten Aufgabenschritte, dann ging er hinunter zu den Kollegen der Gruppe „Drogen".

„Charly, noch etwas, legt besonderen Wert auf die Abdrücke, die eventuell an der Tür gesichert wurden."

„Geht in Ordnung, Linda" kam die Antwort, während Thomas bereits versuchte, den zuständigen Mitarbeiter der Wasser- und Schifffahrtsdirektion in Bremen zu erreichen.

„Wer macht die Befragung der Anwohner und der Mitarbeiter des Lokals, soweit sie zu ermitteln sind?" Linda sah fragend in den Raum. „Daniel, hast du Zeit dafür?"

Daniel nickte und mit „ich mache mich sofort auf den Weg" war er aus dem Raum, froh, nicht länger Lindas vorwurfsvollen Blicken standhalten zu müssen. Außerdem konnte er bei dem Job auch noch kurz bei seiner Freundin vorbeischauen, die in einer Boutique in der Innenstadt arbeitete.

Britta bekam noch einen Sonderauftrag, für den sich Linda eigentlich eine Genehmigung des Staatsanwaltes hätte holen müssen, aber die Zeit drängte, denn mit jeder Stunde wurde die Spurenlage schlechter. Ihr Auftrag: Sie sollte alle Frauen und Kunden des ‚Club Elektra' einbestellen und befragen, die zur Tatzeit im Club waren, denn Spuren wurden im Verlaufe der Zeit kalt, verwischt, lösten sich in Nichts auf.

Bei Mord, und noch dazu an einem Kollegen, waren natürlich alle Mitarbeiterinnen und Mitarbeiter besonders engagiert, leider gab die bisherige Spuren- und Erkenntnislage noch nicht besonders viel her.

„Wir müssen routiniert und zugleich unkonventionell vorgehen", ging es Linda durch den Kopf. Sie rief in der Gerichtsmedizin an, in die man Gerolds Leiche transportiert hatte.

„Haben Sie schon etwas, was uns weiterhilft, Doktor Bohlen?"

Der untersuchende Pathologe konnte ihr noch nicht sehr viel sagen. „Wir arbeiten mit Hochdruck, haben zunächst den körperlichen Zustand untersucht, dazu schicke ich Ihnen gleich einen Vorbericht, aber ohne Garantie für Vollständigkeit. Blut und Mageninhalt werden noch analysiert, dazu später mehr, ich melde mich, sobald wir klare Ergebnisse haben. Ach ja, Frau Barowski, es stehen auch noch Überprüfungen der Sinnesorgane aus. Zur Todesursache können wir leider noch nichts abschließend sagen, die äußeren Verletzungen, das kommt auch in den Bericht, waren es jedoch nicht."

„Danke erstmal, Doktor, schicken Sie mir den Vorbericht aufs Handy?"

„Gern, Ihre Nummer wird mir angezeigt. Bericht kommt, sobald ich mehr weiss."

Nach etwa einer halben Stunde summte Lindas Smartphone, der Bericht, den sie sofort zum Drucker weiterleitete, war überraschenderweise schon da.

Vorabbericht der Pathologie

z. Hd. Frau KHK Barowski Ermittlungsgruppe Mord

Es handelt sich bei der zu untersuchenden Person um einen 56-jährigen Mann mit einem durchtrainierten Körperbau in einem sehr guten Allgemeinzustand. Im Bereich des Abdomens fanden sich zahlreiche Hämatome, die durch das Einwirken stumpfer Gewalt entstanden sind. Zwei vorhandene

Brandspuren im Bereich der linken Brustwarze mit einem Durchmesser von etwa 3-4 mm lassen auf eine Verletzung durch einen Elektro-Teaser schließen. Abschürfungen an den Extremitäten und im oberen Rückenbereich sind postmortem entstanden und auf das Herstellen der extremen Auffindeposition zurückzuführen.

Im Bereich des Halses wurden Strangulierungs-Merkmale festgestellt, es konnten textile Faserspuren festgestellt werden, deren Ursprung noch nicht ermittelt werden konnte. Die Handgelenke wiesen Hämatome und Abschürfungen auf, dort sind keine Faserspuren vorhanden.

Der Mageninhalt zeigte bis auf einen Fakt keine Auffälligkeiten. Im Blut konnte eine erhebliche Menge der Substanz 6-MAM, einer auf Diamorphinclorid (kurz Heroin) basierten Substanz nachgewiesen werden, darüber hinaus war eine erhebliche Konzentration von Blutalkohol festzustellen. Hinweise auf eine intravenöse Verabreichung des Heroins konnten nicht festgestellt werden, die Verabreichung muss oral oder rektal erfolgt sein, letzteres scheidet jedoch aus, es gab keine diesbezüglichen Anzeichen am Anus. Die Substanz muss zuvor in Alkohol, anscheinend Wodka, gelöst worden sein, im Magen wurden noch geringe Reste der Droge festgestellt. Deutliche Einblutungen und Abschürfungen durch die anscheinend gewaltsame Öffnung des Mundes wurden dokumentiert. Die Speiseröhre wies im oberen Teil Verletzungen auf. Fazit: Der Tod des Mannes ist ursächlich auf die gewaltsame orale Verabreichung des Diamorphinclorids zurückzuführen.

Abschluss der Untersuchungen am 21.09.2019 um 10:23 Uhr

Gez. Dr. Bohlen (Ltr. Kriminalpathologisches Institut Oldenburg)

Kapitel 18 Weitere Ermittlungen   Montag 21.9.

Will Porter / 10:00 Uhr

„Der Alte" Paul Lobisch traf in der Ermittlungsgruppe „Drogen und Prostitution" auf eine fröhliche, wohlgelaunte Truppe von Kolleginnen und Kollegen, denn man feierte den Geburtstag von Will Porter, dem ‚Küken' der Truppe, der heute dreißig Jahre alt wurde. Zur Feier des Tages hatte er belegte Brote spendiert, und auch ein, zwei Flaschen Sekt gehörten dazu.

Als Paul eintraf, wurde er mit einem lauten „Hallo" begrüßt und einem „Paul, wie schön, dass der Mord auch zum Gratulieren gekommen ist!"

Paul war sehr erstaunt, hier diese Fröhlichkeit anzutreffen, wussten sie denn noch nichts vom Tod ihres Chefs? Er konnte sich der Geburtstagsstimmung nicht anschließen, war völlig entsetzt wegen dieser Situation.

„Haaalt! Hört sofort auf mit eurer Feierei! Wisst ihr denn nicht, was passiert ist?"

„Paul, was soll das sein, wir feiern den Dreißigsten von Will, das willst du uns doch nicht verbieten", rief einer aus der Runde.

„Leute, will ich eigentlich nicht, aber leider muss ich euch eine entsetzliche Nachricht überbringen. Wir haben in der letzten Nacht euren Chef ermordet aufgefunden!"

Betretenes Schweigen. „Du willst uns nicht nur schocken, Paul? Ein makabrer Scherz aus der Abteilung ‚Mord und Totschlag'?"

„Mit diesen Dingen pflege ich nicht zu scherzen, schon gar nicht, wenn es um einen Freund und Kollegen geht. Er ist tot, brutal ermordet, ja hingerichtet! Noch einmal in aller Deutlichkeit: Gerold Fasner ist tot, er kommt nie wieder hierher!"

Betroffen standen die Kollegen, noch die Gläser in den Händen, zwischen den Schreibtischen. „Paul, wir haben nichts davon gewusst, das darfst du glauben. Habt ihr schon Spuren, Anhaltspunkte, Verdächtige? Wie können wir helfen?" Will, der mit seinem Chef eng zusammengearbeitet hatte, fragte stellvertretend für alle.

„Esst eure Brötchen auf und stellt die Gläser zur Seite, bitte! Und dann müssen wir wissen, woran er gearbeitet hat und wen er sich zum Feind gemacht haben könnte. Seht alle Akten der letzten zwei Jahre durch, länger war er ja noch nicht hier, überprüft seine Kontakte im Milieu. Wir hoffen, ihr könnt uns bei den Ermittlungen weiterhelfen. Ich geh dann mal wieder nach oben."

Will war bis unter die Haarwurzeln blass geworden, drehte sich um, setzte sich kurz an seinen Schreibtisch, sprang wieder auf, das Entsetzen über die Nachricht von Gerolds Tod war ihm ins Gesicht geschrieben. Als Erster äußerte er einen ersten Verdacht. „Ganz klar, es waren die Leute aus dem Lieferantenumfeld des ‚Club Elektra', ich meine die Drogenlieferanten. Wir haben sie in der letzten Zeit ziemlich geärgert mit unseren Razzien, auch wenn die ins Leere gelaufen sind."

„Ich bin mir nicht sicher, Will, ob die Sache so einfach ist, wir sollten ALLES überprüfen, wie Paul vorgeschlagen hat", meinte Berenike, die jetzt als Stellvertreterin von Gerold fungierte. „Denkt zum Beispiel auch an die Männer, die wir nach der Party bei diesem Wenders verhört haben! Da waren schon komische Vögel dabei ..."

„Ich denke, dass es so ist, wie ich gesagt habe! Gerold und ich waren im März letzten Jahres dienstlich in dem Club und haben uns dort umgeschaut, Gerold wurde Koks angeboten." Berenike unterbrach ihn grinsend: „Dienstlich? Im Bordell? Gerold und du? Ich fasse es nicht!"

„Ja, NUR dienstlich, Niki, NUR dienstlich! Und ich habe ja gerade die beiden schief gegangenen Razzien in dem Laden erwähnt, damit macht man sich keine Freunde. Glaubt mir, wir müssen die oder den Täter dort oder bei ihrem Lieferanten suchen!" Will war ein bisschen verärgert, was schien Berenike denn von ihm zu denken, obwohl … So rein dienstlich waren SEINE Besuche im Club nicht, aber er wollte nicht, dass im Amt jemand davon erfuhr!

„Bitte gebt an uns auch die anderen aktuellen Fälle, an denen Gerold gearbeitet hat und auch die erledigten. Wir werden alles noch einmal aus unserer Sicht durchackern, vielleicht ist die Vermutung von Will richtig, vielleicht steckte aber auch ganz etwas anderes hinter dem Mord, alles ist noch reine Spekulation. Wer kümmert sich um die Akten? Berenike, du organisierst das? Gut! Ich gehe jetzt wieder rauf zum Mord."

Paul wandte sich zum Gehen. „Ich wünsche uns allen viel Erfolg."

Die Truppe ‚Drogen und Prostitution' war während Pauls Anwesenheit zunächst wie gelähmt, jetzt entwickelte sich unter Nikis Leitung eine heftige Betriebsamkeit.

„Wir werden den Mord an Gerold doch nicht dem ‚Mord' überlassen, oder?" Sie blickte fragend zu ihren Kolleginnen und Kollegen. „Schließlich wissen wir am besten über seine Fälle Bescheid!"

„Aber die Informationen haben wir alle im System, da kann Mord doch alles einsehen, warum dann noch die papiernen Akten? Klar, die haben bei solchen Ermittlungen die größere Erfahrung", meinte Will und konzentrierte sich auf den Monitor seines Rechners, „ich drucke uns schon einmal die Liste seiner Fälle aus den letzten zwanzig Monaten aus, vorher kann sich Gerold kaum diesen Ärger zugezogen haben."

Er druckte die Liste, die etwa fünfundzwanzig Positionen umfasste, mehrfach aus und legte jedem Kollegen ein Exemplar auf den Tisch: „Sucht die Fälle heraus, an denen ihr selbst mitgearbeitet habt und seht euch an, wem ihr den Mord zutrauen würdet. Ich denke, die Kleindealer und ihre Kunden können wir sowieso vernachlässigen."

„Wieso, Will, übernimmst du hier plötzlich das Kommando, nur weil du einmal mit ihm gleichzeitig im Puff warst? ICH bin hier die vorläufige Nachfolgerin von Gerold, ICH sage, was gemacht wird und wer es macht, ist das klar, Will?" Niki war böse geworden, sie hielt ohnehin nicht viel vom ihr zunehmend introvertierter erscheinenden Kollegen Will …

„Oh, Entschuldigung, Niki, ich wollte dir nichts wegnehmen", maulte der und vertiefte sich wieder in seine Computer-Aktivität, „ich wollte nur helfen!"

„Wer geht mit mir ins Archiv, die Akten holen? Übrigens, Will, danke für die Liste."

„Der Hund, was ist mit Gerolds Hund", fragte Claudia aus heiterem Himmel, „da muss sich doch jemand kümmern, das arme Tier!"

„Er hatte einen Hund?" Berenike staunte. „Und was ist mit einer Frau oder so?"

„Nichts, er lebte allein, nur mit dem Hund. Er heißt Buddy, ein ganz lieber Kerl, ich habe ihn kennengelernt, als ich Gerold einmal besucht habe." Niemand aus dem Team wusste von ihrer heimlichen Leidenschaft zu Gerold, sie hatte es stets verborgen gehalten. Jetzt aber kamen ihr bei dem Gedanken an ihn die Tränen und sie fragte: „Soll ich, darf ich mich um das Tier kümmern, Niki?"

Die nickte zustimmend.

„Aber, Claudia, wir sollten uns vorher mit Linda abstimmen, sie soll vorher die Spusi in die Wohnung schicken, vielleicht finden sie dort Anhaltspunkte für sein schreckliches Ende, kümmere dich darum."

Sie nahm ihren neuen Auftrag sofort in Angriff. „Mache ich selbst!", telefonierte mit den Kollegen der Spurensicherung, verabredete sich mit ihnen zu einem Soforttermin vor dem Haus von Gerold und machte sich auf den Weg. Sie wollte möglichst vor den Kollegen vor Ort sein, wer konnte wissen, wie Buddy auf Fremde reagieren würde.

Berenike und zwei Kolleginnen gingen los, die Unterlagen holen. Auf dem Weg nach oben, denn das Archiv war in der obersten Etage untergebracht, kamen sie beim Mord vorbei, wie die im Haus gebräuchliche Redewendung war. Kein Geräusch drang aus den Räumen zu ihnen auf den Flur, sehr ungewöhnlich für diese Tageszeit. Kein Stimmengewirr, absolute Stille, so als sei die ganze Gruppe auf Betriebsausflug.

„Findet ihr das nicht auch eigenartig, diese Stille hier? Ich sehe mal nach, vielleicht können wir helfen."

Sie öffnete eine der Türen, erschrak. Auf dem Boden lag ein Mann, ein Kollege, bis auf die Unterhose völlig unbekleidet, mit gekreuzten Unterschenkeln und ausgebreiteten Armen. Die ganze Mordkommission stand um ihn herum, betrachtete den bewegungslosen Körper, der wie ein Toter erschien.

Linda Barowski stand mit einem Foto in der Hand daneben, zwei Kollegen waren links und rechts des Oberkörpers postiert.

„Beine sind so korrekt! Bitte die Arme noch gerader und noch weiter ab vom Körper", sagte sie leise, ohne die Stimme zu heben.

Die beiden Kollegen nahmen jeder einen Arm und änderten deren Lage so, dass die Hände des Liegenden noch oberhalb der Kopfhöhe waren.

„Jetzt bitte noch den Kopf ganz auf die linke Seite drehen und das Kinn so hoch wie möglich halten, so ist es korrekt."

„Aua, weiter geht es nicht, tut so schon gewaltig weh!" klang es vom Darsteller des Opfers.

Sie nahm ihr Smartphone und machte Aufnahmen des liegenden Kollegen aus mehreren Positionen, verglich sie mit den Bildern der an der Wand befestigten Fotos der Spurensicherung, war mit dem Ergebnis zufrieden.

„Thomas, ich danke dir, du kannst dich wieder anziehen." Erst jetzt nahm sie Berenike und ihre Kolleginnen wahr, die noch an der geöffneten Tür standen.

„Hallo, Kolleginnen! Ihr habt gerade live sehen können, in welcher Lage euer Chef Gerold aufgefunden wurde, natürlich haben wir unseren Thomas unversehrt gelassen, was man leider in Bezug auf Gerold Mörder nicht sagen kann. Wenn wir mehr wissen, gebe ich euch die Details runter und auch die Fotos. Habt ihr schon einen Verdacht, in welche Richtung wir suchen sollten?"

„Wir sind gerade auf dem Weg ins Archiv, die Akten holen. Sollen wir sie direkt zu euch bringen, oder sollen wir vorsortieren?"

„Ihr könnt gern eine erste Vorauswahl treffen, schließlich kennt ihr eure Pappenheimer am besten. Ach ja, die Fotos von Thomas schicke ich euch gleich rüber." Linda freute sich, dass die Kolleginnen und Kollegen so gut und gern mithelfen wollten, den Fall zu lösen.

Kapitel 19 Befragung möglicher Zeugen   21.9.

Daniel von Stetten / 10:15 Uhr

Er war vom Büro aus mit einem Dienst-Pedelec gestartet, sein erster Weg führte ihn in die Innenstadt zu seiner neuen Flamme, die in einer kleinen Modeboutique arbeitete. Die kleine Turtelei der beiden vor dem Eingang wurde durch ihre Chefin abrupt unterbunden: „Hier wird nicht geknutscht, sondern gearbeitet!"

Enttäuscht schwang Daniel sich wieder auf sein Rad, obwohl zu dieser Zeit das Befahren der Innenstadt schon verboten war, aber was konnte ihm schon passieren, schließlich war er Polizist! Er überquerte den Schlossplatz, fuhr mit hoher Geschwindigkeit durch die Straße „Damm" bis zur demontierten Hubbrücke, um dann über die Behelfsbrücke den Kanal zu überqueren und zügig bis zum Lokal „Zur Brückenwirtin" zu fahren.

Das Lokal war zu dieser Zeit noch geschlossen, niemand dort zu sehen. Er klingelte, klopfte auch an einigen Fensterscheiben, ohne Ergebnis. „Gut, dann nehme ich mir erst einmal die Nachbarn in der Umgebung vor", sagte Daniel zu sich, zunächst jedoch wollte er den Fundort der Leiche in Augenschein nehmen, um sich ein eigenes Bild machen zu können. Er ging durch die immer noch nicht wieder geschlossene Lücke im Zaun, dort waren noch Spuren zu sehen, die die Spusi beim Abnehmen von Fingerabdrücken hinterlassen hatte, das gleiche ergab sich bei der Betrachtung der Tür. Auf dem Treppenabsatz davor lagen mehrere Zigarettenstummel.

„Wieso hat die niemand mitgenommen, oder sind die neu? Heute wird doch niemand den Turm betreten haben!"

Er rief sofort bei der Spurensicherung an.

„Hallo, hier ist Daniel von Stetten! Ich bin gerade beim Turm und will in der Nachbarschaft die Leute befragen, dabei ist mir aufgefallen, dass vor der Tür einige Kippen liegen. Habt ihr die vergessen oder sind die neu?"

„Daniel, die müssen neu sein, heute Nacht lag da nichts! Bringst du das Zeug mit, wenn du zurückkommst?", kam die Antwort von Dietmar, „die müssen wir uns unbedingt ansehen!"

Daniel nahm einen Plastikbeutel und seine Latexhandschuhe, sammelte akribisch alle Stummel ein, die er finden konnte, verschloss den Beutel und verstaute ihn in seiner Tasche. Danach betrachtete er die Tür. Es gab kein Schloss davor, sie war völlig ungesichert. An der Zarge waren noch Reste des Polizeisiegels zu sehen, das zum überwiegenden Teil abgerissen worden war.

Er rief noch einmal bei der Spusi an, dieses Mal war Sylvia am Telefon: „Sylvia, ihr müsst unbedingt zum Turm kommen, das Siegel wurde entfernt, vielleicht gibt es weitere Spuren. Ich halte hier derweil Wache."

Silvia und Dietmar kamen gemeinsam, machten sich sofort an die Arbeit. „Willst du mit hineingehen, Daniel? Sechs Augen sehen mehr als vier." Dietmar nahm einen starken Handstrahler aus dem Kofferraum des Wagens. „Los, auf geht's!"

„Langsam, ihr beiden, wir sollten uns auch hier im Treppenhaus noch mal umsehen. Habt ihr noch eine zweite Lampe?" Sylvia machte sich sofort auf den Weg und kam gleich darauf mit zwei weiteren Handlampen zurück.

Stufe für Stufe, Meter für Meter wurde von ihnen sorgfältig beleuchtet, bis hin zum ersten Podest war nichts Auffälliges zu finden. Diese Ebene schien vor der Anwesenheit der Täter und der Polizei lange Zeit nicht betreten worden zu sein, eine dicke Staubschicht bedeckte neben den ‚Laufspuren' den Boden.

„Hier ist nichts", stellte Daniel fest, „gehen wir weiter."

Mit gleicher Sorgfalt untersuchten sie auch den Treppenaufgang zur zweiten Ebene. An einem Mauervorsprung entdeckte Daniel ein dünnes Büschel Haare:

„Seht mal hier, Haare, anscheinend ist jemand gestrauchelt und hat sich den Kopf geschrammt. Da könnte sogar etwas Blut anhaften!" Wieder nahm er ein Tütchen und sicherte den Fund, nachdem er zuvor die Stelle mit seinem Smartphone fotografiert hatte.

Der weitere Aufstieg und auch die Betrachtung des Fundortes ergab nichts Neues, wie Dietmar feststellte, der Raum war clean, es fanden sich keinerlei neue Spuren.

„Dietmar, kannst du mir beschreiben, wie und wo Gerold hier lag?"

Er beschrieb ihm ausführlich und drastisch die Auffinde-Situation, die Markierungen waren außerdem noch auf dem Fußboden erkennbar. Nachdenklich ging Daniel im Raum hin und her, aus Pietät den Bereich, in dem der Tote gelegen hatte, vermeidend.

„Und im Raum war sonst überhaupt nichts zu finden? Ist hier denn außer Gerolds Mördern nie jemand gewesen, nachdem die Brücke stillgelegt wurde?"

Dietmar zuckte ratlos mit den Schultern:

„Hier war alles leer, es gab nichts zu finden, kommt, lasst uns diesen kalten Ort verlassen. Ich bin ja ziemlich hart gesotten, habe ich jedenfalls immer von mir gemeint, aber der Tote in dieser ‚Kreuzigungslage' hier, und noch dazu ein guter Freund und Kollege, das schafft mich! Linda hat gesagt, sie hätte die Situation im Büro nachgestellt. Es muss schrecklich gewesen sein, als man ihn gefunden hat!"

Er wandte sich zum Gehen, die beiden anderen schlossen sich ihm an. Wieder an der frischen Luft, bedankte sich Daniel bei den

Spusi-Kollegen. Die hatten gerade die Lampen und ihre Alu-Koffer verstaut, als Daniel noch einen Gedanken loswerden musste, der ihm gerade durch den Sinn ging.

„Das Schloss, ich meine das Türschloss, war das gestern auch schon defekt?"

„Ich denke ja, denn es hing ein ziemlich dickes Vorhängeschloss am Riegel, du hast recht, wo ist das denn geblieben? Ich habe es bei der KTU nicht gesehen."

„Habt ihr es gestern Abend wirklich wieder richtig vorgehängt?"

„Nö, nicht richtig, wir hatten ja keinen Schlüssel dafür, also wurde die Tür nur geschlossen, das Schloss davorgehängt und das Siegel geklebt."

„Aber den Bauzaun haben wir wieder richtig hingestellt", warf Silvia ein, „den zu öffnen ist natürlich kein Thema, und das Siegel zu zerstören auch nicht. Es muss also jemand noch nach uns hier gewesen sein!"

Daniel hatte sich schon zuvor Notizen gemacht und ergänzte sie jetzt um diese Fakten, dann verabschiedete er sich von Silvia und Dietmar, um seinen eigentlichen Auftrag auszuführen.

Er hatte sich einige Fragen zurechtgelegt, die er den möglichen Zeugen stellen wollte:

    1.   Haben Sie seit Freitag jemanden an diesem Turm beobachtet, bevor gestern in der Nacht die Polizei kam?
    2.   Ist Ihnen seitdem jemand aufgefallen, der sich dort zu schaffen gemacht hat oder sogar eingedrungen ist?
    3.   Ist Ihnen seit Freitag ein Transporter oder ein ähnliches Fahrzeug in unmittelbarer Nähe zum Turm aufgefallen, aus dem etwas entladen oder in den etwas eingeladen wurde?
    4.   Als gestern die Polizei bereits hier war, haben Sie zu dieser Zeit etwas Auffälliges bemerkt? War danach noch

einmal Licht am oder im Turm?

Es gab etwa fünfzehn bis zwanzig Wohnungen, deren Bewohner er befragen wollte – ein mühseliges Unterfangen, denn heute, am Montagvormittag, waren viele nicht anzutreffen, auch die Brückenwirtin war nicht zu erreichen. Frustriert wegen der vielen ausgefallenen Befragungen, aber stolz über das, was er und die Spusi noch zusätzlich ermittelt hatten, schwang er sich wieder auf sein Rad und fuhr zum Präsidium zurück.

Kapitel 20 Der Hund Buddy   Montag 21.9.

Claudia Mansholt / 11:00 Uhr

Sie hatte ganz entgegen ihrer Gewohnheit heute einen Dienst-kombi genommen, um zur Wohnung ihres ehemaligen Chefs zu gelangen, normalerweise erledigte sie kleinere Fahrten mit ihrem E-Bike. Von einem früheren Besuch bei Gerold wusste sie, dass die Nachbarin vom Haus gegenüber über einen Schlüssel zum Haus verfügte, wie er es einmal erzählte.

„Weißt du, es muss sich ja jemand um Buddy kümmern, wenn mit mir mal etwas sein sollte. Du bist mir eine liebe Freundin, wür-dest du das dann übernehmen?" Er hatte sie bei diesen Worten sehr nachdenklich angesehen. Nachdenklich? Oder etwas vorher-sehend?

„Wie lange ist das jetzt her?", grübelte sie, „einen, zwei Monate? Oder länger?" Die Tränen schossen ihr in die Augen, während sie sich auf den Weg zur Nachbarin machte – wenn Gerold gewusst hätte, was sie für ihn empfunden hatte und noch empfand ...

„Wir waren irgendwie Seelenverwandte", ging es ihr durch den Kopf, „und jetzt hat ihn ein perverses Schwein hingerichtet!"

Wieder schossen ihr die Tränen aus den Augen, die sie mit einem Papiertaschentuch versuchte zu trocknen. Sie läutete am Haus ge-genüber, las den Namen der Bewohner auf dem Türschild, A. Bald-ner stand darauf, nach zehn oder mehr Sekunden wurde von einer grauhaarigen, ziemlich alten Dame geöffnet.

„Ich kaufe nicht an der Tür!" Fast wurde diese wieder geschlossen, Claudia schaffte es zuvor gerade noch, Frau Baldner ihren Ausweis zu zeigen: „Ich bin von der Polizei, schauen Sie, und ich bin wegen Herrn Fasner hier!"

„Geben Sie her", forderte Frau Baldner mit misstrauischem Blick, „da kann ja jede kommen."

Claudia reichte ihr den Ausweis. „Ich bin auch eine gute Freundin von Gerold." Erneut kamen ihr ein paar Tränen. „Ich muss mich um Buddy kümmern, Gerold ist verhindert und ich benötige seinen Hausschlüssel. Sie haben doch einen von ihm bekommen?"

Noch immer misstrauisch sah die alte Dame zu Claudia, überlegte laut.

„Sie wollen sich um den Hund kümmern. Sie möchten in Gerolds Haus, der verhindert ist. Sie haben Tränen in den Augen. Was ist mit Ihnen los, was ist passiert?" Die alte Dame hatte die Situation blitzschnell erkannt. Claudia konnte sich jetzt nicht mehr zusammenreißen und begann hemmungslos zu weinen.

„Kommen Sie herein, Kindchen, kommen Sie, so können Sie nicht auf die Straße gehen."

„Entschuldigen Sie bitte mein Verhalten, Frau Baldner, aber es ist so schrecklich, Gerold ist tot, und ich mochte in sehr gern."

Nach einigen Augenblicken hatte sie sich wieder gefangen und bat erneut um den Schlüssel: „Wir, das bedeutet, meine Kollegen und ich, müssen sein Haus untersuchen, vielleicht können wir etwas entdecken, was uns bei der Aufklärung weiterhilft."

„Junge Frau, ich konstatiere: Gerold Fasner kam nicht auf natürlichem Wege ums Leben, er wurde ermordet! Richtig?"

„Leider richtig, aber wie kommen Sie darauf?"

„Denken, meine Liebe, einfach logisch denken, das habe ich gelernt, schon als Kind zu Hause und in der Schule, später in Ausbildung und Beruf, ich hatte sehr kluge Lehrer." Sie sah die Polizistin nachdenklich an, ging zu der kleinen Kommode im Flur. „Und hier ist der gewünschte Schlüssel, ich hoffe, es hilft ihnen weiter. Und nicht mehr weinen, das trübt den Blick! Übrigens, wenn Sie Fragen haben, kommen Sie gern wieder! Informieren Sie mich, wenn Sie etwas Näheres wissen?" Sie gab Claudia den Schlüssel und begleitete sie hinaus. Auf der anderen Straßenseite hielten gerade die Fahrzeuge der Spurensicherung.

„Frau Baldner ist eine ganz erstaunliche alte Dame", dachte sie und ging hinüber auf die andere Straßenseite, grüßte freundlich ihre Kolleginnen und Kollegen, wollte die Haustür öffnen.

„HALT!", stoppte sie ein Kollege, „erst sichern wir die Abdrücke an allen Zugängen, dann kannst du aufschließen."

Buddy wollte anscheinend die vermeintlichen Eindringlinge vertreiben, denn von drinnen war ein lautes, tief aus der Hundekehle kommendes Bellen zu hören, er schien jedoch nicht direkt hinter der Tür aufzupassen. Eine Kollegin ging sofort ans Werk und nahm, damit Claudia ins Haus gehen konnte, vom Türgriff und seiner Umgebung die Abdrücke, was auf dem weiß gestrichenen Holz scheußliche graue Spuren hinterließ.

„Wische ich nachher wieder weg", dachte sie, drehte den Schlüssel im Schloss und öffnete ganz langsam die Tür, erwartete eine wütende Aktion von Buddy. Der jedoch lag nicht ausgestreckt im Flur oder stand drohend dort, wie sie erwartet hatte, das Bellen kam vielmehr aus der Küche. Sie bat die Kollegin der Spusi, auch dort zunächst die Fingerabdrücke zu sichern, dann öffnete sie. Buddy stand nur da und sah sie mit seinen großen braunen Augen an, bellte noch einmal ein tiefes „Wuff" und legte sich hin. Sie hatte den Eindruck, dass der Hund den Tod seines Herrn bereits ahnte …

„Komm, Buddy, wir gehen in den Garten", sagte sie zu ihm. Das große Tier erhob sich langsam, trottete hinter ihr hinaus, sodass die Spurensicherer ungehindert ihre Arbeit beginnen konnten.

Die Auswertung würde später im Präsidium erfolgen und eine gewisse Zeit beanspruchen, für Claudia bestand zunächst aber das Problem: „Wohin mit dem Hund?"

Sie ließ Buddy im Garten zurück und ging noch einmal hinein, um etwas zum Fressen, einen Napf für das Futter und einen für Wasser für ihn zu organisieren, zum Glück hatte Gerold kürzlich Hundefutter eingekauft und beide Schüsseln lagen trocken und sauber im Flur. Sie ging wieder hinaus, füllte den einen mit Futter aus der Dose und den anderen mit Wasser, denn sie wollte, dass der traurige Hund in Ruhe fressen konnte.

Buddy sah sie während ihrer ‚Aktivitäten' unverwandt an, seine Augen schienen ihr sagen zu wollen: „Was soll das Ganze ohne meinen Herrn?"

Er legte sich ins Gras, ohne Anstalten zu machen etwas zu trinken oder zu essen. Sie versuchte, ihn zu motivieren, vergeblich, er tat nichts, sah sie nur ununterbrochen an. Claudia verzweifelte fast deswegen, der Rüde erweckte ihr Mitgefühl.

„Buddy, ich mach dir einen Vorschlag." Sie setzte sich neben ihm ins Gras, umarmte die fünfzig Kilo Hund, was fast ihrem eigenen Gewicht entsprach. „Du bist jetzt ganz brav und isst und trinkst, und dann fahren wir zwei zur Polizei und sehen, wie es weitergeht."

Sie wusste von Gerold, dass er manchmal seinen besten Freund, wie er Buddy nannte, mit ins Büro genommen hatte – dem war das Stichwort „Polizei" anscheinend geläufig!

Der Hund erhob sich tatsächlich, ging zu Futter und Wasser, schließlich hatte er seit drei Tagen, vom Zeitpunkt des Verschwindens von Gerold an, nichts mehr von seinem Herrn bekommen können! Er nahm zunächst nur die Hälfte seines Futters, sah wieder zu ihr hinüber, die wieder etwas entfernt stand und ihm mutmachend zunickte, dann fraß er weiter, ging langsam, bedächtig zu ihr.

„Dieser Hund ist ein Menschenversteher", ging es ihr durch den

Sinn, „komm, mein Freund, wir starten!"

Sie öffnete gerade das Heck des Combis, als Frau Baldner aus ihrem Haus kam und mit lautem Rufen auf sich aufmerksam machte: „Junge Frau, noch einen Moment!"

Claudia verstaute Buddy im Wagen, schloss die Klappe, ging zu der jetzt aufgeregt scheinenden alten Dame.

„Mir ist etwas eingefallen junge Frau, woran ich vorhin nicht gedacht hatte, weil Sie so traurig waren. Am Freitagabend so kurz vor zehn Uhr hielt drüben direkt vor der Eingangspforte ein Rettungswagen der Malteser, aber ein Blaulicht habe ich nicht gesehen. Erst stieg nur ein Mann aus, er hatte einen weißen Schutzanzug an und klingelte. Als Gerold die Tür öffnete, ging der Mann ganz schnell hinein und schloss sie wieder. Ganz kurze Zeit später kamen noch zwei Männer, auch in so weißen Sachen, öffneten die Hecktüren des Rettungswagens, hoben eine Trage heraus und trugen sie zum Haus. Der Mann, der mit Gerold hineingegangen war, hat ihnen dann geöffnet und sie waren dann ganz schnell mit der Trage nach drinnen verschwunden. Ich hatte noch überlegt, ob Gerold krank sein könnte, wollte aber auch nicht neugierig erscheinen, die ganze Woche über hatte ich ihn an jedem Tag mit Buddy gesehen. Ich bin dann schlafen gegangen, im Fernsehen war nichts Interessantes mehr für mich. Wann der Wagen wieder weggefahren ist, weiß ich leider nicht."

„Erinnern Sie sich sonst noch an irgendwelche Einzelheiten? Wie sahen die Männer aus, waren es wirklich Männer, waren sie groß oder klein, haben sie geredet? Oder haben Sie sogar das Kennzeichen erkennen können?" Claudia war aufgeregt, vielleicht konnte Frau Baldner noch etwas Wesentliches zur Aufklärung beitragen!

„Das tut mir sehr leid, junge Frau, zu keiner Ihrer Fragen kann ich noch mehr sagen, leider, aber es waren wirklich Männer, glauben Sie mir. Aber etwas möchte ich noch wissen: Was passiert denn jetzt mit Buddy, behalten Sie ihn? Ich kann mich erinnern, dass einer Ihrer Kollegen ihn früher als Fährtenhund gehabt hat, vielleicht nimmt der ihn zurück?!"

„Frau Baldner, was Sie gerade gesagt haben, kann sehr wichtig sein. Wir müssen davon morgen ein Protokoll anfertigen, kommen Sie am Vormittag zu mir ins Präsidium?"

„Ja sicher, wenn es wichtig ist! Was wird denn nun mit Buddy?" Die alte Dame drängelte ein wenig.

„Danke, Frau Baldner, dass Sie kommen wollen. Heute nehme den Hund erst einmal mit ins Büro, vielleicht ergibt sich dann eine Lösung. Behalten kann ich ihn leider nicht, meine Wohnung ist zu klein, da würde er ganz unglücklich. Ihn ins Tierheim zu bringen, ist auch keine Lösung, meine ich, er braucht doch seinen Auslauf." Sie verabschiedete sich. „Haben Sie vielen Dank, ich komme bestimmt bald einmal auf einen Kaffee vorbei, wenn ich darf."

„Gern, junge Frau, melden Sie sich, erst recht, wenn Sie den Mörder von Gerold erwischt haben!"

Auf dem Weg zum Fahrzeug winkte sie noch einmal zurück. Buddy lag ruhig auf der Ladefläche.

Kapitel 21 Im Team   Montag 21.9.

Linda Barowski / 14:00 Uhr

Nach der Mittagspause rief Linda das gesamte Team aus ‚Mord‘ und ‚Drogen‘ erneut zusammen, sie wollte die bisherigen Erkenntnisse und die Wissenslücken besprechen, alle sollten auf dem gleichen Kenntnisstand sein. Die Informationen aus dem vorläufigen Bericht der Pathologie waren erschreckend, sie wollte sie mit ihren Kolleginnen und Kollegen teilen.

„Leute, wir haben einige, wenn auch leider bisher wenige Fakten. So wie es jetzt aussieht, wurde Gerold am Freitagabend in seinem Haus überfallen und mit einem Teaser betäubt. Drei Männer haben ihn nach Aussage einer Zeugin kurz nach 22 Uhr in einem RTW der Malteser abtransportiert.“

„Ist das sicher“, fragte Will, „woher hatten die Täter den Wagen?“

„Er muss aus der Nadorster Straße oder aus Sandkrug gewesen sein, vermute ich. In der Bremer Heerstrasse wurde er um etwa 22.30 Uhr von den Leuten einer Verkehrskontrolle gesehen, aber nicht gestoppt – er fuhr mit Blaulicht! Das Blaulicht wurde nach dem Passieren der Kontrollstelle abgeschaltet. Der Wagen bog im Kreisel beim Möbelhaus in den Borchersweg ab, Richtung Streekermoor.

Einer unserer Kollegen, der bei der Verkehrskontrolle Dienst tat, sah an dem Abend zufällig einen normalen Sprinter aus dem Borchersweg kommend im Kreisel in südliche Richtung abbiegen, er sagt, es sei etwa um 22:50 Uhr gewesen.

Gerold, entschuldigt bitte, wenn ich immer den Namen nenne, das Wort ‚Opfer' ist mir in diesem Fall nicht so geläufig! Ich nehme an, dass er bei den Ställen umgeladen wurde, vielleicht sogar getötet. Wir sollten auch dort ganz schnell aktiv werden. Thomas und Sylvia, übernehmt ihr das, am besten sofort? Irgendwo muss ja auch noch seine Kleidung zu finden sein!"

Die beiden machten sich sofort auf den Weg in den Stadtsüden.

„Jetzt zum Bericht der Pathologie, der aber noch nicht ganz abschließend ist. In ihm steht, dass Gerold schwer misshandelt wurde, das kann natürlich schon in seinem Haus geschehen sein. Hochinteressant und zugleich erschreckend ist, dass man ihm eine absolut tödliche Dosis Heroin verabreicht hat."

„Kann ich mir nicht vorstellen, dann hättet ihr doch schon beim Auffinden Einstichstellen finden müssen", meinte Claudia vom Team Drogen, „die hättet ihr wohl kaum übersehen!"

„Haben wir aber nicht, Dietmar hatte sehr genau hingesehen, da war nichts. Nein, man hat ihm nichts gespritzt, das Gift wurde ihm eingeflößt, im Mundraum und im Rachen wurden massive Abschürfungen festgestellt." Es schüttelte sie innerlich bei der Vorstellung der Tat.

„Und das geht? Das kann man nachweisen?" Niki Schneider war entsetzt, mit dieser Art von Drogenmissbrauch hatte sie noch nie zu tun.

„Ja, du weißt doch, ein Abbauprodukt des Heroins ist die Substanz 6-MAM, und die wurde in erheblichem Umfang im Blut festgestellt."

„Gibt es noch weitere Erkenntnisse aus euren eigenen Ermittlungen, oder tappen wir noch immer ziemlich im Dunklen?" Linda drängte aus mehreren Gründen auf Ergebnisse, denn erst kurz vor der Besprechung hatte die Staatsanwaltschaft schon bei ihr kritisch nachgefragt, wie weit man mit den Ermittlungen sei. Die Presse sei schon sehr ungeduldig und erwarte konkrete Informationen, schließlich werde nicht alle Tage ein leitender Polizist ermordet …

„Daniel, wie sieht es bei dir aus, hast du etwas für uns?"

„Negativ, heute Vormittag habe ich praktisch niemanden angetroffen, ich fahre nachher noch einmal hin, vielleicht wird es dann besser. Ich hatte deshalb Zeit und habe mir den Turm noch einmal genau angesehen, das Siegel war abgerissen, deshalb habe ich die Spusi informiert. Wir, das bedeutet Dietmar, Sylvia und ich, haben uns dann den Turm erneut ganz genau angesehen, ich war einfach neugierig, und wir haben noch etwas Kleinigkeit gefunden. An einer Stelle des Treppenaufganges waren Blutspuren mit einigen blonden Haaren. Und Zigarettenstummel habe ich auf dem Podest vor dem Eingang zum Turm entdeckt. Beides wurde noch nicht untersucht, ist aber schon in der Technik."

„In Ordnung, machst du einen Bericht darüber? Anderes Thema, hat die Durchsuchung von Gerolds Haus etwas ergeben, gibt es schon Ergebnisse? Und was sagt uns sein Laptop?"

„Wir haben weder über sein Haus noch über den Laptop Informationen." Paul sah frustriert in die Runde.

Linda blickte zu Will: „Verfolgst du immer noch das Denkmodell ‚Drogenmaffia'?"

„Ja, und davon lasse ich mich auch nicht abbringen, ich bin davon fest überzeugt!"

„Gut, dann lass uns gemeinsam noch einmal alle aktuellen Ereignisse und Fälle überprüfen, die Anderen in deiner Gruppe sollen dir dabei helfen."

Niki hatte noch etwas. In den erledigten Akten aus dem Archiv war eine Notiz von Gerold über einen Todesfall im Club, der erst vor Kurzem passiert war. Gerold hatte dazu eine Aktennotiz angefertigt. Sie las sie dem Team vor:

Aktennotiz Gerold Fasner (KHK) 8.September 2020

Betr.: Todesfall Bordell-Mitarbeiterin „Paola", richtiger Name Olga Petrovka, geb. 14.1.1996 in Minsk/Ukraine.

> Die Tote wurde nach Aussage des Bordellbetreibers Humphrey Wenders am Morgen des 31.8.2020 in ihrem Studio tot aufgefunden. Der nach Aussage Wenders sofort hinzugezogene Arzt Dr. Meinhardt Wohlers stellte den Totenschein aus, Todesursache Plötzliches Herzversagen.
> Einäscherung und Beisetzung erfolgten zwischenzeitlich. Ich beobachtete die Trauerfeier auf dem Friedhof in Oldenburg-Bümmerstede, wo ich den Mönch van Delden traf, der sich dort aus dem gleichen Grund aufhielt. Van Delden wurde im Rahmen einer Drogenparty im August erkennungsdienstlich behandelt.
> Ende der Notiz, gez. Gerold Fasner (KHK)

„Danke, Niki, das müssen wir unbedingt mit in die Ermittlungen einbeziehen. Britta, du bist doch sowieso dabei, die Damen einzuladen, übernimmst du das Problem ‚Tote Dirne'? Danke! Wie wollen wir weiter vorgehen, liebe Kolleginnen und Kollegen, was sollten wir als Nächstes tun? Vorschläge bitte an die Pinnwand, und jetzt bitte wieder an die Arbeit."

Niki, die in der letzten Zeit sehr eng mit Gerold zusammengearbeitet hatte, meldete sich erneut zu Wort. „Wir haben in den letzten Monaten die Leute im und rund um den Club gewaltig geärgert. Gerold hat den Humphrey Wenders enorm unter Druck gesetzt, ich stimme Will in diesem Punkte zu, vielleicht gibt es da Anhaltspunkte."

„Was hast du jetzt vor, Linda", fragte Paul, der viele Zettel mir Fakten während der Sitzung an das Whiteboard geheftet und diese teilweise markiert und zueinander in Beziehung gesetzt hatte.

„Wir werden dem ‚Club Elektra' einen Besuch abstatten,

kommst du mit, Paul?" Sie setzte sich in Ihrem Schreibtischsessel zurück, dann fiel ihr ein: „Was ist mit Gerolds Hund? Hat Claudia ihn unterbringen können?"

„Ja, denke ich, jedenfalls liegt er nicht mehr unter ihrem Schreibtisch. Wann wollen wir los?"

„Vor 21 Uhr hat das nicht viel Sinn, Paul. Mach jetzt erst mal Feierabend, wir treffen uns am alten Kran am Stau."

Sie wollten gerade gehen, als ein Anruf von Sylvia und Thomas kam. „Wir haben einen Sack mit Kleidungsstücken gefunden, sie könnten vom Opfer stammen. Allerdings lag er nicht bei den ehemaligen Ställen, sondern inmitten des Kreisels. Wir bringen ihn jetzt zur KTU. Schönen Feierabend euch!"

Paul nickte, setzte sich noch kurz an seinen Schreibtisch. Minuten später nahm er seine Aktenmappe und ging mit einem „bis nachher, Linda" aus der Tür. Inzwischen war es schon nach 17 Uhr, auch sie ordnete ihre Unterlagen und ging, hatte noch einige Einkäufe zu erledigen, bevor sie sich auf den Weg nach Hause machen konnte.

Trotz oder gerade wegen der angespannten Situation hatten alle Angehörigen der Ermittlungsgruppe das Büro schon verlassen, am nächsten Tag wartete erneut viel Arbeit auf sie alle. Viele ihrer Gedanken gingen in die Richtung „Hoffentlich finden unsere Kollegen, die unterwegs sind, brauchbare Spuren, Gerolds Tod muss schnell aufgeklärt werden"!

Auf dem Weg zu ihrer Wohnung kam ihr ein wichtiger Gedanke: „Wir müssen Gerolds privaten Laptop unbedingt untersuchen, vielleicht hat er dort noch etwas notiert, was nicht spruchreif war."

Kapitel 22 Nachfragen   Montag, 21.9.

Linda und Paul / 21:30 Uhr

Der Türsteher des Clubs zeigte wenig Begeisterung, als Linda und Paul vor ihm standen und in den Club wollten. „Wir sind kein Swingerclub hier, nur Männer kommen hier rein. Wenn Ihr sowas wollt, müsst Ihr in unser Haus in Tweelbäke fahren, da könnt Ihr Euch austoben! Wir haben sowieso geschlossen, körpernahe Dienstleistungen und so! Der Swingerclub hat übrigens auch zu, Bauarbeiten. Dumm gelaufen für Euch."

Die unerwünschten Besucher zückten ihre Ausweise, die der bullige Typ genau studierte. „Ich muss meinen Chef fragen, wartet hier", verschwand im Inneren des Hauses und kam nach wenigen Augenblicken mit dem Geschäftsführer zurück, der Linda und Paul noch nicht bekannt war.

„Mein Name ist Humphrey Wenders", stellte er sich vor, denn die Leute vom ‚Mord' kannte er noch nicht. „Ich bin der Besitzer und Geschäftsführer dieses Clubs. Sie sind von der Polizei? Gibt es einen Grund für Ihren Besuch, über den ich mich natürlich sehr freue?"

„Sie haben die einmalige Chance, sich als Freund und guter Bürger zu profilieren, Herr Wenders. Wir möchten uns, ganz ohne Durchsuchungsbeschluss, mit Ihnen unterhalten, weil wir ein Problem zu klären haben, bei dessen Lösung Sie vielleicht mitwirken können."

„Oh, ich kann helfen? Bitte treten Sie ein, gehen wir in mein Büro. Folgen Sie mir bitte!"

Das Ambiente des Clubs entsprach nicht zwingend dem Geschmack von Linda, sie dachte bei sich. „Männer mögen so etwas?", dachte sie, sagte aber nichts und folgte gemeinsam mit Paul dem Mann. Sie nahmen in dem nüchtern und sachlich eingerichteten Büro Platz, das so gar nicht zur plüschigen Gestaltung des Foyers passte.

„Was kann ich für Sie tun, meine Dame, mein Herr? Linda ist übrigens ein sehr schöner Name, er passt zu Ihnen!" Er sah Linda mit seinen charme-versprühenden Augen an.

„Herr Wenders, bitte! Wir haben ein Problem und Sie können uns vielleicht helfen, wie ich schon sagte. Paul, erklärst du es Herrn Wenders?"

„Aber gern! Gestern in der Nacht bekamen wir einen Hinweis, dass in einem der Türme der Cäcilienbrücke eine Leiche läge. Wir sind sofort mit der ganzen Mannschaft hingefahren und leider fündig geworden. Jetzt suchen wir den Informanten und hoffen auf Ihre Mithilfe."

„Es tut mir sehr leid, ich war gestern bis Mitternacht im Club, Buchhaltung und Ähnliches. Anschließend bin ich noch mit dem Rad etwas umhergefahren, den Kopf wieder freibekommen. Wenn Sie es genau wissen wollen, danach habe ich mir noch eine schöne Stunde mit einer meiner Damen gemacht, die rein zufällig hier war. Irgendwann, ich kann Ihnen die Zeit nicht sagen, bin ich dann entspannt in mein Penthaus gefahren."

„Ach, Herr Wenders, so genau wollten wir es heute eigentlich noch nicht wissen. Aber eines könnte für uns wichtig werden: Sind Sie zufällig im Bereich der Brücke gewesen, haben Sie dort etwas beobachtet?" Linda war neugierig geworden, deshalb fragte sie nach.

Paul saß, anscheinend unruhig, auf dem Sessel, fragte plötzlich:

„Herr Wenders, wo finde ich die Toilette?"

„Hier raus, durch den Barraum direkt neben dem Treppenaufgang."

„Danke!" Paul ging sofort eilig hinaus, es schien nötig zu sein. Er durchquerte den menschenleeren Barraum bis zu der Tür mit der Aufschrift ‚Toiletten'.

In dem Gang war nicht nur die Tür zur Herrentoilette, sondern auch eine zweite mit einem Schild ‚Studio'. Es weckte Pauls Neugier, vorsichtig öffnete er sie, sah hinein und war erschreckt, so etwas hatte er noch nicht gesehen. Er nahm sein Smartphone und fotografierte um sich herum, dann schloss er wieder die Tür und ging jetzt wirklich zur Toilette.

Auf dem Rückweg konnte er unbeobachtet wieder das Büro betreten, wo inzwischen die Unterhaltung, wenn auch anscheinend ergebnislos, weitergegangen war.

Paul hatte eine Idee: „Herr Wenders, damals, als unsere Drogenfahnder Ihre Party gesprengt haben, war unter den Gästen auch ein Mann, der wie ein Mönch auftrat und gesagt hat, dass er schon mehrere Male Gast hier im Haus gewesen sei. Können Sie die Dame kurz zu uns bitten, damit wir sie zum ‚Mönch' befragen können?"

„Das tut mir sehr leid, wir haben sie vor Kurzem beerdigen müssen. Wissen Sie, sie ist an einem plötzlichen Herzversagen gestorben, wir waren alle sehr betroffen!"

„Ist sie hier oder woanders gestorben?"

„Sie hat hier im Haus gewohnt, und wir haben sie an dem Morgen im Studio aufgefunden, es war am", er überlegte einen Augenblick, „es war am Montag vor drei Wochen. Der von uns sofort gerufene Arzt konnte nur noch ihren Tod feststellen, es war schrecklich!"

„Das war sicher eine schwierige Zeit für Sie und Ihre Damen, ich kann es mir vorstellen, Herr Wenders. Dürfen wir uns das Studio mal ansehen?"

„Nein, Frau Kommissarin, das geht jetzt zu weit. Bringen Sie einen Durchsuchungsbeschluss, dann sehen wir weiter!"

Paul, der den Raum, das so genannte Studio, fotografiert hatte, nickte seiner Kollegin zu. „Herr Wenders, wir danken für dieses Gespräch. Ich bin sicher, wir sehen uns noch einmal wieder und danke, wir finden allein hinaus! Eines noch: Wir werden den Raum versiegeln, Sie dürfen ihn nicht mehr betreten, auch niemand vom Personal, bis die Spurensicherung ihn untersucht hat." Er ging hinüber in den Gang und klebte das Siegel an die Tür. „Und jetzt alle Schlüssel dazu bitte, Herr Wenders, schließlich geht es um den Tod Ihrer Mitarbeiterin – vielleicht war es ja auch Mord …"

Kapitel 23 Befragung Humphrey Wenders   Dienstag 22.9.

Linda Barowski / 11:00 Uhr

Das gesamte Team im Kommissariat war aktiv, jede und jeder hatte seine Aufgabe erhalten. Als erste Maßnahme nach ihrem Eintreffen im Büro hatte sie gestern den Informanten der letzten Nacht ermitteln und ihn für heute zu einer Befragung einbestellen lassen. Zwar hatte sie ihn schon gestern Abend in seinem Club gesprochen, aber zu dem Zeitpunkt wusste sie noch nicht, dass er der Hinweisgeber war.

„Bitte nehmen Sie Platz, Herr Wenders, wir haben uns ja schon gestern in Ihrem Club kennengelernt."

Humphrey Wenders setzte sich, ihrem Wunsch folgend, auf den Stuhl auf der ‚Kunden'-Seite ihres Schreibtisches und sah sie neugierig-interessiert an. „Was verschafft mir erneut die Freude, mit Ihnen plaudern zu dürfen?"

Linda war verwirrt, was sollte dieser Spruch des Zeugen? „Es wird sich zeigen, ob unser Gespräch für Sie eine Freude sein wird", entgegnete sie ärgerlich, „Sie sind hier nicht zu einem Kaffeekränzchen eingeladen."

„Linda – ich darf Sie doch so nennen? Also, Linda", er wurde abrupt von ihr unterbrochen: „Nein, Sie dürfen mich nicht so nennen, für Sie bin und bleibe ich für alle Zeiten Hauptkommissarin Barowski, ist das klar?" Linda war verärgert, was bildete sich dieser Typ nur ein? Die Ereignisse der letzten Tage und die schlecht laufenden Ermittlungen belasteten sie sehr, Smalltalk war zurzeit nicht ihr Ding.

„Entschuldigung, Frau Kriminalhauptkommissarin, ich wollte Ihnen nicht zu nahetreten, aber ein netter Umgang miteinander macht doch das Leben viel angenehmer und dient auch häufig der Sache, diese Erfahrung haben wir doch bereits gestern gemeinsam machen dürfen, wenn auch das Gespräch für mich nicht nur erfreulich war!"

„Lassen sie jetzt Ihre Belehrungen und das Süßholzgeraspel, Herr Wenders. Konzentrieren wir uns auf den Grund Ihres Hierseins."

„Sagen Sie ihn mir? Ich habe keine Ahnung, Linda! Oh, Verzeihung, ich habe mich schon wieder in der Anrede vergriffen. Ich kenne ihn jedenfalls nicht, aber es ist mir eine Freude, mit Ihnen zu plaudern."

„Es reicht jetzt, Herr Wenders!" Linda wurde sehr ernst, ihre Augen funkelten wütend. „Falls Sie glauben sollten, dies hier ist ein Spiel, unterliegen Sie einem Irrtum, ich kann auch anders, wir können diese Befragung gern in ein Verhör umwandeln!"

„Nun seien Sie doch nicht gleich so empfindlich, Frau Hauptkommissarin Linda Barowski. Was wollen Sie wissen? Fragen Sie, was immer Sie möchten, ich bin zu allem bereit."

Linda begann innerlich zu kochen. Es fiel ihr zunehmend schwer, Haltung zu bewahren. „Ich bin nicht empfindlich. Wir wollen von Ihnen nur wissen, wo Sie sich von Sonntag auf Montag zwischen Mitternacht und vier Uhr am Morgen tatsächlich und nachprüfbar aufgehalten haben."

Wenders wartete eine, wartete zwei Minuten, blickte Sie unverwandt an, als wolle er sie mit seinen Blicken hypnotisieren. Dann bequemte er sich zu einer Antwort:

„Ich war unterwegs mit dem Rad, wie ich Ihnen gestern Abend sagte. Sie haben mir doch gestern zugehört, oder waren Sie mit den

Gedanken woanders?"

„Sie waren unterwegs! Schön! Wo?"

„Sie scheinen sehr vergesslich zu sein und das in Ihrem Alter", er fuhr nach eine kurzen Gedankenpause fort, „ich habe Ihnen gesagt, dass ich herumgefahren bin, auch bei der Brücke. An die Uhrzeit kann ich mich aber nicht erinnern, wer weiss schon genau, wann er etwas getan oder gelassen hat! Wissen Sie genau, was Sie zu der fraglichen Zeit getan haben? Bestimmt nicht geschlafen, kann ich mir vorstellen."

„Herr Wenders, es ist völlig uninteressant, was ICH getan oder gelassen habe, SIE sind der Befragte! Sie sind hier für eine Einvernahme als möglicher Zeuge in einem Mordfall und nicht, ich wiederhole mich, nicht für irgendwelche Spielchen. Noch einmal zu meiner ursprünglichen Frage. Sie haben uns in der Nacht zum Montag angerufen und gesagt, dass Sie etwas Merkwürdiges an oder in einem der Brückentürme beobachtet hätten. Leider haben Sie zu dem Zeitpunkt nicht Ihren Namen gesagt, deshalb mussten wir ihn ermitteln. Und jetzt bitte ich um Ihre Aussage!"

Linda sah ihr Gegenüber kritisch-neugierig an: „Also, was hatten Sie gesehen und warum wollten Sie anonym bleiben?"

„Ich wollte nicht anonym bleiben, warum auch? Ich habe nichts zu verbergen, Sie kennen mich doch."

Wieder legte er eine Pause ein, um sich etwas zu überlegen. „Ganz einfach, ich war nicht allein."

„Sie haben doch gerade gesagt, dass Sie mit dem Rad eine kleine Tour gemacht haben. Wo kommt jetzt plötzlich eine Begleitung her?"

„Frau Kommissarin, ich habe die Dame unterwegs getroffen. Und sie hatte Angst, als ich die Polizei anrief."

„Angst? Wovor?"

„Mit mir gesehen zu werden, vielleicht sogar polizeilich vernommen zu werden, deshalb diese Anonymität. Wissen Sie, sie hatte bereits wie ich auch schlechte Erfahrungen mit der Polizei! Ich bin ein absoluter Freund der Diskretion, wenn Sie verstehen, was ich meine. Zu der anderen Frage, aber das habe ich schon bei meinem Anruf gesagt, waren Licht und Bewegungen in dem alten Gemäuer zu sehen."

„Sie erzählen mir Märchen! Jetzt sagen Sie mir bitte, welche Tür sich geöffnet hat.""

„Die Tür am Südwestturm, welche denn sonst, die vom Lokal vielleicht?"

„Aha! Wollen Sie mich jetzt veralbern! Haben Sie die Personen sehen, vielleicht sogar erkennen können? Können Sie sie beschreiben?"

„Erkennen nein, beschreiben auch nein, ich war ja zu weit weg, auf der anderen Seite des Kanals am Anfang der Rampe. Es waren zwei Männer, möglicherweise auch Halbwüchsige, nach ihrem Laufstil zu urteilen, als sie in die Bremer Straße rannten. Anschließend habe ich dort die Rücklichter von zwei Fahrrädern gesehen."

„Konnten Sie sehen, wohin deren Fahrt ging?"

„Leider nein, sie waren sehr schnell verschwunden, na ja, die Sicht war dort am Kanal auch nicht gut, Nebel, verstehen Sie?"

„Nebel? Ich habe an dem Abend, in der Nacht keinen Nebel gesehen! Es hat zeitweise schrecklich geregnet, aber Nebel? Egal. Noch einmal zu Ihrer Begleitung. Wir müssen, um Ihrer Aussage Glauben schenken zu können, schon wissen, welche Dame das war. Bitte notieren Sie hier Namen und Anschrift." Sie schob ihm erneut den Notizblock über den Tisch.

Er sah sie noch einmal eindringlich an, als wolle er sagen „Du fängst mich nicht", schrieb dennoch Namen und Adresse der Dame auf den Block und schob ihn zurück zu Linda.

Mit den Worten „Danke, Herr Wenders, wir werden das überprüfen und sehen, ob sich die Aussagen der Dame mit Ihrer decken. Jetzt können Sie zunächst gehen, aber ich bin mir sicher, dass wir uns bald wiedersehen werden", deutete sie zur Tür.

Der in ihren Augen eigenwillige Mensch erhob sich provozierend langsam. „Linda, ich freue mich auf unser Wiedersehen, vielleicht in einem Café? Es ist ja zurzeit wieder möglich."

„Raus!", brüllte ihn die Kommissarin an, „raus!"

Wenders erhob sich endgültig, lächelte Linda zu, verbeugte sich formvollendet und säuselte: „Liebe Linda, ich freue mich auf unser nächstes Zusammentreffen, hoffentlich in einer netten Umgebung bei einem Glas Schampus. Auf ein baldiges Wiedersehen."

Er verließ den Raum und zog die Tür provozierend langsam hinter sich fast zu, blickte noch einmal mit zufriedenem Lächeln durch den Spalt zu Linda, die nachdenklich an ihrem Schreibtisch saß: „Welch ein schrecklicher Mensch!"

Vor dem Präsidium nahm er sein Handy und rief eine der gespeicherten Rufnummern an. „Die Polizei wird dich fragen, ob du vorgestern Nacht, also von Sonntag auf Montag, mit mir an der Cäcilienbrücke warst. Was immer du um eins, halb zwei gemacht hast, vergiss es, wir waren erst spazieren und dann auf dem Weg zu dir. Wir besprechen die Details gleich im Club."

Inzwischen war es schon 12:15 Uhr geworden und Linda benötigte eigentlich eine Pause, als Paul in ihr Büro kam. „Das musst du dir unbedingt ansehen, Linda! Ich war doch gestern im Club angeblich zur Toilette. Stattdessen habe ich mich dort in das ‚Studio‘ geschlichen und rundum alles fotografiert, was ich vor mein Handy bekam. Du glaubst nicht, was die Bilder zeigen!"

Er präsentierte ihr seine Fotos. In der Tat kam sie aus dem Staunen und Erschauern nicht heraus: „Das sind ja die reinsten Folterwerkzeuge, Paul. Wie können sich Menschen nur so erniedrigen!

Das traue ich einer Frau eigentlich nicht zu, nicht einmal den Profis im Club."

„Linda, wo lebst du? Hast du noch nicht das Buch ‚Fifty Shades of Grey' gelesen oder den Film gesehen? Man kann allen Menschen alles zutrauen, glaube mir! Ich denke, der Raum dient ganz besonderen Kunden als Spielzimmer für Sado-Maso-Aktivitäten, brrr. Aber über Moral haben wir nicht zu urteilen, ist nicht unser Job, wir suchen Mörder."

Paul machte eine kurze Pause, dann fuhr er fort: „Aber manchmal hat das eine mit dem anderen viel zu tun, liebe Linda! Hier auf diesem Bild zum Beispiel sehe ich eine Art Tresor, da könnte man gut Drogen deponieren, die würden nicht einmal unsere Hunde erschnüffeln und hier, sieh die Handschellen an der Wand, könnte damit auch Gerold gefesselt worden sein?"

Sie blätterte noch einmal im Computer, überprüfte den Pathologiebericht, ob an Gerolds Handgelenken Spuren von Handschellen waren. Es gab darauf keine Hinweise im Bericht.

Linda sah sich noch einmal alle Fotos aus dem Raum an. „Paul, wir sollten deiner Idee nachgehen und speziell diesen Raum überprüfen. Vielleicht finden wir ja Fingerabdrücke oder DNA-Spuren von Gerold oder dem Mörder der Dirne dort, falls sie umgebracht wurde, was wir allerdings niemals werden beweisen können! Ich gebe das an die Spusi, aber jetzt gehe ich in die Kantine, ich habe Hunger."

Nachdem sie ihre nicht sehr lange andauernde Mittagspause mit einem Salatteller und einem stillen Wasser absolviert hatte, stürzte sie sich erneut in die Ermittlungsroutine für diesen Fall.

Als Erstes bat sie Niki Schneider um Informationen zu Humphrey Wenders. Seine Art mit ihr zu reden nervte sie und seine Aussagen erschienen ihr zumindest fraglich.

Kapitel 24 Puzzlesteine   Mittwoch 23.9.

Linda / 16:30 Uhr

Will kam in ihr Büro, als Linda gerade in der KTU anrufen wollte, um zu fragen, ob es in Bezug auf die gefundenen Kleidungsstücke schon Erkenntnisse gebe. Die Information war leider, dass die Untersuchungen noch nicht abgeschlossen seien.

„Gibt es schon Neuigkeiten zum Täter oder Täterkreis, Linda? Ich bin immer noch völlig fertig von Gerolds Ermordung, wer kann ihn denn so sehr gehasst haben?"

„Ich habe noch keine Ahnung, aber wir werden es alle gemeinsam herausfinden, wir drehen jeden Stein um, das kannst du glauben. Er hat mir einmal gesagt, dass er einen Maulwurf hier im Hause vermute, da suche ich auch schon. Weißt du, Maulwürfe werden ja gefüttert, und das Futter ist Geld, deshalb hat der Staatsanwalt schon die Interne beauftragt, alle denkbaren Kandidaten zu checken!"

War will bei dieser Ankündigung etwas blass geworden, oder schien ihr das nur so, lag es an der Beleuchtung im Raum? Linda war im Falle Gerold misstrauisch gegenüber fast jeder und jedem …

Daniel hatte heute Nachmittag noch einmal die Zeugenbefragungen im Bereich des Brückenturms in Angriff genommen und saß jetzt anscheinend an der Formulierung seines Berichtes, den Linda sehnsüchtig erwartete – vielleicht hatte ja doch jemand etwas gesehen?

147

Fünfzehn Minuten später erreichte sie seine E-Mail, die sie gern mit ihm besprochen hätte. Es war inzwischen schon kurz nach Dienstschluss geworden, aber Linda versuchte trotzdem, ihn noch zu erreichen, leider vergeblich, er hatte schon das Haus verlassen, wie ihr ein Blick auf die elektronische Anwesenheitsliste zeigte.

„Gut, dann eben morgen", sagte sie zu sich und heftete seine Erkenntnisse an die Pinnwand, las sie zunächst nur kurz durch.

Kurzbericht über die Zeugenbefragungen

Die Befragung der Anwohner in der nächsten Umgebung des Südwest-Turmes am 23.09.2020 nachmittags ergab folgende Einzelpunkte:

- Am Freitag, dem Tag, an dem Gerold ermordet wurde, wurden am Abend eine oder zwei männliche Personen (genauere Informationen gab es nicht) beobachtet, die sich an der Tür des Turms zu schaffen machten.
- Gäste des Lokals „Zur Brückenwirtin" berichteten nach Aussage der Wirtin, dass kurz vor Schließung des Lokals am Sonntag dort ein weißer Transporter vorgefahren sei. Wann das Fahrzeug wieder weggefahren ist, konnte nicht ermittelt werden. Die Wirtin versucht, die Gäste zu erreichen, die zu dieser Zeit noch im Biergarten waren.

Oldenburg, 23. September 2020 / Daniel von Stetten (KOK)

Eine E-Mail der Citywache erreichte sie. Bei den Kollegen hatten sich überraschenderweise zwei junge Männer gemeldet, die in der Nacht den Turm betreten wollten, um etwas zu rauchen, sie waren angeblich schon häufiger dort gewesen. Linda vermutete, dass diese Jungen, Mike Martensen und sein Freund Benny, die beiden jungen Männer waren, die Wenders in der Nacht hat weglaufen sehen. Interessant waren die Zeiten, die inzwischen feststanden. Bis 21:30 Uhr schien noch alles in Ordnung zu sein, um 23:20 Uhr fuhr der Transporter am Turm vor, wie Daniel erfahren hatte. Etwa zwei Stunden später fanden die Jungen die Leiche, sagten aber niemandem etwas, sondern rannten davon. Zu dieser Zeit etwa traf auch der anonyme Hinweis zur Leiche in der Polizeizentrale ein.

In der Nachricht standen auch die Kontaktdaten dieses Mike, morgen würde sie ihn und seinen Freund herbitten, damit ihre Fingerabdrücke aus dem Gesamtpool entfernt werden konnten. Überhaupt wird morgen viel Betrieb im Erkennungsdienst sein, die ehemaligen Brückenwärter würden kommen, soweit sie erreichbar gewesen sind. Thomas und Charly waren bei der WSA in Bremen zwar nicht auf Begeisterung gestoßen, aber schließlich hatte man ihnen die Namenslisten der ehemaligen Mitarbeiter an der Brücke zugefaxt. Die Einladungen für die Abnahme der Abdrücke waren in fast allen Fällen erfolgreich gewesen, wieder ein kleines Puzzlestück mehr auf dem Weg zum Gesamtbild. „Wenn wir jetzt noch verwertbare Spuren an der gefundenen Kleidung fänden, wenn es überhaupt die von Gerold ist, kämen wir noch etwas weiter."

Sie lehnte sich zurück, ihr Kopf schmerzte, außerdem hatte sie Hunger und sehnte sich nach ihrem Freund Pit. „Ich mache jetzt Schluss für heute", sagte sie zu sich, fuhr ihren Laptop und den Gruppencomputer herunter, zog ihre Jacke an und verließ das Büro. Noch im Hinausgehen dachte sie: „Wir müssten eigentlich alle in einem großen Raum sitzen, da wäre die Kommunikation viel einfacher!"

Der Anruf bei Pit war vergeblich. „Der Teilnehmer ist nicht erreichbar. Bitte sprechen …", in ihr stieg eine leichte Enttäuschung auf, als sie eine Nachricht an ihn aufsprach: „Pit, mein Schatz, wo steckst du schon wieder? Wenn ich dich brauche, bist du nicht zu sprechen! Bitte melde dich bei mir. Ich fahre jetzt in die Stadt und will mir den Turm noch einmal ansehen, danach bin ich in der Wohnung. Ich liebe dich!"

Sie hatte mit dem Rad gerade das Gelände des Präsidiums verlassen, als Humphrey Wenders ihren Weg kreuzte.

„Hallo Linda, Entschuldigung, Frau Barowski, wie schön, Sie an diesem herrlichen Nachmittag zu sehen. Sie haben hoffentlich diesen wunderbaren Tag genießen können?" Der Hohn triefte geradezu aus seinen Worten.

Linda musste sich sehr zusammenreißen, nicht unhöflich, nicht unprofessionell zu werden. „Herr Wenders, ich bin auf dem Weg in den Feierabend und bin nicht zum Plaudern aufgelegt, guten Tag!"

„Oh, das habe ich nicht wissen können, Verzeihung. Ich wünsche Ihnen einen entspannten Abend, wir sehen uns sicher bald einmal wieder. Übrigens: Ich fand unsere Gespräche gestern Abend und auch heute sehr anregend."

Mit diesen Worten gab er den Weg wieder frei, wendete sein Rad und fuhr in Richtung Melkbrink davon. Linda war verwundert, verärgert. „Ein schrecklicher Mensch. Ich werde diese Begegnung in den Akten vermerken."

Sie setzte ihren unterbrochenen Weg durch die Ziegelhofstraße fort. Als sie endlich das Osternburger Kanalufer erreicht hatte, suchte sie sich in dem zu dieser Zeit wenig besuchten Biergarten des Lokals „Zur Brückenwirtin" einen schönen Platz am Wasser mit Blick auf den Kanal, bestellte bei der jungen Bedienung ein alkoholfreies Bier.

„Bitte tragen Sie sich in die Liste ein wegen der Nachverfolgung." Die Kellnerin legte ihr einen Zettel vor, auf dem schon mehrere Gäste ihre Kontaktdaten notiert hatten.

„Würden Sie Ihre Chefin auf ein paar Minuten zu mir bitten?" Die Wirtin kam bereits nach wenigen Augenblicken. „Was kann ich für Sie tun, Frau Barowski?" Den Namen hatte sie von der Anwesenheitsliste.

Linda wies sich ihr gegenüber aus und bat um einige Minuten Zeit für ein paar Fragen.

„Frau Paulsen, mein Kollege Daniel van Stetten hat Sie am Montag oder Dienstag schon einmal befragt, ob Sie am Ende der letzten

Woche und besonders am Sonntagabend irgendetwas Auffälliges an dem linken Turm beobachtet haben. Sie sagten ihm, dass Sie noch jemanden fragen wollten, der vielleicht etwas gesehen haben könnte, sind Sie da schon zu einem Ergebnis gekommen?"

„Ja, Frau Barowski, Ihr Kollege war am Dienstag hier! Der Gast, von dem ich sprach, sitzt drüben an dem Tisch bei unserer Schafskulptur, Sie können ihn gleich selbst befragen. Soll ich ihn herbitten?"

„Das wäre sehr freundlich, danke." Die Wirtin ging zu dem älteren Herrn, der gerade dabei war, eine gebratene Haxe zu verzehren und zu ihr herüberwinkte: „Komme gleich, nur noch aufessen!"

Nach etwa zwanzig Minuten, Linda hatte sich inzwischen einen Rotwein bestellt, kam der Herr endlich an ihren Tisch. Sie bat ihn, sich zu setzen, danach stellte er sich sofort vor: „Gestatten Sie, Herbert Hildesheimer! Was kann ich für Sie tun, junge Frau?"

„Zunächst einmal herzlichen Dank, dass Sie etwas Zeit für mich haben, Herr Hildesheimer! Es geht mir um Folgendes …", dann erklärte Sie ihm den Grund Ihres Hierseins so ausführlich wie möglich, natürlich unter Einhaltung der gebotenen Geheimhaltung.

„Sie sagten am Sonntagabend? Ja, da war ich lange hier, stimmt, ich habe sogar noch der Wirtin geholfen, die Stühle zu richten und die Tischdecken wieder einzusammeln. Sie müssen wissen, ich habe sonst keine Aufgaben mehr im Leben, da freut man sich als älterer Mensch, wenn man helfen kann! Sie habe ich hier auch schon einmal in männlicher Begleitung gesehen, kommen Sie öfter her?"

Linda ignorierte die Frage, sie interessierte nur der Sonntagabend. Sie nahm ihr Smartphone, zeigte ihm ein Foto von Wenders: „Haben Sie hier am Sonntag diesen Mann gesehen?"

„Ja, eindeutig. Er saß hinten beim Pavillon und telefonierte sehr viel und jeweils auch lange, ist auch bis fast zum Feierabend geblieben. Er fuhr mit seinem Rad weg, er und ich waren die letzten

Gäste." Der Herr lehnte sich etwas weiter vor.

„Es war schon spät, deshalb wollte ich zurück in unsere Wohnung. Wissen Sie, meine Frau geht nicht gern in Lokale, sie mag auch keine Schweinshaxe, ist ihr zu fett. Entschuldigung, ich schweife ab", lächelte sie freundlich an.

„Kurz bevor ich gehen wollte, also gerade vor der vor Lokalschließung, fuhr ein weißer Transporter ganz knapp in die Herrmann-Ehlers-Straße und hielt genau am Turm. Nach ein paar Minuten stiegen zwei Männer aus, machten sich am Bauzaun zu schaffen. Dann öffneten sie die Schiebetür an der Seite des Wagens und schleppten einen großen schweren Plastiksack die Treppe hinauf. Ein dritter Mann hat anschließend den Wagen weggefahren, wohin, weiss ich natürlich nicht. War das etwas Kriminelles, Frau Barowski?"

Herr Hildesheimer war beim Erzählen ganz aufgeregt geworden. „Darf ich Ihnen ein Beruhigungsbier bestellen?", fragte Linda, die während des Gesprächs die Aufnahmefunktion des Telefons aktiviert hatte. Er nickte, dann fuhr er fort: „Die Sache hatte mich natürlich neugierig gemacht, deshalb habe ich noch längere Zeit im Biergarten gewartet, die Männer konnten mich nicht sehen, die Wirtin hatte schon die Lampen ausgeschaltet. In dieser Zeit war im oberen Teil des Turms immer wieder Licht zu sehen. Nach etwa fünfzehn Minuten kamen die beiden Männer wieder heraus und haben alles wieder verschlossen! Einer trug den Plastiksack, der aber anscheinend ganz dünn und leicht geworden war, hinaus und hat ihn in den Kanal geworfen, wie mir schien, denn er wurde nicht mitgenommen. Dann sind die zwei zu Fuß in der Bremer Straße verschwunden."

„Könnten Sie die beiden Männer beschreiben, die Sie gesehen haben?"

„Ach, Frau Barowski, das ist für mich schwierig. Einer war groß und dünn, ungefähr wie der Herr, mit dem ich Sie hier einmal gesehen habe und der zweite eher kompakt und deutlich kleiner. Der Dicke hatte ganz kurz geschorene Haare, erinnere ich und sprach mit einem osteuropäischen Akzent, der Dünne ganz normales Hochdeutsch, man merkt ja auch vieles an der Sprachmelodie. Am Abend, wenn die Stadt schläft, kann man Geräusche über weite Entfernungen hören. Wissen Sie, ich war früher Musiklehrer, da kennt man sich damit aus."

Linda war erstaunt, da konnte ihr dieser ältere Herr ganz genau schildern, wie und wann der tote Gerold Fasner in den Turm gekommen war!

„Herr Hildesheimer, Sie haben der Polizei einen ganz, ganz großen Dienst erwiesen mit Ihren Beobachtungen, Sie sind ein sehr guter Beobachter. Darf ich Sie für morgen Vormittag ins Präsidium bitten, damit Sie diese Aussage unterschreiben können? Ich habe alles aufgezeichnet und lasse es gleich in der Frühe abschreiben für das Protokoll. Ach ja, bringen Sie bitte Ihren Personalausweis mit, nur der Form halber."

Herr Hildesheimer nickte. „Ich freue mich, dass ich helfen konnte. Natürlich komme ich gleich morgen zu Ihnen für das Protokoll. Jetzt will ich aber nach Hause, meine Frau wartet sicher schon sehnsüchtig. Die wird Augen machen, wenn ich ihr von unserem spannenden Gespräch berichte. Gute Nacht, Frau Barowski, bis morgen."

Kapitel 25 Verdächtige   Donnerstag 24.9.

Paul Lobisch

Er hatte in dieser Nacht einen sehr unruhigen Schlaf, immer wieder geisterten ihm die Gesichter möglicher Täter und auch seiner Kolleginnen und Kollegen durch die Träume. Er wälzte sich von einer Seite auf die andere, wachte auf, fiel erneut in einen leichten, von Albträumen geplagten Schlaf. Seine Gedanken ließen ihn nicht los. Wer hatte ein massives Interesse am Tode von Gerold? Wem war eine so brutale Art zu morden zuzutrauen? In seinen Überlegungen tauchte immer wieder das Bild Gerolds auf, wie er von den Tätern präsentiert wurde, ganz so, als sei er einem Ritualmord zum Opfer gefallen. Wenders, der Türsteher, die Wein- und Drogenhändler, der Prior – alle wirbelten wild in seinem Kopf durcheinander, und zusätzlich kamen auch noch mehrere für ihn im Traum undefinierbare Gestalten hinzu …

Völlig erschlagen erhob er sich aus seinem Bett, als der Wecker klingelte, ging schlaftrunken ins Bad. Das eiskalte Wasser machte ihn in kürzester Zeit munter, ließ sein Denken nach dieser für ihn schrecklichen Nacht wieder klar werden. Seine Frau saß bereits am Frühstückstisch, als er in die Wohnküche kam und sie begrüßte.

„Was war denn mit dir heute Nacht los, Paul? Hattest du Albträume? Manchmal habe ich befürchtet, dass du aus dem Bett fallen könntest, so hast du dich herumgewälzt."

„Ach, Doro", er nannte sie immer so, „der Mord an Gerold geht mir nicht aus dem Sinn und hat mich die ganze Nacht beschäftigt, es ist so schrecklich! Wir haben noch keine Hinweise auf den oder die Täter, aber im Schlaf sind mir dazu einige Ideen gekommen."

„Magst du sie mir sagen?"

„Lieber nicht, ich will sie erst mit meinen Kolleginnen und Kollegen durchdenken, dann kann ich dir immer noch berichten. Jetzt starte ich ins Büro, die anderen werden wohl schon warten. Bis später, Doro!" Er trank den Rest seines Kaffees aus, gab seiner Doro einen Kuss und verließ das Haus.

In der Tat wurde er, der sonst immer einer der Ersten am Platz war, schon erwartet.

„Paul, da bist du ja endlich, hast du verschlafen oder bist du krank?" Lindas Stimme klang etwas besorgt, ein Ausfall des „Alten" hätte den Fortgang der Ermittlungen sehr behindert.

„Nein, keine Sorge, Linda, alles in Ordnung, ich habe nur sehr schlecht geschlafen, die Sache belastet mich mehr als jeder Mord in meiner gesamten Laufbahn, das darfst du mir glauben."

Linda berief eine neues Meeting aller Kolleginnen und Kollegen ein, um den Status zu definieren und die Gedanken aller zum Fall zusammenzuführen. Sie begann, eigentlich wie immer in solchen Fällen, mit der Frage „Was haben wir?", um gleich darauf fortzufahren. „Paul, lass uns die Fakten am Whiteboard ergänzen, machst du das wieder?"

Der Angesprochene nickte und bat, zunächst seine Gedanken, sein Resümee aus den Gedanken der vergangenen Nacht äußern zu dürfen, worin ihm alle zustimmten.

„Ich möchte folgende Leute, die nach meiner Meinung in diesen besonderen Fall involviert sind, auflisten, und ihr solltet dann eure Ideen und Meinungen dazu sagen. Also, da ist zunächst unser Bordellbesitzer Humphrey Wenders." Er nahm ein A4-Blatt und schrieb den Namen darauf, heftete es an die Wand.

„Der ist mir im höchsten Maße verdächtig", meinte Will, „Gerold hat ihn sehr verärgert.

„Gut, Will. Wir werden ihn noch einmal gründlich durchleuchten, Telefonate, Geldbewegungen, Lieferungen aus Bremen und was sonst noch erforderlich ist".

„Darf ich das machen? Ich kenne das Haus und den Mann."

„In Ordnung, Will, ab jetzt bist du für den Puff zuständig." Im Hintergrund grinste Berenike bei Pauls Auftrag an Will. „Finde ich gut, aber nur dienstlich, Kollege! Paul, hast du den Mönch, diesen ‚Herrn von und zu‘ auf deinem Zettel?"

„Ja sicher, er steht weit oben, denn er hat sich in hohem Maße seltsam verhalten, ich glaube ihm seine Spinnereien nicht, da steckt etwas dahinter, ich weiß nur noch nicht, was sein Geheimnis ist."

„Soll ich ihn übernehmen?", fragte Niki.

Paul, der für den Moment das Heft der Besprechung von Linda übernommen hatte, nickte. „Aber sei bitte vorsichtig, nimm immer jemanden mit. Ich habe den Verdacht, dass er mit dem Tod der Dirne etwas zu tun haben könnte. Leider wird das ja nicht untersucht, oder?" Er sah fragend zu Linda hinüber, die sich gerade leise mit Dietmar von der KTU unterhielt, der zwischenzeitlich hereingekommen war. Sie beendete ihr Gespräch.

„Nein, wird zurzeit nicht untersucht, Paul. Darf ich deine Arbeit kurz unterbrechen? Dietmar hat mir gerade bestätigt, dass es sich bei den im Kreisel gefundenen Sachen um die Kleidung unseres Gerold handelt, er ist also anscheinend im Borchersweg entweder entkleidet und umgeladen oder sogar dort ermordet worden, wie wir schon vermutet hatten. Inzwischen können wir auch etwas zu den Zeiträumen sagen. Am Freitag wurde er entführt, nach Info der Rechtsmedizin starb er im Verlaufe des Samstag, etwa um Mitternacht wurde er in den Turm gebracht. Hat jemand eine Idee, wo er in der Zwischenzeit gewesen sein könnte?"

Claudia, die den Toten ja auch privat etwas näher gekannt hatte, fiel etwas ein. „Ihr kennt den Club von Wenders, auch den Swingerclub mit Restaurant südlich der Stadt? Gerold hat mir kürzlich davon erzählt. Der Betrieb ist zurzeit geschlossen wegen Umbauarbeiten. Das würde die Fahrtrichtung des weißen Sprinters erklären – vielleicht ist dort der Mord geschehen!"

„Stimmt, von dem Haus sprach der Türsteher im Club, danke für den Hinweis, wir sollten dem nachgehen. Ich denke gerade an den RTW, wenn es gar kein echter Wagen von den Maltesern war? Vielleicht ein ausgemustertes Exemplar vom Schrottplatz? Kann das mal jemand überprüfen, vielleicht du, Daniel?" Linda sah ihren ‚liebsten' Kollegen intensiv an.

„Aber ja, Chef, gern. Hat jemand eine Idee, wo es solche Schrottplätze gibt?"

Britta meldete sich. „Ich weiß von einem im Borchersweg, einem an der Autobahnabfahrt Etzhorn, einem im Norden von Leer und einem in Stuhr. Soll ich dir bei der Suche helfen, Daniel?" Jeder bei der Kriminalpolizei wusste, dass sie eine Schwäche für Daniel hatte, obwohl der bei ihr bisher sehr zurückhaltend war.

„Sehr gern, liebe Britta, wenn die Chefin erlaubt?", antwortete der, lächelte ihr zu und sah zu Linda, die dem Vorschlag zustimmte: „Natürlich, wir müssen alle Kraft einsetzen, um voranzukommen, also los, ihr zwei und überprüft nach, ob es noch weitere derartige Plätze gibt! Hoffentlich habt ihr Erfolg und bringt uns den richtigen RTW."

Linda war voll engagiert, wollte die Lösung des Falles intensiv vorantreiben, endlich einmal Erfolge sehen. „Haben wir schon etwas von der Spurensicherung im Studio des Clubs?"

Thomas hatte die Ergebnisse: „Ihr werdet staunen, wessen Abdrücke dort waren, aber einen davon werde ich nur mit Linda besprechen. Die anderen zeigen uns den Mönch van Delden, den Clubbesitzer, seinen Türsteher Bogdan, die tote Dirne, den Herrn Porz und einen guten Bekannten, der bis vor einem halben Jahr noch wegen Körperverletzung mit Todesfolge eingesessen hat, nämlich Pjotr Tscharkow."

„Tscharkow?", grübelte Linda vernehmlich, „der Tscharkow, der vor einigen Jahren eine Dirne in Bremen extrem misshandelt hatte?"

„Genau der. Und das zeigt uns, wo und nach wem wir suchen müssen, meine ich, aber nicht nur danach. Linda, wir müssen gleich noch vertraulich reden über einen weiteren Kandidaten aus dem Studio."

Sie waren ein Stückchen weiter in ihren Ermittlungen, das ganze Team war jetzt unter der Leitung von Paul und Linda im Einsatz. Thomas kam nach der allgemeinen Besprechung an Lindas Schreibtisch. „Linda, du solltest Paul dazu holen, was ich jetzt sage, ist eine Bombe!"

Sie bat Paul, der noch am Whiteboard stand, zu sich. „Da machst du uns jetzt aber sehr neugierig, war der Polizeipräsident im Puff, Thomas?" Paul grinste bei der Vorstellung daran. Thomas zögerte einen Augenblick.

„Nein, der nicht, aber im Studio waren viele Abdrücke von mehreren der Frauen, logisch, aber auch und besonders an dem Tresor, in dem ihr Drogen vermutet hattet, die von unserem Küken, unserem Will!"

„Von Will? Sag das noch mal, ich glaube es nicht!" Linda war erschüttert: „Hat er deshalb die Ermittlung im Club übernommen?"

„Mag sein, vielleicht will er ja seine Zusammenarbeit mit Wenders oder einfach nur seine Bordellbesuche vertuschen. Wir sollten ein Auge auf ihn haben, oder müssen wir ihn ganz rausnehmen?"

Paul kratzte sich am nicht vorhandenen Bart. „Wir sollten ihn erstmal arbeiten lassen, ich denke nicht, dass er in wirklich schlimme Dinge verwickelt ist, vielleicht hat er ja mit Kreditkarte bezahlt oder so, das sollten wir prüfen. Und wenn doch: Er läuft uns bestimmt nicht weg!"

„Gut, vertrauen wir ihm weiterhin, manchmal klärt sich so etwas von selbst. Paul, kannst du den Frerich Porz genauer ins Visier nehmen? Da scheint auch noch mehr dahinterzustecken."

Sie wollte jetzt auch Tscharkow zur Fahndung ausschreiben, er schien eine Schlüsselrolle zu spielen, nicht nur bei der toten Frau, unter Umständen auch im Mordfall Gerold. Die Gruppe war inzwischen um mehrere Kollegen aus anderen Bereichen verstärkt worden, und so bat sie Manfred, den erfahrensten der ‚Neuzugänge‘, sich um ihn zu kümmern.

Bei der Staatsanwaltschaft beantragte sie, den Fall der toten Dirne mit in die Ermittlungen einbeziehen zu dürfen, obwohl sie damit bereits begonnen hatten – der zuständige Staatsanwalt stimmte sofort zu. Wegen der Fingerabdrücke von Will im Studio beantragte sie auch gleich einen Kontencheck bei ihrem Kollegen Will, der jedoch abgelehnt und an die ‚Interne‘ in Hannover weitergeleitet wurde.

Aktuelle Aufgabenverteilung Stand 23.9. mittags

> Linda: Leitung und Koordination
> Will: Durchleuchtung Wenders
> Niki: Durchleuchtung Mönch
> Daniel + Britta: Fahndung nach dem RTW
> Thomas: Analyse der Untersuchungen des Studios
> Paul: Durchleuchtung Frerich Porz
> Manfred: Fahndung nach Pjotr Tscharkow

Schon wenige Stunden nach der Besprechung trafen die ersten Ergebnisse bei Linda ein, allerdings neigte sich der Arbeitstag seinem Ende zu. Im Westen zeigten sich am Horizont die ersten Regenwolken und kündeten von einer Abkühlung. „Hoffentlich komme ich noch trocken nach Hause, morgen nehme ich den Wagen", dachte sie bei sich und verstaute ihre Utensilien in der Umhängetasche, bevor sie den Rechner herunterfuhr.

Sie hatte gerade ihre Jacke vom Kleiderhaken geholt, als das Telefon klingelte: „Hallo Linda, hier ist Dietmar."

„Dietmar, was gibt's? Ich bin gerade im Gehen, ist es sehr wichtig?"

„Weiß nicht, Linda, ob sie gut oder schlecht sind. Wir haben die Partikel untersucht, die von der Gerichtsmedizin unter Gerolds Fingernägeln gefunden wurden", er machte eine kleine Pause, „die DNA wurde getestet, sie zeigt auf einen uns Bekannten, nämlich Pjotr Tscharkow!"

„Auf diesen Brutalinski? Der arme Gerold! Trotzdem, Dietmar, ein gutes Ergebnis und ein wichtiges dazu. Wir wollen ihn sowieso zur Fahndung ausschreiben, ab morgen hat der Kerl keine ruhige Minute mehr. Und jetzt kann ich nach Hause fahren, wir haben wahrscheinlich unseren Täter definiert, bis morgen, Dietmar!"

Nur etwa zehn Minuten dauerte das Telefonat mit Dietmar, aber es hatte zunächst völlig ausgereicht, Lindas Adrenalinspiegel ansteigen zu lassen. „Wir haben einen Tatverdächtigen! Die Fahndung nach ihm ist angeschoben! Gerolds Mörder wird seiner Strafe zugeführt werden."

Sie nahm endgültig ihre Tasche, zog die leichte Sommerjacke über, mit der sie am Morgen ins Büro geradelt war, fuhr mit dem Lift hinunter bis in den Fahrradkeller des Präsidiums. In allerbester Laune schob sie das Rad vor die Tür, die Überraschung folgte sofort: Es goss in Strömen, das Wasser fiel geradezu vom Himmel.

„Ich will doch nur nach Hause", stieß sie einen Seufzer an das Universum aus, „bitte den Regenguss sofort abschalten!"

Und das Universum erhörte sie! Nach nur wenigen Minuten kam die Sonne hinter den dunklen Wolken wieder hervor. „Danke, lieber Himmel, danke", rief sie laut und schwang sich auf ihr Rad.

Kapitel 26 Schlag auf Schlag   Freitag 25.9.

Ermittlungsgruppe Mord

Voller Schwung, fast schon euphorisch kam Linda an diesem Freitag ins Büro und rief sofort die Gruppe zur Besprechung, wie es in den letzten Tagen häufig der Fall gewesen war.

„Wir haben einen Tatverdächtigen! Sein Name ist Pjotr Tscharkow und er ist ab sofort in der Fahndung. Ein aktuelles Foto liegt auch vor, da er erst vor kurzer Zeit aus der Haft entlassen wurde. Jetzt gilt es zu klären, ob er aus eigenem Antrieb oder im Auftrag gehandelt hat, auf keinen Fall war er beim Tod von Gerold allein!"

„Hatte er früher mit Drogen oder Nutten zu tun?" Will, der seine Recherchen noch nicht beenden konnte, war sehr interessiert.

„Ja, da war mal etwas in Bremen, Körperverletzung einer Dirne mit Todesfolge. Wir müssen ganz intensiv sein Umfeld beleuchten, hoffentlich ist er bald bei uns zum Verhör!" Linda setzte große Stücke auf diese Angelegenheit. „Noch eines, ich habe den Eindruck, dass der Mord an Gerold eine Auftragsarbeit war, sozusagen die Tat eines Dienstleistungs-Unternehmens. Bei dem Thema fällt mir ein, was machen eigentlich deine Recherchen zum Club, Will?"

„Ich habe eine sehr interessante Kontobewegung gefunden, Linda. Am Montag vor Gerolds Ermordung wurden dreißigtausend Euro in bar abgehoben."

„Wirklich interessant, wir müssen ihn dazu befragen, Paul soll das ganz aktuell machen. Was sagen uns seine Telefonkontakte?"

„Beim Festnetz, das ist das Clubtelefon, gibt es nichts Auffälliges und vom Mobilfunkprovider habe ich noch keine Nachricht erhalten."

„Danke. Nochmal in die Runde: Hat von euch schon einmal jemand mit Auftragskillern zu tun gehabt?"

Paul rieb sich das Kinn, dachte nach. „Der einzige Fall, an den ich mich erinnere, war die Ermordung eines Geschäftsmannes im Auftrag seiner Frau, die inzwischen im Gefängnis verstorben ist. Ich glaube, das ist damals in Ostfriesland gewesen und es ging um sehr, sehr viel Geld. Als Täter kam eine Gruppe von Männern aus Delmenhorst in Verdacht, das konnte aber nie bewiesen werden! Ich werde die Informationen zur Tätersuche bei den Kollegen in Leer anfordern, das hilft uns und ihnen vielleicht weiter. Tscharkow könnte einer von denen sein, ich versuche, sein Umfeld zu ermitteln."

Paul war in seinem Element, seit Langem hatte er keine intensive Fahndung mehr geleitet, konnte jetzt vielleicht Wesentliches zur Klärung beitragen – im letzten Jahr war er nur mit Routinejobs beauftragt worden.

„Wer übernimmt dann Wenders wegen des Geldes?"

„Gut, Manfred übernimmt den Wenders wegen des Geldes, ansonsten bleibt Will dran am Bordell. Du hast gesagt, dass du dich um Tscharkow kümmerst, Paul. Manfred, ist das auch für dich in Ordnung so?" Beide signalisierten Zustimmung.

Inzwischen war es etwa elf Uhr geworden, Linda hatte Kaffeedurst. „Machen wir eine kurze Pause? Wir treffen uns heute um fünf Uhr noch einmal und sehen, wie weit wir gekommen sind."

Manfred mit all seiner Erfahrung betrachtete ab sofort Wenders als Verdächtigen, die hohe Geldsumme schien ihm Grund genug für diesen Verdacht zu sein. Unter Umgehung aller Formalitäten ließ er den Barbesitzer aus dessen Penthaus abholen und in den Befragungsraum Zwei bringen, Raum Eins war von Linda wegen der jungen Leute blockiert.

In Begleitung zweier Beamter traf Wenders um etwa fünfzehn Uhr ein. Kurz bevor er den Mann verhörte, traf Manfred im Flur auf Paul, der ihm mitteilte, dass die Kollegen in Leer die elektronische Akte zu dem Mordfall damals bereits auf den Rechner übertragen hatten.

„Paul, lies sie dir genau durch, vielleicht wurde ja damals etwas übersehen", meinte er und betrat wohlgemut den Befragungsraum. Paul blieb im Beobachtungsbereich und betrachtete die Vernehmung genau.

„Bitte, warum wurde ich schon wieder her zitiert, ich habe mir nichts zu Schulden kommen lassen. Mein Betrieb liegt darnieder, die Damen bekommen nicht einmal Hartz 4, weil sie freischaffend sind. Ich muss sie durchfüttern, und jetzt werde ich auch noch verhaftet! Was bitte wirft man mir vor? Und warum werde ich nicht von Linda befragt?" Er hatte sich fast nicht mehr unter Kontrolle …

„Herr Wenders, bleiben Sie ganz ruhig, wir sparen uns jetzt allen Schnickschnack", versuchte Manfred ihn zu beruhigen, „weshalb Sie hier sind? Wir haben bei der Überprüfung ihrer Konten etwas Auffälliges festgestellt, das im Zusammenhang mit einem Mord stehen könnte, ich betone ‚könnte'. Wir müssen den Vorgang klären, deshalb sind Sie heute hier. Wenn Sie uns ganz schnell und ganz eindeutig beweisen können, wofür Sie die dreißigtausend Euro in bar abgehoben haben, sind wir schon ein Stück weiter! Sie sind auch nicht verhaftet!"

„Das ist gut. Die dreißigtausend? Die habe ich einem guten Freund geliehen."

Manfred schob ihm einen Zettel von seinem Notizblock zu. „Bitte Name, Anschrift und Kontaktdaten notieren."

„Nein, das kann ich nicht machen, man verrät einen Freund

nicht!"

„Herr Wenders, Sie verkennen die Situation! Wir ermitteln in einem Mordfall, dem Mord an Gerold Fasner, der Ihnen durchaus bekannt war und ich habe keine Lust auf irgendwelche Spielchen. Also bitte: Name, Anschrift, Kontaktdaten! Hier! Jetzt! Auf diesem Zettel! Sollten Sie jetzt nicht kooperieren, werde ich beim Haftrichter noch in dieser Stunde eine Beugehaft beantragen! Wir sperren Sie ein, bis Sie geredet haben!"

Es war Manfred durchaus bewusst, dass das nicht möglich war, aber so zur Einschüchterung des Gegenübers …

Wenders gab sich geschlagen. Er hatte noch die letzte Inhaftierung in Erinnerung und schrieb die gewünschten Daten auf den Zettel. „Kann ich jetzt gehen, mich um meine Mädels kümmern?"

„Bitte haben Sie noch einen Augenblick Geduld, Herr Wenders." Er nahm den Zettel und ließ den Befragten in der Obhut eines Kollegen zurück, ging hinüber in Lindas Büro, die gerade die Befragung der jungen Leute beendet hatte.

„Linda, sieh mal", er zeigte auf einen Namen auf seinem Smartphone, „der hier hat das Geld von Wenders bekommen."

Linda staunte: „Der Mönch? Was will der denn mit so viel Geld? Frag Wenders nach der Verwendung, nach wann und wo, das ist ganz wichtig! Ich muss los zum Rapport beim Chef."

Manfred ging zurück, „Herr Wenders, wir sind erstaunt und benötigen noch einige Informationen. Wann und wo haben Sie Herrn van Delden das Geld übergeben? Wofür benötigte er es, hat er es Ihnen gesagt? Ich will ganz ehrlich zu Ihnen sein! Wir vertrauen ihm nicht, irgendetwas stimmt nicht in seinem ‚Mönchsein'."

„Ach, Herr Knirr, vielleicht will er damit ein Auto kaufen? Oder ein Waisenhaus unterstützen? Wenn ich so darüber nachdenke", er blickte grüblerisch, „ja, das könnte es sein, er war schon immer sozial sehr engagiert."

„Herr Wenders, wir werden ihn dazu befragen. Und wenn Sie es angeblich nicht wissen, warum versuchen Sie dann, mich auf eine falsche Spur zu locken? Wir beenden jetzt unser Gespräch und Sie bleiben bis auf Weiteres unser Gast!"

Manfred hatte mit dieser Entscheidung zwar seine Befugnisse überschritten, aber im Falle ‚Gerold' waren ihm die möglichen Konsequenzen gleichgültig. Lautstarker Protest, das Verlangen nach seinem Anwalt halfen nichts. Wenders begab sich zunächst, wenn auch höchst unfreiwillig, erneut in die Obhut der Polizei.

Lindas Besprechung beim Chef verlief nicht zu ihrer Zufriedenheit – es gab nur Kritik wegen der noch immer fehlenden Ermittlungsergebnissen. Frustriert ging sie zurück an ihren Schreibtisch und zog für sich nochmals ein kleines Zwischenresümee.

Wenders – wird von Manfred langsam weichgekocht.

Fahndung nach Tscharkow – läuft, aber noch ohne Ergebnis. Tatort – noch nicht geklärt, aber in Arbeit.

Blieb für heute ein ganz wichtiger Punkt: Vernehmung des Mönches! Er war für 17 Uhr vorgesehen, vorausgesetzt, die Kollegen konnten ihn so schnell herbeischaffen – die Besprechung musste dafür ausfallen …

Der Prior, Erasmus van Delden, fiel sofort nach seinem Eintreffen mit der Tür ins Haus. Als man ihm sagte, dass ihn die Kommissarin sprechen wollte, hatte er sich wegen des Geldes schon seine Gedanken gemacht. Paul, der die Vernehmung von der anderen Seite der Scheibe beobachtete, war deswegen sehr erstaunt.

„Wissen Sie, Frau Barowski, so eine kleine Dependance eines berühmten Klosters ist sehr arm. Wenn ich unser Haus nicht oftmals aus meiner Privatschatulle unterstützen würde – ich habe einmal aus meiner Familie ein großes Erbe erhalten und sorgfältig verwahrt – hätten wir Rastede längst aufgeben müssen."

„Herr van Delden, schön, dass Sie mir so schnell diese Infos gegeben haben, aber die Verwendung Ihres Privatvermögens interessiert uns nicht besonders. Wir möchten wissen, was Sie mit dem ‚geliehenen' Geld von Herrn Wenders gemacht haben oder noch machen wollen."

„Ich soll Geld von Herrn Wenders geliehen haben, wer hat Ihnen denn das erzählt? Ich war lediglich Kunde in seinem Club, es gibt keine anderen Geschäftskontakte zu ihm!"

„Ach, Herr van Delden, gerade Sie als Kirchenmann sollten wissen, welchen Wert Lügen haben. Ist die Lüge nicht eine der Todsünden in Ihrem Glauben?"

„Sie irren. Lüge ist keine Todsünde, wenn überhaupt, dann kann man mir Wollust, Luxuria vorwerfen, aber das zählt unter Laster. Wenn ich eine Lüge gebrauche, um einen Schaden abzuwenden, ist sie sogar eine lässliche Sünde, eine ‚peccatium veniale'!"

„Bitte, Herr van Delden, keine Spitzfindigkeiten und Latein kann ich ohnehin nicht. Reden Sie bitte Klartext, was haben Sie mit dem Geld von Wenders gemacht oder geplant?"

„Es ist mir peinlich, Frau Barowski, wirklich peinlich. Ich habe das Geld verwendet, um Spielschulden zu bezahlen, anderenfalls hätte ich Probleme bekommen."

„Spielschulden? Das wird ja immer bunter mit Ihnen, was gibt es denn noch an Überraschungen? Ich will Ihnen mal etwas sagen: Ich glaube Ihnen kein Wort, Sie sind nach unserer Ansicht in irgendwelche krummen Geschäfte verwickelt."

Linda machte eine Pause, trank einen Schluck Wasser, sah den Mönch intensiv an. „Ich denke, wir werden Sie und Ihr Umfeld gründlich durchleuchten müssen, es sei denn, Sie sagen mir jetzt sofort die Wahrheit über das Geld!"

„Geld, Geld, Geld, immer nur das Geld! Tugend und Moral in unserer schönen Stadt gehen unter, ich sprach seinerzeit mit Herrn

Fasner darüber und habe ihm den Vorschlag gemacht, mit ihm gemeinsam an einem Strang zu ziehen, um den Sex- und Drogensumpf auszurotten – er hat es leider abgelehnt. Jetzt ist er tot, und Sie reden über Geld!"

Er lehnte sich auf seinem Besucherstuhl zurück, sagte leise: „Jetzt ist er tot. Er wollte nicht mit mir zusammenarbeiten. Wissen Sie, auch der Herr", er schlug ein Kreuzeszeichen, „musste wegen des Geldes sterben, auch damals ging es um Geld und um Macht. Er wollte eine bessere Welt schaffen, deshalb wurde er gekreuzigt. Hätte er auf manche seiner Jünger gehört – Israel wäre von den Römern befreit worden wie Oldenburg vom Laster, wie ich es erhoffe! Damals ging es um dreißig Silberlinge und heute um dreißigtausend Euro – wie sich die Zahlen doch gleichen, ist Ihnen das schon aufgefallen?"

Bevor Linda auf ihn reagieren konnte, blickte Paul zur Tür herein. „Hast du einen kleinen Moment?"

Linda entschuldigte sich bei ihrem Besucher und ging hinaus: „Was gibt es, Paul?"

„Die Pathologie hat angerufen, Gerolds Leichnam ist freigegeben, wer kümmert sich denn nun um seine Beisetzung? Von uns jemand? Ich glaube, er hat keine Verwandtschaft!"

„Ach Paul, können wir nachher noch darüber reden, oder am Montag? So schnell ist das nicht organisiert, vielleicht kommt dazu ja auch etwas vom Dezernat! Ich mache jetzt mit dem Mönch weiter, aber danke für die Info!"

Sie ging wieder zurück in den Befragungsraum, in dem van Delden ungeduldig wartete: „Frau Barowski, was wollen Sie eigentlich wirklich von mir?"

Linda flüsterte fast: „Darf ich Ihnen, ganz im Geheimen sozusagen, meine Gedanken anvertrauen? Ich denke, dass Sie mit dem Geld eine Killertruppe finanziert und danach das Opfer ähnlich einem Gekreuzigten haben hinlegen lassen, damit es wie ein Ritualmord aussehen sollte, hier, sehen Sie sich die Fotos an!" Sie schob ihm die Bilder aus dem Turm hinüber und fuhr laut und energisch fort: „Herr van Delden, Sie haben vorhin davon gesprochen, dass unser Kollege nicht auf Ihren Vorschlag zur ‚Säuberung der Stadt vom Laster‘ eingegangen ist. Waren Sie deshalb sauer auf ihn? Haben ihn seine Mörder deswegen wie den Gekreuzigten im Turm deponiert?"

Er wandte den Blick von den schrecklichen Fotos weg. „Verehrte Frau Hauptkommissarin, das ist schrecklich und zudem höchst blasphemisch! Jetzt ist der Moment gekommen, an dem ich einen Anwalt zu Rate ziehen sollte, denn Sie beschuldigen mich gerade der Anstiftung zum Mord! Ich möchte telefonieren."

„Bitte, das ist Ihr gutes Recht. Die Wartezeit bis zum Eintreffen Ihres Anwaltes können Sie gern hier verbringen, ich kümmere mich derweil um andere Dinge, allerdings dürfen Sie nur mit dem Anwalt Kontakt aufnehmen, mein Kollege wird darauf achten." Sie verließ den Raum, ein Kollege übernahm die Aufsicht.

Daniel und Britta waren zufrieden. Ohne einen Fuß aus dem Haus zu setzen, waren sie auf dem Autohof in Stuhr fündig geworden, dort stand ein alter RTW der Malteser! Jetzt war es Sache der Spurensicherung, den Wagen zu überprüfen, ein Team war sofort gestartet, als Brittas Anruf in Stuhr erfolgreich war. Die beiden Polizisten waren jetzt frei für andere Aufgaben, deshalb beauftragte Linda sie mit der Überprüfung der Konten des Mönches.

Inzwischen war es nach siebzehn Uhr, kaum eine Chance, bei Banken noch etwas zu erreichen, die Woche war bei denen gelaufen. Als einzige Möglichkeit gab es nur, direkt über die Polizeicomputer zu Fiducia und den anderen Banken-Rechenzentren nachzuforschen. Daniel versuchte sein Glück, im Rechenzentrum der Fiducia fand er noch einen Mitarbeiter, der ihm in dieser außergewöhnlichen Situation behilflich sein wollte und dort die entsprechenden Rechnerroutinen startete. Der Erfolg war mit den Tüchtigen, denn der Programmierer oder welchen Job derjenige dort auch immer hatte, wurde fündig und er übertrug die Informationen direkt auf den Rechner im Präsidium.

Stolz präsentierte Daniel das Ergebnis bei Linda, die gerade wieder zu van Delden und dessen Anwalt gehen wollte

„Linda, du kriegst ihn! Die dreißigtausend sind auf sein Bankkonto eingezahlt worden und wurden anschließend an eine Unternehmung in Bremen überwiesen, ein ‚Servicebüro für Sonderprojekte‘.“

Er platzte fast vor Stolz, dieses schnelle Ergebnis war auch des Lobes wert. Mit dieser Information in der Hinterhand hoffte sie jetzt den Mönch in die Enge treiben zu können. Sie betrat wieder den Befragungsraum, begrüßte distanziert den Anwalt, der ihr zunächst seine Vollmacht präsentierte und sprach van Delden sofort an.

„Ich habe einen sehr fähigen Mitarbeiter, der vor Kurzem herausgefunden hat, was mit dem Geld geschehen ist.“

Der Mönch sah sie verwundert an: „Sie haben was bitte herausgefunden? An welchem geheimen Pokertisch ich mein Geld verloren habe?“

„Nein, Herr van Delden, Sie haben das Geld von Wenders zunächst auf Ihr Konto eingezahlt und dann zu einem Betrieb in Bremen überwiesen.“

„Ja und? Ist das strafbar?“

„Es kommt auf den Verwendungszweck an, dazu werde ich auch noch Herrn Wenders befragen. Wofür haben die Bremer das Geld bekommen?“

Der Anwalt beugte sich zu seinem Mandanten, flüstert ihm etwas zu. Van Delden überlegte einen Moment, dann kam die von Linda schon erwartete Frage des Anwaltes, auf die sie noch keine eindeutige Antwort wusste: „Frau Barowski, was genau werfen Sie meinem Mandanten vor?"

In diesem Augenblick, also genau zum richtigen Zeitpunkt, bedeutete ihr Daniel, dass er eine Info für sie habe. Sie entschuldigte sich kurz, ging zu ihrem Kollegen: „Was hast du für mich, Daniel?"

„Den Geldempfänger! Es ist ein ‚Servicebüro für Sonderprojekte' in Bremen, kurz ‚SFS'. Die Kollegen dort kennen den Laden, er stand schon mehrmals unter dem Verdacht der Geldwäsche und auch dem, Gewalttaten initiiert zu haben."

Sie bedankte sich, ging zurück. „Wir beschuldigen Ihren Mandanten, das Geld für das geplante oder realisierte Begehen einer Straftat verwendet zu haben. Es wurde auf ein Konto in Bremen überwiesen, das unter staatsanwaltschaftlicher Beobachtung steht."

„Oh, solchen Leuten gehört das Konto? Wenn ich das gewusst hätte, hätte ich Herrn Wenders nicht den Gefallen getan, für ihn das Geld zu überweisen!"

Van Delden machte einen zerknirschten Eindruck. „Aber daraus kann man mir doch keinen Vorwurf machen, oder?" Er sah Linda fast flehend an.

„Meine Herren, ich halte fest: Herr van Delden hat aus reiner Gefälligkeit Geld auf Wunsch von Herrn Wenders an eine dubiose Unternehmung überwiesen, ohne vom Verwendungszweck Kenntnis gehabt zu haben. Ist das so richtig?"

Anwalt und Verdächtiger nickten zustimmend.

„Wir werden diesen Punkt noch sehr genau überprüfen müssen, aber zunächst können Sie gehen. Bitte halten Sie sich zu unserer Verfügung, falls wir noch Fragen haben sollten. Auf Wiedersehen, meine Herren."

Sie erhob sich und ließ zwei sehr zufriedene Männer zurück.

Kapitel 27 Vernehmung Wenders   Freitag 25.9.

Humphrey Wenders

Erschöpft setzte sich Linda an ihren Schreibtisch, die junge Protokollantin legte ihr das Vernehmungsprotokoll vor.

„Danke, Judith, mach jetzt Feierabend. Ich will mich noch mit Wenders unterhalten." Judith, die große Sympathie für Linda empfand, lehnte ab.

„Ich mache noch das Protokoll mit dir, dann gehe ich. Soll ich ihn herzaubern?" Ohne auf eine Antwort Lindas zu warten, ging sie hinaus und bat, Wenders in den Raum zwei zu führen.

„Judith, magst du mir einen Kaffee besorgen?" Linda war es müde, in den Vernehmungen immer wieder gegen Betonwände zu rennen, wollte endlich Erfolge sehen. „Wenders ist der Schlüssel", dessen war sie sich sehr sicher, „und der Mönch steckt tiefer drin, als ich ihm bisher beweisen kann." Judith kam mit dem Kaffee, beide gingen hinüber zur Vernehmung Wenders.

Heute kam keine ‚Anmache' von seiner Seite, er machte auf Linda einen etwas zerknirschten Eindruck. Diesen Seelenzustand wollte sie nutzen, ihn mit einer Provokation in die Enge treiben.

„Herr Wenders, heute wird es sehr, sehr ernst für Sie. In diesem Raum sind Sie jetzt zu einer Vernehmung, nicht mehr wie bisher zur Befragung. Das bedeutet, Sie werden einer möglichen Straftat beschuldigt. Ich muss Sie über Ihre Rechte belehren", damit wandte sie sich an Judith, „bitte lies ihm seine Rechte vor."

Judith zitierte, wie sie es gelernt hatte, den Belehrungstext, Wenders senkte während dessen nachdenklich den Kopf. Dann erhob er sich ruckartig, bekam einen hochroten Kopf.

„Frau Barowski, so geht das nicht! Sie halten mich fest, sperren mich ein, grundlos. Sie haben mit keiner Silbe erwähnt, wessen man mich beschuldigt. Ich werde jetzt aus diesem Raum gehen und mich in meine Wohnung fahren lassen!"

Linda war total erstaunt wegen seines Wutausbruchs, so kannte sie ihn noch nicht, sein bisher stets präsenter Charme war verflogen.

„Bitte setzen Sie sich wieder, Herr Wenders, ich bin noch nicht fertig. Sie werden beschuldigt, und jetzt hören Sie bitte ganz genau zu, Sie werden beschuldigt, der Auftraggeber für den Mord an Kriminalhauptkommissar Gerald Fasner zu sein!"

„Ich soll was sein? Der Auftraggeber zu dem Mord? Haben Sie etwas reingeworfen, oder woher kommt diese abstruse Idee?" Er setzte sich, sah sie mit wütendem Blick an. „Warum hätte ich das tun sollen? Ich mochte Herrn Fasner, er war sogar einmal als Kunde in meinem Haus."

„Ist mir bekannt, Herr Wenders. Man hat mir gesagt, der erwähnte Besuch sei rein dienstlich gewesen, was Sie genau wissen und ich glaube. Aber es geht nicht um das Bordell, es geht um SIE! Es geht um die dreißigtausend Euro, die Sie über Herrn van Delden an die Firma ‚SFS ' in Bremen transferiert haben. Dieses Servicebüro für Sonderprojekte, wie es sich bezeichnet, steht im Verdacht, auch Mordaufträge zu übernehmen, und das werden wir nachweisen, glauben Sie mir. Jetzt sagen Sie uns bitte, warum Sie Fasner haben ermorden lassen!"

Linda ist bei den letzten Worten immer lauter, eindringlicher geworden. Wenders hatte sich wieder in der Gewalt, blieb ruhig.

„Damit auch Sie es verstehen, Frau Kriminalhauptkommissarin: Ich habe keinen Auftrag zu irgendeinem Mord gegeben. Das Geld wollte der Prior, so hieß er bei uns immer, für private Zwecke geliehen haben. Ich war mir sicher, es irgendwann von ihm zurückzuerhalten. Punkt! Und jetzt, wenn Sie nichts tatsächlich Schwerwiegendes vorzuweisen haben, möchte ich gehen."

Linda ging nicht auf seinen Wunsch ein. „Ich muss noch etwas von Ihnen wissen, Herr Wenders. Ihre tote Mitarbeiterin war überwiegend mit besonderen Kunden im Studio aktiv, ja? Von einigen Kunden haben wir die Fingerabdrücke identifizieren können, das war sehr aufschlussreich. Unter anderem waren dort nachweislich Herr Porz, Herr van Delden, unser Kollege Will Porter und jemand von der Bremer ‚SFS‘, die ich schon erwähnt hatte. Können Sie mir etwas dazu sagen, besonders zu den beiden Letztgenannten?"

„Ihr Kollege? Das ist mir neu, der war eigentlich nie Kunde bei Paola, er bevorzugte andere Damen. Der Prior, der war ihr Stammkunde, daher kenne ich ihn auch. Porz hat ein Abonnement, von dem Bremer weiß ich nichts."

„Vielen Dank! Sie können vorerst gehen, sind aber noch nicht aus meinem Fokus, Herr Wenders. Wir sehen uns ganz bestimmt wieder und das nicht im Café. Sie bleiben bitte für uns verfügbar, verlassen nicht die Stadt? Gut. Auf Wiedersehen."

Die Vernehmung des zweiten Verdächtigen war beendet, Linda und Judith verließen den Befragungsraum, gingen zurück an ihre Arbeitsplätze.

„Soll ich dir das Protokoll noch schnell ausdrucken?"

Judith war, ohne auf eine Antwort zu warten, schon zum Drucker unterwegs, brachte kurze Zeit später sowohl das Protokoll dieser als auch der vorhergegangenen Vernehmung.

„Danke, Judith, was wäre ich ohne dich", meinte Linda, „aber jetzt ist endgültig Schluss für das Wochenende, wir gehen nach Hause! Bis Montag in alter Frische."

Inzwischen war es fast neunzehn Uhr geworden. Sie nahm ihre

wenigen Utensilien, verstaute sie zusammen mit den beiden Protokollen in ihrer Handtasche, nur zwanzig Minuten später betrat sie
ihre Wohnung, in der zu ihrer großen Freude ihr Pit auf sie wartete:
„Da bist du ja endlich, das Abendessen ist fertig!"

Kapitel 28 Wochenende   26./27.9.

Pit

Sie umarmte ihren Liebsten, warf während dessen Jacke und Tasche in eine Ecke des Flures: „Ich bin so froh, dass ich jetzt bei dir sein kann, Liebling! Die ganz Woche war so schrecklich strapaziös und belastend, halt mich bitte fest, ganz fest!"

Pit umfasste sie zunächst herzhaft, dann ganz sanft, schob sie langsam in Richtung Esszimmer, wo er den Tisch liebevoll gedeckt hatte. Die Kerzen hatte er entzündet, als er hörte, dass sie das Haus betrat, Alexa spielte leise Musik, die Rotweingläser waren gefüllt: „Komm, setz dich, mein Schatz. Ich hole jetzt das Essen aus der Küche und dann machen wir uns einen wunderschönen Abend."

Während er hinausging, um das Essen zu holen, klingelte bereits wieder Lindas Handy. Er hörte es und rief energisch: „Linda, Schatz, wenn du jetzt rangehst, verlasse ich auf der Stelle diese Wohnung, dann gibt es auch nichts zu essen!"

Er war es leid, ständig indirekt von dem Gerät belästigt zu werden, heute wollte er endlich die Frage stellen, die ihm enorm wichtig war. Linda ignorierte tatsächlich das Klingeln und sah Pit gespannt an: „Warum bist du denn plötzlich so energisch? Das kann doch sehr wichtig gewesen sein."

„Linda, es ist immer wichtig. Mal ein Mord, mal nur eine Frage, mal eine Verabredung. Wann stehe ich auf deiner ToDo-Liste? Komme ich dort überhaupt noch vor? Ich möchte, dass wir einen schönen, unbeschwerten Abend miteinander verbringen, deshalb meine Bitte schalte das Gerät GANZ ab, ‚aus-die-Maus'-Einstellung, und dann werden wir in Ruhe essen!"

Er hatte eine wunderbare Lasagne zubereitet, trug das Essen herein, dessen Duft schnell durch den ganzen Raum zog. „Du hast für mich meine Lieblingslasagne gemacht? Oh Pit, am liebsten würde ich dir jetzt um den Hals fallen, aber ich bin zu erschöpft, um spontan aufzuspringen. Danke, danke, danke!" Sie füllte sich eine große Portion auf ihren Teller und wartete auf Pit, der es ihr nachmachte und dann das Glas erhob.

„Auf einen wunderschönen Abend!" Der Klang der Gläser erfüllte das Esszimmer …

Ein Tiramisu von Pits eigener Hand rundete das wunderbare Essen ab, Linda hatte sich lange nicht so wohl gefühlt: „Es ist so schön mit dir!"

Sie gingen hinüber in den Erker und nahmen auf dem Zweiersofa Platz, genau wie vor einer Woche, die für Linda so ereignisreich gewesen war.

„Heute wird mich nichts, aber auch gar nichts davon abhalten, dir eine für mich überlebenswichtige Frage zu stellen, mein Schatz", Pit erhob sich, fiel vor ihr auf die Knie, strahlte sie an.

„Linda Barowski, willst du meine Frau werden?" Gleichzeitig streckte er ihr ein kleines Schmuckdöschen mit einem wundervollen Weißgoldring entgegen.

„Ja, jaaa, JAAAA!" Linda sprang auf, zog ihn zu sich herauf und küsste ihn inbrünstig. „Ich will, lass uns ganz schnell heiraten, ich bin so glücklich!"

Der Morgen nach einer weitgehend schlaflosen Nacht begann mit einem recht späten Frühstück zweier glücklicher Menschen. Die frischen Brötchen und die Croissants, die Pit vorausschauend von

Lindas Eltern hatte besorgen lassen, waren ein guter Start in diesen Sonntag.

Nachdenklich sah sie ihn an: „Pit, wenn ich gestern mein Handy nicht ausgeschaltet hätte, was wäre dann gewesen?"

„Ich hätte es dir entwendet und ins Klo gespült", grinste er zu ihr hinüber, „im Ernst, ich wäre sehr enttäuscht gewesen."

„Darf ich denn jetzt ...?" Die Frage schwebte über dem Küchentisch.

„Einschalten – ja, telefonieren – nein, Nachrichten ansehen – vielleicht. Es kommt wie immer auf das Ergebnis an", meinte Pit. Linda nahm das Smartphone zur Hand, aktivierte es mit ihrem Fingerabdruck.

„Fünf Nachrichten auf Treema, darf ich?" „Jaaa – ich bin doch nicht dein Chef, Liebling. Der wichtigste Part an diesem Wochenende ist ja zu meiner vollen Zufriedenheit gelaufen, was mich sehr glücklich macht." Linda öffnete das Nachrichtenprogramm.

Nachricht 27.9.21 06:22 Paul / Tscharkow gefasst, wird zu uns überführt. Vernehme ihn morgen Vormittag

Nachricht 26.9.21 23:36 Paul / Soll ich mir etwas für Gerolds Beisetzung überlegen?

Nachricht 26.9.21 22:48 Daniel / Kontakt zur FIDUCIA noch aktiv, bei SFS wurde Geld bar ausgezahlt, zweimal 4000 €. Untersuche Montag SFS.

Nachricht 26.9.21 21:12 Judith / Es ist schön, mit dir zusammenzuarbeiten. Ich mag dich sehr!

Nachricht 26.9.21 20:51 Wenders / ICH HABE NIEMANDEN UMGEBRACHT!

Besonders die Nachricht von Wenders irritierte sie, woher hatte er ihren privaten Treema-Account? Gab es wirklich einen Maulwurf in der Ermittlungsgruppe? Während sich die drei jüngsten Informationen direkt auf den Fall bezogen, verwunderte sie die Nachricht von Judith sehr, sollte sich die junge Frau Hoffnungen auf eine Beziehung machen oder war das nur eine Art Schwärmerei wie von Schülern zu einer Lehrerin? Sie würde nicht darauf eingehen und auch die anderen Infos würde sie heute nicht beantworten, dieser Tag gehörte nur Pit und ihr!

Es war wirklich ein wunderbares, völlig unbeschwertes Wochenende mit Pit und ihren Eltern, die am Nachmittag über die heimliche, aber nicht unerwartete Verlobung ihrer einzigen Tochter informiert wurden – welch ein Glanz in Mutters Augen, konstatierte Linda, so glücklich waren beide Eltern seit Langem nicht gewesen!

Die aus dem Büro mitgebrachten Protokolle mussten auf den Montag warten …

Kapitel 29 Vernehmung Pjotr Tscharkow   Montag, 28.9.

Linda und Paul

Der Vormittag verging für Linda mit Routinearbeiten zum Fall Fasner: Zwischenergebnisse besprechen, die Protokolle durcharbeiten, die sie sich Pits wegen am Wochenende nicht mehr hatte ansehen können und auch nicht wollen. Judith kam an ihren Schreibtisch, sah den Ring an ihrer Hand: „Ist der neu?"

„Ganz, ganz neu, Judith, am Freitag haben Pit und ich uns verlobt, ich bin so glücklich!"

„Ich gratuliere euch! Schade ..." Mit diesen Worten verschwand sie wieder an ihren eigenen Arbeitsplatz. Eine Viertelstunde nach elf Uhr kam Paul.

„Tscharkow schmort schon im Raum eins, wollen wir?" Gemeinsam gingen sie zur Vernehmung ihres Hauptverdächtigen in Sachen Paola, vielleicht auch im Fall Gerold.

Nein, sympathisch war er ihr nicht, dieser Mann aus Bremen, Mitarbeiter bei SFS. Ein vierschrötiger Typ, neben dem selbst Bogdan, der Türsteher aus dem Club, noch wie ein Ehrenmann wirkte, aber man sollte keine Vorverurteilung nach Äußerlichkeiten machen ...

Er saß Linda und Paul gegenüber, seine unsteten, stechend wirkenden Augen wanderten zwischen den beiden Kriminalbeamten hin und her. Oftmals erschien es Linda, als ob sie immer wieder länger auf ihr verweilten, was ihr ein ziemliches Unbehagen bereitete.

„Sie sind Pjotr Tscharkow aus Minsk in der Ukraine, ihre Personalien liegen uns vor", stellte Paul fest und eröffnete damit kurz und knapp das Verhör, „wir haben Sie hergebeten, weil wir in einem Todesfall Ihre Fingerabdrücke gefunden haben. Dieser Fall liegt jetzt etwa vier Wochen zurück, ereignete sich in der Nacht vom 29. zum 30. August dieses Jahres. Bitte sagen Sie uns, wo Sie zu diesem Zeitpunkt waren."

Der Verdächtige sah seine Gegenüber verständnislos an, sein Blick ruhte auffällig auf Lindas dezentem Dekolletee. „Ich nix wissen, wo war in Nacht, ich immer schlafen in Wohnung."

„Herr Tscharkow", fragte Linda nach, „wir wissen, dass Sie sehr gut deutsch sprechen und verstehen, bitte versuchen Sie nicht, uns für dumm zu verkaufen. Also, wo waren Sie in der Nacht, die mein Kollege genannt hat?" „Nicht wissen, ist lange her." Es war deutlich zu erkennen, dass er blockte.

Sie ließ nicht locker. „Ich will Ihrem Gedächtnis helfen. Der 29. August war ein Samstag und Sie waren an diesem Abend oder in der Nacht im ‚Club Elektra' bei der süßen kleinen Paola, erinnern Sie sich?"

„Die kleine Dicke? Ja, ist toll, war wunderbare Nacht." Plötzlich taute der Mann auf. „Hat noch dickere Titten als Du, Frau Kommissarin, aber Du musst darüber nicht traurig sein."

Linda verschlug es fast die Sprache: „Herr Tscharkow, bitte! So etwas möchte ich nicht hören und bitte bleiben Sie bei der Anrede ‚Sie'!"

„Entschuldigung, ist richtig, was meinst du, alter Mann?", er sah zu Paul hinüber, „stimmt doch, oder?"

„Schluss damit, Herr Tscharkow, Paola ist tot! Erzählen Sie uns von dem Abend bei ihr, hatten Sie normalen Sex mit ihr oder eine

Spezialbehandlung?"

„Oh, ist tot? Schade, wirklich schade, sie sehr gut! Normal ist langweilig, Paola Spezialistin! Hat viel Spaß gemacht mit ihr."

„Waren Sie mit ihr die ganze Zeit allein im Studio? Ab wann sind Sie dort gewesen, wann sind Sie wieder gegangen?"

„War schon früh dort, ungefähr zehn Uhr, wir haben uns richtig ausgetobt und auch etwas eingeworfen, Sie verstehen, alter Mann? Zum Muntermachen, ich war auch vorher schon unheimlich gut drauf, aber danach …! Als es fast Mitternacht war, hat sie mich rausgeworfen! Habe bezahlt und bin abgehauen, sie sagt, hat noch Termin. Ich war sauer, aber sie wollte nicht mehr mit mir. Bin ich auf Hof einem dünnen Mann begegnet, hatte Umhang an, ist auch an Hintertür zum Studio gegangen wie ich."

Linda fragte nach. „Kannten Sie ihn, können Sie ihn beschreiben?"

„Süße, war Mitternacht, total finster, nicht einmal Mond war da, und Licht im Hof war aus."

„Nennen Sie mich nicht Süße, das mag ich nicht! Noch mal zurück, hatten Sie Streit mit Paola, vielleicht wollten Sie etwas von ihr, was sie nicht wollte?"

„Oh nein, ganz im Gegenteil, sie konnte nicht genug von mir bekommen, ich bin gut, aber der komische dünne Mann vielleicht noch besser, hat es ihr vielleicht noch mal richtig besorgt?"

Linda und Paul mochten das Niveau, auf dem die Vernehmung lief, überhaupt nicht, aber als Polizisten konnten sie sich ihre Klientel nicht aussuchen. Linda bedeutete Paul, sich mit ihm unter vier Augen kurz austauschen zu wollen, deshalb verließen sie den Befragungsraum.

„Paul, was hälts du von dem Typen?"

„Ich glaube, er hat Paola umgebracht und schiebt es jetzt auf den

Mönch, aber wir können ihm nichts nachweisen, Fingerabdrücke in einem Puff reichen keinem Haftrichter, oder?"

„Stimmt, Paul. Aber wieso sollte er uns auf den Mönch hinweisen? Lass uns die Vernehmung jetzt in Richtung ‚Mord an Gerold‘ gehen weiterführen."

„Aber wir sollten auch den Mönch zügig herbitten, Linda." Mit diesen Worten schrieb er einen Zettel, den er einem Kollegen überreichte: „Es pressiert, Ben, hol ihn mir!"

Kollege Ben startete sofort, sie gingen wieder hinein zu Tscharkow, der auf seine unanständige Art versuchte, mit Judith, die wieder Protokoll führte, zu flirten.

„Herr Tscharkow, an diesem Punkt möchten wir Sie zunächst nicht weiter zum Fall ‚Paola‘ befragen, zunächst genügt uns Ihre Aussage dazu. Etwas anderes ist wichtig für uns, aber zunächst sagen Sie uns, wo und was Sie arbeiten."

„Bin Schlosser, habe im Knast gelernt. Ich arbeiten auf Autohof in Stuhr, bin Zerleger wie in Schlachterei, hab‘ ich auch mal gemacht, ist Mist, wissen Sie? Autos auseinander schweißen, Karossen in die Presse werfen und so etwas viel besser, stinkt nicht so. Haben Sie alte Autos? Kannst du zu mir bringen, alter Mann, ich helfe bei Entsorgung."

„Nein, haben wir nicht, Herr Tscharkow. Meine Frage ist jetzt, ob auf dem Hof auch ein alter Krankenwagen von den Maltesern steht?"

„Krankenwagen? Malteser, weiss mit rot? Ja, war da. Habe ich aber noch nicht bearbeitet. Aber wurde am Wochenende abgeholt, ist nicht mehr da, trotz kaputt, fertig."

„Stimmt, den haben wir abholen lassen, und was denken Sie, in dem Wagen haben wir IHRE Fingerabdrücke gefunden."

„Kann sein, vielleicht war ich mal irgendwann drin, sehen, ob es brauchbare Sachen gibt.“

„Wissen Sie, seit wann der Wagen auf dem Hof stand?“

„Ach, Frau Kommissarin, stand schon da, als ich aus dem Knast raus bin und da angefangen habe, ungefähr zwei Jahre her. Weiß nicht mehr davon. Warum ihr habt abholen lassen?“

Paul ging nicht auf seine Frage ein.

„Unsere Spezialisten haben festgestellt, dass er in den letzten zwei Wochen bewegt wurde, das Motoröl war noch sehr gut. Interessant war auch für uns, dass das Blaulicht des Wagens nicht von der Erstausstattung stammte, sondern von einem anderen Wagentyp. Außerdem wurden Ihre Fingerabdrücke daran und auf dem Dach festgestellt, was bedeutet, dass Sie das Blaulicht montiert haben!“

Der Beschuldigte machte jetzt einen sehr nachdenklichen Eindruck. „Ich nichts mehr sagen, will Anwalt!“

Linda übernahm das Verhör.

„Bekommen Sie gleich. Ich sage Ihnen jetzt, was wir ohnehin schon wissen. Sie haben den Wagen einsatzbereit gemacht. In diesem Fahrzeug wurde ein späteres Mordopfer transportiert und auch im Innern des Wagens waren viele Fingerabdrücke von Ihnen und anderen. Sagen Sie uns jetzt bitte, wer die anderen Personen waren, die mit Ihnen gemeinsam unterwegs waren. Wir wissen, Sie waren zu dritt.“

„Weiß nicht“, schaltete er wieder auf stur, „erst Anwalt.“

Linda fragte unbeirrt weiter. „Herr Tscharkow, überlegen Sie. Wenn Sie uns die Namen nennen, ist das für das Gericht später ein wichtiger Milderungsgrund, Kooperation wird belohnt, Sie wissen das doch! Wieviel Geld haben Sie von ‚SFS‘ bekommen? Dreißigtausend wurden zu der Firma überwiesen, wie hoch war ihr Anteil?“

Paul provozierte ihn jetzt. „Viertausend Euro für einen Mord?

Und wer hat den Rest bekommen von den dreißigtausend?"

Tscharkow bekam einen roten Kopf, man konnte sehen, wie die Wut in ihm kochte. „Dreißigtausend? Dieses Schwein! Ich mache Arbeit und er kassiert. Tom Brinkmann ist Chef, und Jerome Messiers immer hilft, ein Pjotr lässt sich nicht betrügen. Ich gute Arbeit geleistet und er kassiert? Nicht mit Pjotr!"

Sehr aufmerksam hatten die beiden Beamten seinen Wutausbruch registriert, und auch Sylvia und Manfred, die das Gespräch auf der anderen Seite der großen Scheibe verfolgt hatten, reagierten sofort. Manfred startete sofort eine Fahndung nach den genannten Personen. Sollten sie jetzt die ganze Mörderbande fassen können?

„Haben Sie eigentlich den Wagen gefahren, mit dem das spätere Mordopfer in seiner Wohnung abgeholt wurde?"

Tscharkow hatte jetzt anscheinend seine eigene Verteidigung aufgegeben, wollte den Betrug an sich rächen: „Ich sag, wie gewesen! Tom hat gesagt, ganz einfach. Wir fahren hin, laden ein und fahren wieder weg, haben wir es so gemacht. Ich habe Wagen fertiggemacht, Lampe und neues Öl und so, dann am Nachmittag auf dem Platz geparkt. Am Abend wir haben alle uns an Kiosk bei Pferdemarkt getroffen und sind hingefahren, wo Mann gewohnt. Tom ist rein und hat ihn betäubt, dann haben wir eingeladen, sind wieder weggefahren. Blaulicht gut, kommst du glatt durch."

„Und dann?"

„Bei den Hühnerställen wir ihn dann umgeladen, hat versucht, sich zu wehren und zu schreien, habe ihm eine verpasst, da er still. Wir ihn in Sprinter umgeladen, ausgezogen und Klamotten weggeworfen. Ich dann mit dem Krankenwagen zurück auf Autohof. Tom und Jerome ihn haben mitgenommen zur Baustelle."

„Warum wurde er ausgezogen, und welche Baustelle meinen Sie?" „Ausziehen hat Tom gesagt, wäre Auftrag. Baustelle ist schickes Landhaus, wo der Puffbesitzer die Puppen tanzen lässt."

„Sind Sie dann von Stuhr aus dorthin gefahren?"

„Ja, nächsten Morgen, war Samstag, das andere war schon Freitagabend, Jerome hat mich mit Sprinter abgeholt. Dann wir noch kurz zu Getränkehandel gefahren. Jerome hat zwei Kisten Bier und Flasche Wodka gekauft, Verpflegung sozusagen. Der Verkäufer hat Jerome kleinen Plastikbeutel mit Mehl mitgegeben, hab ich noch gefragt, willst du Kuchen machen. Wie wir in der Baustelle ankommen, ist Mann total high und liegt in Zimmer, ist mit Klebeband gefesselt. War interessant, ihn so zu sehen. Der war total hilflos. Tom und Jerome waren in Nacht allein mit ihm, haben ihm was reingeworfen. Tom gesagt hatte, sei ein Oberbulle, Entschuldigung, Oberpolizist."

Linda und Paul sahen angewidert zu ihm über den Tisch, Paul fragte: „Sie fanden es interessant? Wieso?"

„Ich gern Macht habe über andere, Nutten und so, macht mich scharf, sie leiden sehen, Stöhnen hören, wenn sie sich krümmen vor Schmerz und so. Ist pervers, ich weiss das. Aber der Bulle war so vollgedröhnt, der hat nur dummes Zeug von sich gegeben, hat keinen Spaß gemacht, da war die kleine Nutte besser. Sowieso Speed besser als Koks und Snief", grinste zunächst diabolisch, fuhr sich mit der Zunge über die Lippen, erschrak über seine eigenen Worte.

Linda unterbrach ihn, wollte derartige Details jetzt nicht wissen. Judith war ganz blass geworden, bat, kurz hinausgehen zu dürfen, ihr schien bei seinen Erzählungen schlecht zu werden. Die Vernehmung wurde kurz unterbrochen, Paul und Linda verließen ebenfalls den Raum.

„Das ist ja grausig, was ist das denn für ein Mensch, der da am Tisch sitzt, das ist doch krank! Hat er gerade den Mord an Paola zugegeben?" Linda schüttelte sich innerlich, konnte es nicht fassen. „Nein, Paul! Machen wir eine Pause?"

Judith war in Richtung Toilette verschwunden. Paul meinte: „Jetzt eine Pause wäre nicht gut, Linda, da müssen wir jetzt durch.

Die Frage ist, ob jemand anders das Protokoll übernehmen sollte."

„Ich frage Sylvia, die hat ohnehin alles mitgehört und dann machen wir weiter, auch wenn es mir sehr schwerfällt."

Sylvia war einverstanden, ausnahmsweise den Job zu übernehmen und alle drei gingen wieder in den Befragungsraum, in dem der ,schreckliche Mensch', wie Linda ihn gedanklich nannte, auf sie wartete: „Ich Hunger!"

„Lassen Sie uns nur noch eine halbe Stunde weitermachen, Herr Tscharkow, dann wird für Ihr Wohlergehen gesorgt werden", fuhr Paul in der Vernehmung fort, „wo waren wir stehen geblieben? Ach ja, bei Ihrer Freude an Ihren Opfern, wobei wir über die Frau auch noch einmal reden werden, das aber später. War eigentlich Ihr Chef Tom Brinkmann zu der Zeit auch dort?"

Er lehnte sich zurück. „Ich Hunger!"

„Gleich, gleich, nur noch ein bisschen weiter bitte. Was ist dann geschehen?" Linda, die an den Bericht der Pathologie dachte, schauderte bei dem Gedanken an das, was sie gleich hören würde.

„Ich habe ihn festgehalten, gestützt, der Mensch war ja nicht mehr richtig bei sich, lallte andauernd dummes Zeug, ist fast weggerutscht. Ein paar Fußtritte von mir haben ihn auch nicht zum Hinsetzen bewegen können. Tom hatte von den Malern, die vorher im Haus waren, einen Plastiktrichter geklaut und steckte ihn dem Mann in den Schlund. Der würgte zunächst, aber Tom blieb eisern. Dann hat Jerome das Zeug in ihn hineingeschüttet. Der Typ wollte nicht schlucken, aber Tom hat ihm die Nase zugehalten, nachher war alles in seinem Hals verschwunden und er ist mir weggerutscht." Plötzlich sprach der Mann ein sauberes Deutsch …

Paul nickte dem Kriminalhauptmeister zu, der sicherheitshalber die ganze Zeit über im Raum war, zu: „Bring ihn weg, bring ihn bitte ganz schnell weg, mir wird schlecht!"

Kapitel 30 Vernehmung Jerome Messiers   Dienstag. 29.9.

Paul

Linda hatte eine sehr schlechte Nacht, immer wieder geisterten die Bilder vom Tod ihres Kollegen durch ihre Träume, sie war froh, als um sechs Uhr der Wecker klingelte. Pit war für drei Tage dienstlich verreist und konnte ihr deswegen an diesem Morgen keine moralische Stütze sein.

Anscheinend hatten sich die Geschäftspartner von Pjotr sehr sicher gefühlt, schon an diesem frühen Morgen konnten sie in ihren Wohnungen in Bremen und Stuhr festgenommen und in das Polizeipräsidium nach Oldenburg überführt werden.

Als Linda und ihre Mitarbeiter und Mitarbeiterinnen im Büro eintrafen, warteten die Festgenommenen bereits in verschiedenen Befragungsräumen, Brinkmann in der Eins und Messiers in der Zwei, beide hatten bereits ihre Anwälte informiert, die aber noch nicht eingetroffen waren. Die Vernehmungen begannen zeitgleich, Linda versuchte es mit Tom und Paul mit Jerome.

Die Anwälte kamen gemeinsam in einem Wagen aus Bremen angereist, sie gehörten der gleichen Kanzlei an. Inzwischen war die Mittagszeit vergangen. Beschuldigte, Anwälte und die Beamten hofften deshalb, die Sache schnell zu einem guten Ende zu bringen, wobei das Wort ‚gut‘ von beiden Seiten allerdings völlig unterschiedlich interpretiert wurde. Nach Abwicklung der Formalitäten wie Legitimation der Anwälte, Darstellung der Beschuldigungen und kurzen Besprechungen zwischen Anwälten und den Festgenommenen liefen die Befragungen im Prinzip in beiden Räumen fast parallel, selbst die Formulierungen von Seiten der Juristen waren annähernd identisch, wie später in den Protokollen nachzulesen stand.

Wie eigentlich immer in derartigen Fällen begann alles mit der Feststellung der Personalien. Es folgten Fragen zu den Alibis und allgemeine Informationen, auch Versuche zur gegenseitigen ,Vertrauensbildung', was allerdings bei Mord ziemlich obsolet erschien.

Der Vorwurf des gemeinschaftlichen Mordes stand auch bei der Befragung von Jerome Messiers im Raum, zunächst noch unausgesprochen. Grundlage dafür war das ausführliche Geständnis von Pjotr Tscharkow, der die Mitbeschuldigten in seiner detailreichen Aussage nicht geschont hatte.

Paul war in seinem Element, legte sofort los.

„Herr Messiers, Sie wissen, weshalb wir Sie haben herbringen lassen? Nein? Dann will ich es Ihnen sagen! Sie haben nach Zeugenaussage am Freitag, den 18. September gemeinsam mit Herrn Tscharkow und Herrn Brinkmann ...", er erklärte den vollständigen Tathergang, wie ihn Pjotr geschildert hatte.

„Lieber Herr Kriminalhauptkommissar", erhob der Anwalt Einspruch, „wenn die unbewiesenen Schilderungen eines Mitarbeiters, eines Kollegen in der Firma von Herrn Brinkmann die einzigen Beweise sind, die Sie vorzubringen haben, möchten wir jetzt sofort gehen. Kein Staatsanwalt der Welt wird Ihnen das als Haftgrund durchgehen lassen, also bitte!"

„Herr Anwalt, ich werde Ihnen und Ihrem Mandanten jetzt nicht erklären, welche anderen Beweise für eine Tatteilnahme wir haben. Glauben Sie mir, es reicht für einen Haftbefehl aus. Es geht mir jetzt jedoch nicht unmittelbar um die Tat selbst, sondern um die Randbedingungen. Wenn sich Ihr Mandant zu einer Kooperation bereit erklären könnte, wäre das im Prozess sicher strafmildernd!"

„Wir wollen uns beraten, Herr Lobisch. Würden Sie uns einen Moment allein lassen?"

Nur zu gern folgte Paul der anwaltlichen Bitte und ging gemeinsam mit der Protokollführerin Judith hinaus.

Es dauerte etwa zehn Minuten, bis der Anwalt an die Außentür des Raumes klopfte, man war für die Fortsetzung der Vernehmung bereit.

„Ich frage Sie jetzt nach Einzelheiten, die für die eindeutige Aufklärung unseres Falles behilflich wären, meine Herren. Ich habe einige Fragen und bitte um eindeutige Antworten. Erstens: Woher stammte das Heroin, das dem Opfer gewaltsam eingeflößt wurde? Zweitens: Wie sind Sie an die Schlüssel zu dem Haus gekommen, in dem sich die Tat ereignete? Drittens: Wer ist der Auftraggeber zu der Tat, wer wollte den Tod des Opfers? Viertens: Warum wurde der Leichnam derart theatralisch im Turm der Cäcilienbrücke präsentiert? Last but not least: Wer hat dem Opfer die Droge definitiv eingeflößt? Ich bitte um Antworten!"

Messiers und sein Anwalt steckten wieder die Köpfe zusammen, dann antwortete der Anwalt auf die Fragen.

„Herr Lobisch, können Sie auf Ehr und Gewissen ein Wohlwollen des Gerichtes garantieren? Ich denke nein! Aber wir wollen dennoch versuchen, Ihre Fragen zu beantworten, um unsere Kooperationswilligkeit zu zeigen." Er sah in seine Notizen, dann fuhr er fort: „Zu Punkt eins: Die Quelle des Heroins ist meinem Mandanten nicht bekannt, auch wenn ein anderer Beschuldigter etwas Gegenteiliges ausgesagt hat. Zu Punkt zwei: Woher der Schlüssel kommt, ist ihm nicht bekannt, wahrscheinlich von den Handwerkern oder dem Besitzer der Immobilie. Zu Punkt drei: Der Auftraggeber ist nur Herrn Brinkmann bekannt. Zu Punkt vier: Tscharkow wollte ihn zuerst auf dem Schlossplatz zur Schau stellen, aber mein Mandant wollte das nicht und so hat sich Tscharkow für den Turm entschieden. Dort hätte der Tote normalerweise mehrere Jahre ruhen können. Zu Fünftens: Das war Tom Brinkmann, wie schon Tscharkow sagte. Zufrieden, Herr Lobisch?"

„Es kommt nicht auf meine Zufriedenheit an, sondern auf die Wahrheit, oder was meinen Sie, Herr Anwalt?"

Der überlegte einen kurzen Augenblick lang. „Wahrheit, was ist schon Wahrheit? Wahrheit ist wie Kunst. Kunst, wie übrigens auch Schönheit, entsteht immer im Auge des Betrachters, sagt ein Aphorismus, und so ist es auch mit der Wahrheit. Ihre Wahrheit, meine Wahrheit, die Wahrheit der anderen, Wahrheit ist also sozusagen Ansichtssache!"

„Ihre philosophischen Betrachtungen in Ehren, aber für mich zählt nur eine durch Fakten belegbare Wahrheit, keine subjektive! Ich stelle also fest, dass Ihr Mandant, obwohl er angeblich viele Informationen nicht kannte, seine Beteiligung an dem Mord gerade zugegeben hat, und das genügt mir zunächst."

Paul wandte sich dem Beschuldigten zu.

„Herr Jerome Messiers, ich nehme Sie fest wegen des Verdachtes der Beteiligung an einem gemeinschaftlich begangenen Mord an Gerold Fasner. Ein Richter, dem Sie vorgestellt werden, wird über Ihren weiteren Verbleib entscheiden!"

Messiers tuschelte mit seinem Anwalt, einige Gesprächsfetzen drangen zu Paul über den Tisch: „… ruhig bleiben … hole Sie hier raus … schweigen zur Tat…".

Paul nickte dem im Raum anwesenden Kriminalmeister zu: „Bitte bring Herrn Messiers in eine Gewahrsamszelle.

 Er dachte bei sich „Das wäre geschafft, aber noch immer fehlte der entscheidende Hinweis auf den Auftraggeber für den Mord!", dann lehnte er sich entspannt zurück.

Kapitel 31 Vernehmung Brinkmann Dienstag 29.9.

Linda

In dem anderen Befragungsraum war Linda inzwischen aktiv. Sie konfrontierte den Beschuldigten, dessen Anwalt sich ebenfalls legitimiert hatte, sofort mit dem Tatvorwurf.

„Herr Brinkmann, wir wollen keine Zeit vertrödeln mit allgemeinem Blabla, lassen Sie uns gleich zur Sache kommen! Bevor ich Ihnen den Tatvorwurf nenne, werden Sie jetzt über Ihre Rechte belehrt." Sie sah zu Sylvia hinüber, die wieder Protokoll führte, den Text auswendig zitierte: „Sie haben das Recht ..." usw. usw.

Danach fuhr Linda fort: „Fakt ist, dass Sie gemeinsam mit anderen Personen am Abend des 18. September 2020, es war ein Freitag, wie Sie sich erinnern werden, den Kriminalhauptkommissar Gerold Fasner in seiner Wohnung betäubt, entführt und einen Tag später getötet haben. Sie werden also des gemeinschaftlichen Mordes an Herrn Gerold Fasner beschuldigt. Bitte Ihre Aussage dazu!"

„Sie werden von meinem Mandanten keine Aussage zu diesem abstrusen Tatvorwurf bekommen, bevor ich mit ihm über den Tatvorwurf gesprochen habe, Punkt!"

„In Ordnung, wir haben viel Zeit. Sylvia, komm, wir lassen die Herren zunächst allein", gemeinsam gingen sie hinaus.

Nach der Beratungspause des Anwaltes mit seinem Mandanten versuchte Linda weiterhin, Details zur Tat zu ermitteln, vergeblich, es ging nicht voran! Durch intensive, gut durchdachte Fragen versuchte sie hauptsächlich, von ihrem Gegenüber den Namen des Auftraggebers zu erfahren, auch das vergeblich. Der Beschuldigte blieb einfach stur, in seiner Haltung vom Anwalt unterstützt, der ihm eine Aussageverweigerung empfohlen hatte.

Linda fuhr ihren vorerst letzten Trumpf auf.

„Herr Brinkmann, folgende Tatsachen haben wir festgestellt: Ihre Firma ‚SFS‘ hat von einer uns bekannten Person dreißigtausend Euro erhalten, damit sollte der Mord bezahlt werden, allerdings wusste der Überweisende nichts davon. Je viertausend haben Sie an Ihre Mitarbeiter weitergegeben, einen Teil haben Sie behalten, genau achtzehntausend, mit dem einem Teil davon wurde wahrscheinlich das Rauschgift bezahlt, das dem Opfer eingeflößt wurde. Die Kontobewegungen wurden uns nach richterlichem Beschluss von Ihrer Bank mitgeteilt, sind also unstrittig! Die Person, die Ihnen das Geld überwiesen hat, handelte nach unserer Meinung im Auftrag eines Dritten, den wir dazu noch werden befragen müssen. Wollen Sie wirklich für diesen Menschen auf Jahre in den Knast gehen, für die paar Euros? Die Person ungeschoren davonkommen lassen? Überlegen Sie es sich genau. Sie sind nach unseren Erkenntnissen der Haupttäter, auf Sie warten also mindestens zehn Jahre!"

Der Anwalt hatte sich Notizen gemacht, während Linda ihre Fakten präsentierte und wollte sich erneut mit seinem Mandanten besprechen. Linda und Sylvia verließen erneut den Raum, sie hoffte jetzt auf den Durchbruch. Würde Tom Brinkmann jetzt den Namen des Auftraggebers nennen? Wer war es, wer hat Gerold so sehr gehasst? War es Wenders? Van Delden? Tarik Ben Amir? Oder eine ihr noch unbekannte Person?

Beschuldigter und Anwalt berieten sich, die Zeit verging. Fünf Minuten, zehn Minuten, eine Viertelstunde – noch immer wurde diskutiert, teilweise sehr heftig, wie durch die große verspiegelte Scheibe zu sehen war, die Mikros waren natürlich abgeschaltet.

„Wenn wir das gewusst hätten, wären wir in die Mensa gegangen", meinte Sylvia, deren Magen gerade vernehmlich geknurrt hatte.

„Geduld, liebe Sylvia, Geduld ist eine wichtige Eigenschaft in unserem Job!"

Endlich, nach über zwanzig Minuten, klopfte der Anwalt, sie gingen wieder hinein. Linda sah den Anwalt erwartungsvoll an: „Was haben Sie uns zu sagen?" Der verwies auf seinen Mandanten.

„Frau Barowski, ich möchte ein Geständnis ablegen!" Brinkmann wirkte etwas unsicher, ließ seine Augen von Linda zum Anwalt, von der Protokollführerin zum Wachtmeister und wieder zurück schweifen. Protokollführerin, Wachtmeister und Linda sahen gespannt auf Anwalt und Verdächtigen, sie konnten es kaum glauben.

„Wir werden, Herr Brinkmann, Wort für Wort protokollieren und Sie werden es zum Schluss unterschreiben müssen. Also bitte, was haben Sie uns zu sagen?"

Er zögerte noch ein wenig, nahm noch einmal Augenkontakt zum Anwalt auf, dann begann er zunächst stockend und dann immer flüssiger zu antworten.

„Ich habe in meiner Firma einen mir zunächst einfach erscheinenden Auftrag erhalten, der da lautete, einen älteren Herrn aus seiner Wohnung zu holen, ihn von bestimmten beruflichen Aktivitäten abzuhalten und dann wieder in seine Wohnung zurückbringen. Zu diesem Zweck haben wir, in diesem Fall mein Mitarbeiter Pjotr, den alten Krankenwagen vom Autohof entsprechend aufbereitet und entliehen."

Er machte eine Pause, trank einen Schluck Mineralwasser, dann fuhr er fort. „Wir sind also mit dem Wagen zu ihm gefahren und haben den Mann geholt, dafür musste ich ihn leider zunächst außer Gefecht setzen, außerdem hat sein Hund Schwierigkeiten gemacht, den ich zwischenzeitlich in die Küche befördert hatte, er hätte uns behindert. Meine Mitarbeiter haben mir geholfen, den Mann in den Wagen zu transportieren.

Wir haben ihn auftragsgemäß abtransportiert, er war bewusstlos, deshalb haben wir eine Trage genommen. Bei den Hühnerställen war er wieder wach, hat den starken Mann markiert. Pjotr hat in auf seine Art beruhigt, es hat richtig gekracht, der Mann hat mir leidgetan, aber danach war Ruhe. Wir haben ihn dann umgeladen in den Sprinter und ausgezogen, um Spuren zu beseitigen, DNA und so. Pjotr sollte seine Kleidung auf dem Autohof in Stuhr verbrennen. Jerome und ich sind dann mit unserem Gefangenen zum Landhaus gefahren, einen Schlüssel brauchten wir dort nicht, weil umgebaut wird. Den Rettungswagen hat Pjotr mitgenommen und wieder nach Stuhr gebracht, Jerome und ich haben den Mann betreut, soweit möglich, haben ihn mit Bauvlies zugedeckt, er fror ja so entsetzlich. Den Mund habe ich ihm mit Klebeband verschlossen, sein Jammern konnte ich nicht ertragen! Am nächsten Morgen hat Jerome unseren Fahrer mit dem Sprinter wieder abgeholt und ich bin anschließend damit in die Stadt gefahren, um Verpflegung für uns Vier zu kaufen. Um es ganz klar zu sagen: Als ich losfuhr, hat der Mann noch ziemlich gut gelebt", er machte eine Pause, „und als ich zurückkam, war er tot, ich habe von den beiden nicht herausbekommen, wieso!"

Er machte erneut eine Pause, trank von dem Wasser, sah aufmerksam zu Linda, die sich umfangreiche Notizen gemacht hatte. Auf einem Zettel, den sie ihren Kollegen außerhalb des Befragungsraumes reichte, stand ein Auftrag zur sofortigen Erledigung.

„Noch einmal bitte sofort das Landhaus durchsuchen. Wir suchen ein Glas oder einen ähnlichen Behälter, an oder in dem Heroin-Spuren sind und auch den Trichter – an dem könnten dann DNA-Spuren von Gerold und dem Täter sein. Und prüfen, ob es Verpflegungs- und Getränkereste gibt. ES EILT!"

„In welchem Markt oder Geschäft haben Sie eingekauft? Was haben Sie geholt? Details bitte! Haben Sie noch die Einkaufsquittung, Herr Brinkmann? Warum haben Sie nicht anonym einen Krankenwagen oder die Polizei gerufen? Ihr Opfer wäre ja vielleicht noch zu retten gewesen!"

„Nein, Frau Kommissarin. Der war mausetot, glauben Sie mir, ich kenne mich damit aus, schließlich war ich mal Sanitäter in der Armee. Und anonym? Sie hätten mich irgendwann ermittelt, das Risiko war mir zu groß! Was die Quittung betrifft, wer hebt so was schon auf, oder? Um Ihre Frage nach meinem Einkauf zu beantworten: Ich bin über die Autobahn zu Real nach Etzhorn gefahren, Brot, Margarine, Wurst, Käse stand auf meinem Einkaufszettel und Wasser, obwohl die Jungs mehr für Bier und Wodka sind, aber das hatten sie schon selbst besorgt, wie ich später festgestellt habe."

Er gewann seine zwischenzeitlich verschwundene Selbstsicherheit wieder zurück.

„Sie sehen, an dem Mord kann ich nicht beteiligt gewesen sein, ich war unterwegs. Es war wahrscheinlich der Sadist Pjotr! Hat er Ihnen eigentlich von seinen Empfindungen erzählt, wenn er Leute leiden sehen kann oder es sogar verursacht? Sie nicken? Sehen Sie, so ist er! Ich bin am Tod des Mannes jedenfalls unschuldig, sollte ihm nur klarmachen, dass er die Belästigungen der Drogenszene einstellen sollte, das war unser Auftrag. Es gibt ja auch Polizisten, die sehr kooperativ sind …"

Was ihr der Beschuldigte jetzt präsentierte, widersprach in vielen Punkten dem, was Tscharkow ausgesagt hatte. Es erschien Linda, als wolle er die Schuld am Tod des Opfers auf den schieben. Brinkmann, das Unschuldslamm? Kaum vorstellbar! Aber konnte sie ihm das Gegenteil beweisen? Was hatte Messiers ausgesagt, sie hatte sich noch nicht mit Paul abstimmen können. Und dieser Hinweis auf ‚kooperative Polizisten', was hatte das zu bedeuten? Ein Maulwurf, Bestechungen, Nötigungen? Fragen über Fragen, sie brauchte eigentlich dringend eine Pause!

Tscharkow musste noch einmal befragt werden, weshalb Gerold

auf diese Weise ‚präsentiert' und die Leiche nicht einfach in der Baustelle gelassen wurde! Wer steckte dahinter? Ihre Gedanken drehten sich im Kreis. Schluss, Ende, morgen weiter zu dem Thema!

Brinkmann und sein Anwalt hatten sie sehr aufmerksam beobachtet, während sie ihren Gedanken nachhing …

„Ist Ihnen nicht gut, Frau Barowski?" Die Stimme des Anwaltes kam wie durch ein Wattepolster an ihre Ohren, vor ihren Augen verschwammen die Männer zu Schemen. Sie schreckte auf, als Sylvia sie an der Schulter berührte. „Alles in Ordnung, Sylvia", flüsterte sie ihren Kollegin zu, „alles in Ordnung."

„Was ist das gewesen? Ich schwächele?", dachte sie, war über sich erschrocken, „bin ich mit dem Fall überfordert?" Dann wandte sich wieder der anderen Tischseite zu.

„Nein, nein, alles gut, Herr Anwalt, ich habe die Aussage Ihres Mandanten nur noch einmal reflektiert. Machen wir weiter! Herr Brinkmann, ich glaube Ihnen kein Wort, bitte bedenken Sie den Tatvorwurf! Wir suchen nicht nur den oder die Mörder, wobei uns eigentlich klar ist, wer die Mörder sind. Wenn Sie Drei von uns des gemeinschaftlichen Mordes an unserem Kollegen überführt sind, wird sich der Auftraggeber ins Fäustchen lachen, denn für relativ wenig Geld hat er seinen Triumph über die Polizei. Wer das Geld gegeben hat, wissen wir, es war Humphrey Wenders, der Bordellbesitzer. Ob es sein Geld war, das er ‚verliehen' hat, ist noch unklar, aber wir haben Überlegungen in dieser Richtung. Wer es Ihnen zugeleitet hat und wie es verwendet wurde, wissen wir ebenfalls. Sie sollten unseren Vermutungen ein Ende machen und mit der Wahrheit herausrücken, Herr Brinkmann!"

„Frau Borowski", schaltete sich der Anwalt ein, „es wäre eine Win-Win-Situation, wenn der Staatsanwalt meinem Mandanten bei der Formulierung der Vorwürfe entgegenkommen könnte, was meinen Sie, können wir da zu einer gewissen Übereinkunft kommen?"

Linda dachte einen Moment nach.

„In Ordnung, ich werde den Staatsanwalt nach einem Entgegenkommen, wie Sie es formuliert haben, fragen. Bitte entschuldigen Sie mich einen Augenblick." Sie verließ erneut den Befragungsraum, telefonierte mit dem glücklicherweise in seinem Büro anwesenden Staatsanwalt, kam zurück.

„Herr Brinkmann, der Staatsanwalt ist durchaus bereit, mit Ihrem Anwalt Denkmodelle, Möglichkeiten zu erörtern. Voraussetzung ist jedoch die Klärung von zwei Fakten: Erstens die Frage nach der Quelle für das Heroin und zweitens der Name des Auftraggebers."

Linda beobachtete ihre Gegenüber, versuchte, in ihren Gesichtern zu lesen, während sich die Männer leise unterhielten. Schließlich ergriff der Anwalt das Wort.

„Frau Kommissarin, mein Mandant wird jetzt eine Aussage zu der Tat machen, die Sie verwundern wird! Bitte, Herr Brinkmann, was haben Sie der Frau Barowski zu sagen?"

Der räusperte sich, stand von seinem Platz auf, wanderte durch den Raum, bevor er das Wort ergriff.

„Der Auftraggeber befindet sich in Ihrem Haus, hier im Polizeipräsidium."

Linda sah den Beschuldigten mit großen Augen an: „Hier im Präsidium? Kann ich mir nicht vorstellen!"

„Sie sollten mir glauben, Frau Barowski, es ist so!"

Unmittelbar nach dieser Behauptung Brinkmanns beendete Linda die Vernehmung für diesen Tag.

„Wir machen morgen weiter, meine Herren! Die Quelle für das Heroin erfrage ich dann erneut." Sie wollte die Behauptung noch heute unbedingt überprüfen.

Kapitel 32 Vernehmung 2. Teil Mittwoch 30.9.

Linda

War der geheimnisvolle Maulwurf im Präsidium der Auftraggeber? Oder war es eine Irreführung Brinkmanns, um von sich abzulenken? Erfolgte der Mord an Paola vielleicht doch durch den Mönch, oder Tscharkow? Brinkmann war der Haupttäter für den Mord an Gerold, das stand für sie fest, der hatte persönlich die Schuld an seinem Tod! Jerome – unwichtig, nach ihrer Ansicht nur ein Helfer. Und Pjotr? Der Sadist war für die Wegschaffung des Toten und dessen Zur-Schau-Stellen zuständig. So stellte sich die Situation zurzeit dar und das hatte sie auch in einem kurzen Memo an ihre Mitarbeiterinnen und Mitarbeiter dargestellt, die Frage nach dem Maulwurf hatte sie allerdings dort nicht erwähnt.

Sie nahm Kontakt zur Technik auf, denn dort hatte man nicht nur Fakten zum Täterkreis untersucht, sondern auch Gerolds Laptop unter die Lupe genommen.

„Wir haben eine sehr interessante Notiz auf dem Laptop gefunden", meinte die junge Kollegin, die das Gerät analysiert hatte, „ich schicke sie dir rüber, du wirst staunen!"

Schon Sekunden später las sie voller Erstaunen Gerolds Notiz.

„Habe mit Will gesprochen, seine Besuche im Bordell sind auffällig. Er meinte, er brauche das. Meine Frage ‚wie finanzierst du das' wurde von ihm nicht beantwortet. Habe ihn auf Risiko einer internen Untersuchung hingewiesen, ließ ihn anscheinend kalt. Ich fürchte, er arbeitet mit Wenders zusammen."

Offen war immer noch die Frage nach dem Auftraggeber. „Sollte es tatsächlich Will gewesen sein?" Die Notiz erschütterte sie: „Der nette smarte Will ein Verräter, vielleicht der Auftraggeber für den Mord? Die Interne muss ran, ich gehe jetzt zum Staatsanwalt, der muss sofort reagieren!"

Paul kam in ihr Büro.

„Können wir jetzt mit Brinkmann weitermachen? Dann lasse ich ihn holen!" „Ja, gleich, erst der Staatsanwalt wegen Will, ich habe einen schlimmen Verdacht, hier, lies mal!" Sie hielt ihm die Notiz vor die Augen: „Wir müssen ihn mit anderen Aufgaben betrauen, bis die Interne fertig ist!"

Paul war entsetzt! „Will? Unser Will? Kann ich mir kaum vorstellen, da hat sich Gerold bestimmt geirrt!"

Claudia rief durch die Tür, dass der Mönch da sei und in Raum Eins warte.

„Dann lassen wir Brinkmann noch etwas schmoren, kann ja nichts schaden", meint Paul, „ich kümmere mich um den Mönch und du um Will, aber bitte ganz vorsichtig – man kann sehr schnell sehr viel Porzellan zerschlagen bei einem solchen Verdacht!"

„Keine Sorge, Paul, ich halte mich zurück. Noch ist ja nicht klar, ob der Staatsanwalt meinen Verdacht ernst nimmt und das Dezernat 37 des LKA tatsächlich hier aufkreuzen wird, aber ich muss den Verdacht melden, Paul und bis dahin werde ich ein wachsames Auge auf unseren Kollegen haben."

„Ich weiß. Sie werden sehr bald vor Ort sein, darauf kannst du dich verlassen. Jetzt gehe ich zu unserem frommen Mann, mal sehen, was der noch zu berichten hat."

Er holte sich ein Wasser aus dem Automaten und ging hinüber zum Befragungsraum 1, wo er von dem Mönch sehnlichst erwartet wurde. „Herr Lobisch, was ist denn nun schon wieder geschehen, dass Sie mich erneut herzitieren?"

„Es gibt nur noch einen Punkt, den wir miteinander zu klären haben, Herr van Delden, jedenfalls vorläufig. Ich stelle Ihnen jetzt eine einfache Frage und bitte um eine klare Antwort: Wo waren Sie in der Nacht vom 29. auf den 30. August dieses Jahres?"

Der Mönch beugte sich zu seiner Tasche, in der er wie stets seine Soutane und seinen Mantel aufbewahrte, angelte ein dunkelblaues kleines Notizbuch hervor, blätterte nervös in den Seiten.

„Ich kann es Ihnen ganz genau sagen, Herr Lobisch, über das Wochenende war ich vom Freitag bis zum Dienstag der folgenden Woche zur Einkehr in unserem Kloster in Vechta. Wir waren etwa zwanzig Brüder, die sich dort versammelt hatten. Sie können jederzeit gern den Prior des Konvents befragen, er wird Ihnen meine Angaben bestätigen. Zu Ihrer weiteren Information, ich bin mit der Nordwestbahn gefahren, da ich nicht über einen Pkw verfüge. Ist damit Ihre Frage beantwortet?"

„Ja! Ich danke Ihnen sehr, Sie können wieder in Ihre Dependance zurückkehren. Auf Wiedersehen, Herr van Delden!"

Nach einer kurzen Denkpause holte sich Paul das Protokoll der Vernehmung Tscharkows auf den Monitor seines Laptops, verfasste einen Kommentar dazu. „Er muss der Mörder von Paola sein, der Mönch ist raus (Dienstreise, Alibi überprüfbar!). P.L.", dann rief er bei Linda an.

„Ich bin fertig, lass uns jetzt den Brinkmann bearbeiten." Er ging zu Raum 2, wartete auf Linda und Brinkmann, der auch bald hereingeführt wurde.

Linda kam nach kurzer Zeit, hatte seinen Kommentar schon gelesen: „Ich habe es mir gedacht, Paul, der Mönch bringt keinen Mord an seiner Gespielin zustande, aber er kann trotzdem unser gesuchter Auftraggeber sein, um sein Handeln vor der Kirche zu verbergen."

Sie wandte sich an den Beschuldigten: „Herr Brinkmann, dass

Sie der Mörder des Gerold Fasner sind, steht für uns fest. In der Zwischenzeit haben unsere Kollegen noch weitere Indizien ermittelt, die eindeutig auf SIE als Haupttäter hinweisen! Was haben Sie uns zu sagen?"

Brinkmann flüsterte mit seinem Anwalt, der unmittelbar vor Beginn der Vernehmung angekommen war, dann kam nur der Satz „Ich verweigere die Aussage!" aus seinem Munde.

Die beiden Vernehmenden waren nicht wirklich erstaunt über diese Reaktion, hat doch jeder Beschuldigte das Recht, die Aussage zu verweigern, um sich nicht selbst zu belasten.

„Gut, meine Herren, Ihr Recht. Wir werden den Beschuldigten kurzfristig einem Haftrichter vorführen, der über alles Weitere entscheiden wird. Wenn Sie, Herr Brinkmann, allerdings Ihre Lage vorab noch etwas verbessern wollen, nennen Sie uns JETZT Ihren Auftraggeber!" Paul versuchte, der sehr kurzen Vernehmung noch ein positives Ergebnis abzuringen.

„Fürs Protokoll, Frau Barowski, Herr Lobisch: Den Namen werden Sie nicht von mir erfahren, denn ich kenne ihn nicht. Ich weiß nur, dass SIE ihn kennen! Vielleicht spekuliere ich aber auch nur und ein Spruch aus Bordellkreisen, der mir zugetragen wurde, war nur Angeberei!"

„Jetzt machen Sie uns aber ganz besonders neugierig", Linda beugte sich vor, sah ihm direkt in die Augen, „welch ein Spruch aus welchem Bordell?"

„Nun, liebe Frau Barowski", Brinkmann ließ seinen ganzen Charme spielen, „mein Mitarbeiter Pjotr hat mir zugeflüstert, dass der Chef seiner Gespielin gute Kontakte ‚ins Amt' habe und damit war sicher nicht das Gartenbauamt gemeint!"

„Vielen Dank, Herr Brinkmann, diese Information wird sich sicher einmal zu Ihren Gunsten auszahlen. Jetzt werden wir Sie jedoch zunächst weiterhin in Haft behalten, wie gesagt, ein Richter wird kurzfristig Weiteres verfügen."

Mit diesen Worten erhoben sich Linda und Paul, gingen sehr nachdenklich hinaus. „Paul, hoffentlich kann die Interne dieses Problem klären. Wir dürfen ja nicht gegen Kollegen ermitteln, und das wollen wir auch nicht!"

„Richtig, liebe Linda, und ich auch nicht, lass uns auf einen Kaffee in die Mensa gehen."

Sie hatten gerade an einem Vierertisch platzgenommen, als Will hereingestürmte und sich ungefragt zu ihnen setzte.

„Seid ihr wahnsinnig geworden? Oder wart ihr es nicht, die mir die Interne auf den Hals gehetzt hat? Was habt ihr euch nur dabei gedacht?" Zornesrot sah er von Linda zu Paul, hin und her ging sein Blick.

Linda versuchte, ihren aufgeregten Kollegen zu beruhigen. „Will, das ist reine Routine, ein Zeuge hat den Verdacht geäußert, dass es einen Maulwurf gibt, und da du gut mit Wenders kannst, fiel ein kleiner Anfangsverdacht auf dich. Wir mussten das melden, wie du weißt und die Interne wird das sehr schnell aufklären."

Will sah sie kritisch an: „Oder auch nicht, jedenfalls ist mein ganzes Ansehen hier im Hause im Eimer, kein Hund wird mehr ein Stück Wurst mehr von mir nehmen, von allem anderen einmal abgesehen. So kann man mit mir nicht umgehen, Frau Barowski und Herr Lobisch, ich werde ab sofort Urlaub machen!"

„Hältst du das für klug, Will, abgesehen von der Tatsache, dass die Interne von dir Präsenz im Hause erwartet? Wann wollen sie dich denn befragen?"

„Schon morgen früh. Aber danach bin ich erst mal in Urlaub, das können Sie mir glauben. Ich bin stocksauer!" Die förmliche Anrede seiner Kollegen zeigte seine Wut. „Jetzt gehe ich nach Hause!"

Linda und Paul sahen sich wortlos an.

Kapitel 33 Der tiefe Fall   Donnerstag 01.10.

Will Porter

Die bevorstehende Untersuchung durch die Gruppe „Interne Er-mittlungen des Landeskriminalamtes" ließ Will erschaudern, schließlich fürchteten alle Kolleginnen und Kollegen die Leute aus Hannover, ganz gleich, ob es ein Dienstvergehen gegeben hatte oder nicht. Sehr umfangreiche Vollmachten und ausgefeilte Verhör- und Analysemethoden hatten schon manches ‚schwarze Schaf' in den Reihen der Polizei ermittelt. Diese Leute also, so gingen Wills Gedanken, würden sich morgen mit ihm befassen – allein von dem Gedanken daran wurde ihm übel. Er würde sich den Fragen der In-ternen nicht entziehen können, also beschloss er, morgen pünktlich wie immer und möglichst positiv gestimmt zur Arbeit zu gehen. Linda hatte recht, alles andere wäre dumm gewesen; seine Wut auf die beiden Kollegen war allerdings noch immer nicht verraucht. Voller Groll und Sorge besuchte er noch in dieser Nacht den „Club Elektra", um sich von einem der Mädchen dort etwas beruhigen zu lassen. Bevor er sich jedoch von Monique lieben ließ, hatte er noch ein langes Gespräch mit Humphrey Wenders …

Aus dem Wagen mit einem Kennzeichen der Landeshauptstadt, der um etwa 10:20 Uhr auf den Hof des Präsidiums fuhr, stiegen zwei Frauen und ein Mann und begaben sich eilig in das Büro des Leiters ‚Dezernat 1 – Zentrale Aufgaben'. Nach kurzer Begrüßung und ein wenig Smalltalk kamen sie sofort zur Sache – dem Ver-dacht der Bestechlichkeit eines Mitarbeiters in der Ermittlungs-gruppe Drogen.

„Bitte gehen Sie sensibel vor, meine Herrschaften, wir stecken mitten in den Ermittlungen zu einem sehr brisanten Fall, dem Mord an unserem Kollegen Gerold Fasner", versuchte Polizeirat Mommsen den Eifer der Hannoveraner etwas zu bremsen, denn im Prinzip stand er hinter seinen Leuten. Er bekam allerdings eine eiskalte Abfuhr.

„Herr Mommsen, wir machen unsere Arbeit unvoreingenommen und gründlich. Jede Einflussnahme müssen wir zurückweisen und die Vorgehensweise überlassen Sie bitte uns. Als erstes möchten wir jetzt Frau Barowski und Herrn Lobisch sprechen, aufgrund derer Hinweise wir überhaupt hier sind!"

PR Mommsen war ein wenig pikiert, er wollte doch lediglich das Zerschlagen von Porzellan, wie man so schön sagt, verhindern. Die Stimmung in seinem Büro war jetzt abgekühlt: „Ich werde die beiden bitten, sich ab sofort zu Ihrer Verfügung zu halten."

„Anweisen, Herr Mommsen, nicht bitten, und sie sollen sofort kommen!" Frau Elvira Wenzel machte diese klare Ansage ohne jede Rücksicht auf Dienstgrad und Position Mommsens – die Leute aus Hannover riskierten eine ,recht große Lippe'!

Fünfzehn Minuten später befand sich die Untersuchungsgruppe zusammen mit den beiden Oldenburgern im Besprechungszimmer des Dezernatsleiters. Linda und Paul referierten, sich gegenseitig ergänzend, die Ermittlungssituation, dabei betonten sie besonders die Angelegenheit der dreißigtausend Euro.

„Sie sind also der Meinung, dass der Auftraggeber für den Mord ein bestechlicher Beamter ist?"

„Ja, nach unserer Meinung sind die Hinweise eindeutig", meinte Linda, „das Geld ist zwar über den beschriebenen anderen Weg zu der Mördertruppe geflossen, aber der Initiator, der vermutlich auch mehrfach vor Razzien der Tippgeber an das Bordell war, kommt aus dem Haus!"

„Ein schlimmer Verdacht, haben Sie eine bestimmte Person im Auge?" Bernhard Scholl sah Linda und Paul intensiv an, „Sie wissen um die Schwere eines Vorwurfes dieser Art?!"

Paul erwiderte den Blick ungerührt.

„Wenn Sie wie wir so tief in den Fall involviert wären, würden Sie uns zustimmen. Der Kollege Will Porter hatte und hat noch sehr intensive Kontakte in ein bestimmtes Haus im Rotlicht-Milieu, hat sich noch gestern Abend dort mehrere Stunden aufgehalten und eine lange Unterredung mit dem Bordellbesitzer gehabt, der uns als Finanzier des Mordes bekannt ist. Was müssen Sie noch von uns wissen?"

„Gibt es noch weitere Verdächtige im Haus?"

Linda schüttelte den Kopf: „Es wäre uns recht, wenn unser Verdacht unbegründet wäre, aber ..." Sie machte dabei einen bedrückten Eindruck.

„Gut, dann sehen wir uns den Kollegen mal in Ruhe an. Er soll um 14 Uhr hier sein zu einer ersten Befragung, danach sehen wir fünf uns noch einmal. Ist das in Ordnung?" Linda und Paul nickten zustimmend, gingen zurück in Lindas Büro.

„Ist ja schon ein großer Mist, ein solcher Verdacht gegen einen Kollegen, aber es muss ja geklärt werden. Ich bin gespannt. Soll ich ihn über den Termin informieren?" Paul setzte sich etwas mühsam auf den Stuhl vor Lindas Schreibtisch, sein Rücken machte ihm heute wieder einmal Probleme.

„Das wäre sehr nett von dir, Paul, ich will noch einmal alles in Gedanken durchgehen, will wissen, ob wir alle Beweise komplett haben." Sie lehnte sich zurück. „Wenn die Interne den Fall ‚Will' geklärt hat, können wir unsere Erkenntnisse zum Staatsanwalt geben, wird aber auch Zeit. Ich will nicht immer an den armen Gerold denken müssen, es reicht!"

„Stimme ich dir zu, Linda. Jetzt informiere ich noch Will über den Termin. Treffen wir uns in der Mensa?"

„Ja, gut, ungefähr um eins, wie gesagt, ich will noch die Fakten in Kurzfassung zusammenschreiben."

Paul ging, um Will den Termin persönlich mitzuteilen, für ihn genau wie für Linda galt dem Kollegen gegenüber zunächst die Unschuldsvermutung, auch wenn eine ganze Reihe von Verdachtsmomenten gegen ihn sprachen …

Es war 14 Uhr. Aufrecht, nahezu stolz betrat Will den Raum, in dem das Untersuchungsteam auf ihn wartete – das Gespräch mit seinem Freund Humphrey in der letzten Nacht hatte ihn sehr selbstbewusst gemacht. Er begrüßte die Beamten wie alte Freunde.

„Hallo zusammen, Sie haben mich hergebeten, weil man mir, wenn auch zu Unrecht, etwas vorwirft. Bitte fragen Sie, ich bin bereit!"

Nach Feststellung der Personalien und nochmaligem Blättern in irgendwelchen Unterlagen begann Bernadette Hofreiter, eine attraktive Blondine in den frühen Vierzigern, mit Wills Vernehmung.

„Herr Porter, Sie arbeiten hier im Hause in der Gruppe ‚Drogen und Prostitution', richtig?" Ohne eine Antwort abzuwarten, fuhr sie fort: „Es liegen schwere Beschuldigungen gegen Sie vor, nämlich erstens die Weitergabe vertraulicher Informationen an unbefugte Personen und zweitens der Auftraggeber für den Mord an Ihrem damaligen Vorgesetzten Gerold Fasner zu sein."

Die drei Inquisitoren, wie Will sie in Gedanken nannte, sahen ihn aufmerksam an, jede seiner Regungen sorgfältig registrierend: „Bitte nehmen Sie zu den Vorwürfen Stellung!"

Will, der zwar mit dem ersten, nicht aber mit dem zweiten Vorwurf gerechnet hatte, schwieg für zwei, drei lange Minuten, dann brach es geradezu aus ihm heraus! „Das ist ungeheuerlich, wer bitte beschuldigt mich derart? Ich will sofort einen Anwalt, vorher werde ich keine Aussage machen!"

„Sie werden zu den Vorwürfen von uns nur befragt, nicht vernommen, Herr Porter! Lassen Sie mich etwas präzisieren und korrigieren Sie mich, wenn ich irre. Sie sind regelmäßiger Gast im Bordell ‚Club Elektra'. Uns liegen Informationen vor, dass Sie noch gestern mehrere Stunden in dem Haus zugebracht und lange Zeit mit dem Besitzer gesprochen haben, ist das korrekt?"

„Ja, ich habe in dem Haus eine Freundin, die ich ziemlich regelmäßig besuche, ich liebe sie und möchte sie freikaufen, deshalb habe ich mit ihrem Chef verhandelt, Frau Hofreiter."

„Wir werden Herrn Wenders dazu befragen lassen und Frau Barowski wird so freundlich sein, das sofort zu erledigen." Sie griff zum Telefon und gab den Auftrag an Linda, bevor sie weiterfragte.

„Man hat uns berichtet, dass Sie gemeinsam mit dem Opfer das Bordell aufgesucht haben, weshalb?"

„Mein Chef wollte sich ein Bild von den Räumlichkeiten und Abläufen dort machen, außerdem hatte er den Verdacht auf Drogen, der aber nicht beweisbar war, soweit ich informiert bin. Auf sein Bitten hin habe ich ihn begleitet."

„Haben Sie Herrn Wenders über bevorstehende Razzien informiert? Welche Gegenleistungen haben Sie dafür erhalten? Kann es sein, dass Ihr damaliger Vorgesetzter in Ihrem Verhalten diese Unregelmäßigkeiten festgestellt hat und er deshalb sterben musste?" Bernhard Scholl fragte jetzt ganz unverblümt, wollte Will in die Enge treiben.

Der war bei den Fragen blass geworden: „Sind Sie wahnsinnig, Herr Scholl? Was unterstellen Sie mir? Tatsächlich die Verantwortung für seinen Tod? Da gibt es ganz andere Kandidaten, die verdächtig sind!"

„Mäßigen Sie sich, Herr Porter! Welche anderen Personen sollen da infrage kommen, wenn ich fragen darf?"

„Zum Beispiel den Mönch van Delden und auch Wenders selbst,

der Händler in Bremen gehört auch dazu! Ich habe mit Gerolds Tod nichts, aber auch gar nichts zu tun", Will zählte alle auf, deren Namen im Zusammenhang mit den Ermittlungen gefallen waren.

„Herr Porter, bitte geben Sie mir Ihr Smartphone", sagte Bernadette Hofreiter plötzlich, „ich möchte etwas nachschauen." Will gab ihr widerwillig das Handy: „Was wollen Sie denn damit?"

„Schauen wir mal, Herr Porter. Diese Dinger sind ja sooo nachtragend!" Sie suchte auf dem Gerät, tippte, schob, fand, was sie gesucht hatte.

„Haben Sie jemals Kontakt zu der Firma ‚SFS‘ von Herrn Brinkmann gehabt? Ja? Die Liste der Gespräche hier, sehen Sie mal, sagt es ganz eindeutig!"

Will sank in sich zusammen, dann kam mit heiserer Stimme: „Nein, nie, das müssen Sie mir glauben, ich weiß nicht, wie die Nummer da reingekommen ist!" Er griff nach dem Wasserglas, trank mit zitternden Händen mühsam einen Schluck, stellte das Glas zurück.

„Herr Porter, warum sagen Sie so etwas Dummes, Sie sind doch ein erfahrener Polizist! Wer außer Ihnen soll denn Ihr Gerät benutzt haben, und noch dazu zu so unterschiedlichen Zeiten?"

Will zuckte mit den Schultern: „Ich habe das Handy nie aus den Händen gegeben!"

„Auch nicht im Puff", fragte Elvira Wenzel, „auch nicht dort im Bett mit der Nutte?" Man konnte ihr den Abscheu vor solchem Verhalten im Gesicht ablesen.

„Ich habe Ihnen doch gesagt, Monique dort ist meine große Liebe, und ich will sie aus ihrem Vertrag freikaufen. Bitte sagen Sie nicht ‚Nutte‘ zu ihr, das schmerzt mich! Und nein, dort kann es nicht geschehen sein."

Bernadette Hofreiter insistierte weiter. „Gerold Fasner wurde am

Freitag, den 18. September entführt und am nächsten Tag, Sie wissen es, ermordet. Seine Leiche wurde nach einem Hinweis in der Nacht zum 21. im Turm der alten Brücke aufgefunden. Ihr Kollege Daniel von Stetten fand Zigarettenstummel am Eingang des Turms, wie aus den Unterlagen hervorgeht, und auch ein Haarbüschel mit Ihrer Haarfarbe. Die Analyse hat inzwischen ergeben, dass beides Ihre DNA aufweist! Sie waren also nach dem Mord am und im Turm, Sie waren es, den ein Zeuge hat von dort weglaufen sehen!"

Will war bei ihren Worten immer weiter in sich zusammengesunken, von seiner zu Beginn der Vernehmung forschen Art war nichts mehr zu spüren …

Die Hofreiter fuhr fort: „Ich kann Sie nur bitten, ein Geständnis abzulegen, Herr Porter, es würde Ihre Lage verbessern. Ja, die Mordkommission hat nicht direkt gegen Sie ermittelt, aber inzwischen vieles gefunden, was als Beweis gegen Sie verwendet werden kann. Wir haben im LKA die bisherigen Ermittlungsergebnisse im Hinblick auf Ihre Person überprüft, glauben Sie uns, der Bericht über unser Gespräch heute wird den Staatsanwalt von Ihrer Schuld überzeugen!"

Humphrey Wenders war an diesem Tage nicht am Ort, sodass seine Befragung erst am kommenden Tag erfolgen konnte …

Kapitel 34 Neue Konstellation   Donnerstag 1.10.

Janina

Am Tag nach dem nächtlichen Gespräch mit Will Porter, in dem es hauptsächlich um die von ihm an den Prior übergebenen dreißigtausend Euro ging, saß Humphrey Wenders mit seiner geliebten Janina im Penthaus bei einem Glas Rotwein.

„Liebste, ich habe ein Problem. Nein, eigentlich habe ich mehrere Probleme und weil ich dich liebe und vertraue, möchte ich mit dir etwas sehr Wichtiges besprechen. Du weißt bisher nichts von meinem Beruf, hast praktisch keine Ahnung von dem, was ich mache, nur von meinem vielen Geld hast du eine Ahnung, das müssen wir dringend ändern!"

„Ach, Peer, das ist mir völlig gleichgültig, solange du mich liebst. Dein Geld ist ganz nett, aber du bist mir wichtiger!" Sie schmiegte sich an ihn, sah ihn liebevoll an.

„Ja, geht mir genauso, aber trotzdem … Hör zu, es ist mir sehr wichtig! Es kann sein, dass ich für einige Zeit verschwinden muss, frag nicht, warum, es ist einfach so. Für diese Zeit muss jemand die Geschäfte in meinem Sinne weiterführen und da gibt es niemanden außer dir, dem ich den Job anvertrauen möchte."

„Und was ist der Job? Kann ich das überhaupt, ich habe bisher nur Schule als Job gehabt und ich bin noch nicht einmal zwanzig."

„Du bist so klug und geschickt, ich traue dir das durchaus zu, Liebste. Weißt du was? Wir fahren jetzt mal kurz in meinen Betrieb."

„Jetzt? Was ist das für ein Betrieb? Und es ist doch schon fast Mitternacht, ich bin müde."

Humphrey umarmte sie liebevoll. „Komm, es dauert nicht lange", erhob sich, zog sie an einem Arm von der Couch hoch, „komm!"

Etwas unwillig ließ sie sich überreden, fuhr mit ihm zum Club, wo er im Hof parkte.

„Ist das deine Firma, Peer? Eine Bar? Dann hatte mein Bruder doch recht, als er über dich als einen zweifelhaften Geschäftsmann sprach?"

„Janina, ich bin ein ehrlicher Kaufmann und sozialer Arbeitgeber, der mit seinen Angeboten ein wichtiges soziales Bedürfnis abdeckt! Komm, lass uns hineingehen und bitte ohne deine Vorurteile!"

Bogdan staunte nicht schlecht, als das Paar an seiner Tür auftauchte. „Hey, Boss, da hast du aber eine Superschnecke aufgetan, darf ich sie einreiten?"

Janina schreckte zurück. „Was ist das denn, Peer, ich gehe da nicht rein!" Sie wollte zurück zum Wagen, fort von dem schrecklichen Türsteher. „Bring mich sofort nach Haus, Peer, nicht zu dir, sondern zu mir nach Haus!"

„Aber Schatz, lass dich doch nicht von Bogdan erschrecken, er ist nur von außen so rau, eigentlich hat er ein gutes Herz. Komm, ich will dich meinen Mitarbeiterinnen vorstellen!" Er zog sie an der Hand hinein in das schummerige Licht des Barraumes.

„Wir setzen uns jetzt erst einmal an die Bar, trinken einen Schluck auf deinen Schock und du wirst sehen, es sind nur nette Menschen hier, deren Chefin du für eine gewisse Zeit sein wirst."

Die zurzeit nicht ‚diensttuenden' Damen des Etablissements, leicht und aufreizend, sparsam bekleidet, begutachteten Janina mit kritischen Blicken. Jeanette wagte schließlich zu fragen: „Ist das eine neue Kollegin? Die ist doch noch längst nicht reif für unseren Job!"

„Sie sagten ‚unseren Job'? Was ist das denn für ein Job?"

„Na, Süße, um es ganz klar zu sagen: Wir sind Liebesdienerinnen, Dirnen, Nutten, wie immer du uns bezeichnen möchtest. Wir bedienen die geheimen Wünsche von Männern, fast alle, frag unseren Chef, hier geht kein Mann unbefriedigt raus!"

Janina errötete bei Jeanettes Worten bis unter die Haarwurzeln. „Peer, ich werde mit Sicherheit hier niemals arbeiten, weder als Chefin noch als Dirne! Hast du mich im Bett zu so vielen Dingen verführt, damit ich hier einmal arbeite? Was sollte der dumme Spruch von dem Mann an der Tür, wollte er mich vergewaltigen? Ich werde jetzt dieses Haus verlassen, ohne dich, lass mir bitte ein Taxi rufen, wir sehen uns nie wieder!" Mit diesen Worten drehte sie sich auf der Stelle um, wollte gehen.

„Liebste, bitte, du sollst doch nicht mit Kunden arbeiten, sondern nur die Geschäfte führen, wenn ich einmal weg bin, nur den Papierkram erledigen!", rief ihr Humphrey verzweifelt nach.

„Vergiss es", war die kurze Antwort, mit der Janina in ein vorbeikommendes Taxi stieg – das rapide Ende einer intensiven, dennoch so plötzlich endenden Liebesgeschichte …

Kapitel 35 Erfolge   Freitag 3.10.

Linda Barowski 14:30

Trotz des Feiertages liefen die Ermittlungen im Fall ‚Gerold' auf Hochtouren. Es war bedrückend für Linda und Paul.

Die ‚Interne' hatte bewiesen, dass Will der Tippgeber an Wenders war, weshalb alle Razzien ins Leere gingen! Aber hatte er auch den Mord an Gerold in Auftrag gegeben, der mit dem Geld des Barbesitzers bezahlt worden war? Konnte sie ihrem Kollegen eine solche Aktion überhaupt zutrauen? Jetzt hatte sie den Auftrag der ‚Internen', Wenders noch einmal zu dem Gespräch in der letzten Nacht zu befragen. „Wir sollten ihn massiv unter Druck setzen!", sagte sie zu sich.

Die beiden Beamten, die Wenders holen sollten, eine junge Frau und ein schon älterer Kollege, klingelten an seiner Penthaus-Wohnung. Von drinnen war laute Musik zu hören, sodass sie erneut klingeln mussten, bis ein anscheinend völlig betrunkener nackter Mann die Tür öffnete und sie lallend einlud, hereinzukommen, heute sei Party für alle.

„Bitte kleiden Sie sich an und folgen Sie uns, Herr Wenders", wies ihn Polizeiobermeister Eberhard Schenger an, während sich PM Hilke Busker leicht irritiert zur Seite drehte und das Gemälde im Flur betrachtete, das allerdings auch nicht ganz jugendfrei war.

„Wird gemacht, Chef, aber was machen wir mit den Mädels?" Die ‚Mädels', drei an der Zahl, zeigten sich knapp bekleidet im Hintergrund und kicherten albern herum – auch sie waren anscheinend angetrunken oder von Drogen berauscht.

Der nackte Wenders warf sich einen Mantel über, der an der Garderobe hing: „Ist es so recht, Chef?"

„Mann, reißen Sie sich zusammen und ziehen Sie sich vollständig an, und die Frauen ebenfalls", herrschte Eberhard sein Gegenüber an. Hilke hatte inzwischen Verstärkung angefordert, denn auch die Frauen wurden ‚eingeladen', ins Präsidium zu kommen, außerdem musste die Wohnung auf Drogen überprüft werden …

Die ganze Aktion endete zunächst mit dem Transport der Personen in Ausnüchterungszellen und dem Fund einer erheblichen Menge Koks und Amphetaminen in Wenders Wohnung. Fragen an die vorübergehend festgesetzten Personen konnten erst am nächsten Tag, einem Samstag, gestellt werden. Die Leute aus Hannover fuhren etwas verärgert wegen der Verzögerung ins verlängerte Wochenende nach Hannover zurück.

Natürlich führte Linda diesen Job durch, sobald Wenders wieder vernehmbar war und das war am nächsten Morgen, obwohl es ein Samstag war. Silvia Tebben kümmerte sich um die Befragung der festgenommenen Frauen.

Niki Schneider und Linda waren entsetzt über den äußerlichen Zustand von Wenders. Dieser Mann, der immer sehr fein und korrekt gekleidet war, teuren Herrenschmuck und eine noch teurere Uhr trug, wirkte auf die beiden Frauen wie ein seit Monaten auf der Straße lebender Obdachloser …

„Herr Wenders, sind Sie ok, können wir Sie befragen oder sollte sich zunächst der Amtsarzt um Sie kümmern?" Lindas Stimme klang besorgt, denn er schien in einer sehr extremen seelischen Verfassung zu sein.

„Nein, nein, es ist nur ein kleines Formtief, weil mich meine Liebste verlassen hat, fangen Sie an, desto schneller kann ich wieder nach Haus, obwohl – was soll ich da?"

Er war völlig deprimiert, wie es Linda erschien. Sie schob ihr Mitleid zur Seite, diese Situation wollte sie ausnutzen.

„Herr Wenders, bitte sagen Sie mir jetzt, eindeutig und ausführlich, was Sie in der Nacht zum 1. Oktober mit Will Porter besprochen haben, ging es wirklich um den Freikauf eines Mädchens?"

„Ach, Will, der kleine Bulle – Verzeihung, Polizist! Der Mann hat Angst, einfach nur Angst. Vor mir, vor meinem Lieferanten, vor der Internen, auch vor Ihnen, wie er sagte. Ich habe ihn ein wenig aufgebaut, und seine Monique hat anschließend auch noch mitgeholfen, danach ging es ihm wieder ganz gut. Aber ein Freikaufen von Monique oder einer der anderen Frauen war nie das Thema!"

„Habe ich mir schon gedacht", meinte Linda. „Herr Wenders, anderes Thema. Hat er Sie in der Vergangenheit über die von Hauptkommissar Fasner damals geplanten Razzien informiert?"

„Ach, das war hilfreich für uns, wissen Sie. Als Belohnung hat er dafür unseren Service nutzen dürfen. Jetzt wollte ich das Geschäft zeitweise in andere Hände geben, aber meine Freundin hat abgelehnt", ihm kamen die Tränen, er stützte den Kopf in beide Hände, „so eine tolle Frau, ich habe sie verschreckt mit meinem Gewerbe, sie wusste bisher nichts davon."

„Nun sagen Sie mir bitte, ob Herr Porter jemals über seinen Hass gegenüber seinem Chef gesprochen hat und wie groß seine Angst vor ihm war."

„Na ja, ziemlich. Er hat mal gesagt, er müsse Fasner einen Denkzettel verpassen, damit der Ruhe gebe und nicht hinter ihm her schnüffele. Ich habe ihm dann ein Serviceunternehmen genannt, Leute, die derartige Aufgaben zielsicher erledigen könnten."

„Das war die Firma ‚SFS'?"

„Ja, sie arbeiten auch für meinen Getränkelieferanten, sehr zuverlässig, wie mir gesagt wurde."

„Mörder, Schläger, Vergewaltiger – mit solchen Leuten geben Sie sich ab?"

„Ich doch nicht, nur mein Lieferant. Aber soweit ich informiert bin, sind sie sehr teuer, ein Einsatz kosten so etwa 25-30tausend Euro. Aber sie sind sehr zuverlässig."

„Herr Porter hatte doch niemals so viel Geld zur Verfügung, haben SIE es ihm vorgestreckt?"

„Er bat mich darum und weil er in einer echten Notlage war wegen möglicher Untersuchungen im Amt, die ihn den Job hätten kosten können. Ja, ich habe dreißigtausend an die Firma transferieren lassen. Sie wissen ja bereits, wie das Geld dorthin gekommen ist, der Prior war so freundlich, en Transfer zu übernehmen."

„Herr Wenders, das war die Finanzierung eines Mordes!"

„Das habe ich weder gewusst noch gewollt, nicht einmal geahnt, Frau Kommissarin. Mit Mord habe ich nichts zu tun, und ich hätte auch niemals einen derartigen Auftrag gegeben. Bordell, meine Mädels, ein paar Drogen zur Aufmunterung und Motivierung, Geld und ein schönes Leben: Das bin ich. Aber ich bin kein Mörder! Habe ich Ihnen ja auch schon über TREMA geschrieben. Ich habe nur einem guten Freund und Kunden Geld geliehen, nicht mehr und nicht weniger. Jetzt will ich zurück nach Haus, in meine Wohnung, ich muss mich ausschlafen!"

„Sie müssen noch etwas hierbleiben, Herr Wenders, um das Protokoll zu unterschreiben", Linda wandte sich zu ihrer Protokollführerin, „Judith, druckst du es bitte gleich aus, mehrfach bitte?"

Nach wenigen Minuten, Judith hatte noch einige wenige Korrekturen im Text zu machen, lag das fertige Protokoll vor ihnen.

„Bitte lesen Sie es sich genau durch, Herr Wenders und unterschreiben Sie dann beide Exemplare. Eines ist für uns, das andere für Sie und Ihren Anwalt, anschließend können Sie gehen. Aber bitte bleiben Sie in der Stadt, vielleicht haben wir noch Fragen."

Kapitel 36 Auf des Messers Schneide   Montag 6.10.

Die ‚Interne' / 10:00 Uhr

Sie waren am Morgen bereits früh beim LKA gestartet, um ihre Ermittlungen im Fall des Will Porter in Oldenburg fortzusetzen. Es war das gleiche Team, das bereits am Donnerstag die Untersuchung begonnen hatte, jetzt aber schon um die Erkenntnisse reicher, die Linda bei der Befragung von Wenders gewonnen hatte.

Will hatte ein sehr schlechtes Wochenende, nicht einmal Monique im Club konnte ihn aufmuntern, zu schwer belasteten ihn die Anschuldigungen der Internen. Kleinlaut und völlig übermüdet betrat er den Raum, in dem die Vernehmenden bereits auf ihn warteten.

„Herr Porter, wir haben ergänzende Informationen erhalten. Sie haben die Firma ‚SFS' definitiv mit dem Geld für den Mord versorgen lassen. Sie sind, nachdem die Leiche im Turm deponiert wurde, dort gewesen. Ihre Zigarettenreste und ein Haarbüschel weisen eindeutig Ihre DNA auf, und auch am zerrissenen Polizeisiegel waren Ihre Fingerspuren. Bitte gestehen Sie, es macht es für Sie alles einfacher!"

Hofreiters präzise Vorwürfe trafen Will ins Mark, kleinlaut kam seine Antwort: „Ja, ich war im Turm, nachdem die Mörder ihr Opfer dort abgelegt hatten. Ja, ich habe vor dem Eingang dort geraucht, das Siegel zerrissen, mich am Kopf gestoßen, als ich nach dem Auffinden der Leiche von dort geflüchtet bin", er hob die Stimme, „ABER ICH HABE IHN NICHT UMBRINGEN LASSEN, DAS WAR NICHT DER AUFTRAG!"

„Wollen Sie damit sagen, dass die Leute von ‚SFS' das Opfer in Eigenregie ohne Auftrag ermordet haben?"

„Ja, ganz eindeutig. Der Auftrag war, Fasner von weiteren Nachforschungen gegen mich, den Club und den Getränkehandel in Bremen abzubringen!"

Wenzel hakte nach: „Herr Porter, Sie gestehen, dass Sie eine in unseren Augen kriminelle Vereinigung dafür bezahlt haben, den Kriminalhauptkommissar Gerold Fasner entführen und durch Gewaltmaßnahmen daran zu hindern, Ihr Fehlverhalten im Dienst offenkundig zu machen. Das Geld, so haben Sie uns bestätigt, wurde Ihnen vom Barbesitzer Humphrey Wenders zur Verfügung gestellt. Ist das so richtig?"

„Genauso ist es gewesen und ich bedaure mein Verhalten zutiefst, bitte glauben Sie mir. Der Mord war von mir zu keiner Zeit beabsichtigt, geschweige denn geplant!"

Scholl erhob sich theatralisch.

„Kriminalkommissar Will Porter, wegen des dringenden Verdachts auf die Weitergabe vertraulicher Informationen aus dieser Behörde sowie die Anstiftung zu einer Straftat beantragen wir Ihre Suspendierung vom Dienst. Die direkte Beauftragung Dritter zum Mord an Gerold Fasner haben wir bisher nicht feststellen können, Sie hätten jedoch diese Konsequenz in Betracht ziehen müssen."

Will senkte den Kopf, nickte.

Scholl fuhr fort: „Bitte geben Sie mir Ihren Dienstausweis. Die Dienstwaffe befindet sich in Ihrem Schreibtisch?"

Wieder nickte Will – seinem gegenwärtigen Empfinden nach war sein Leben jetzt zu Ende und dabei war er doch so gern Polizist …

Kapitel 37 Finale Dienstag 7.10.

Linda

Linda grübelte. „Also Will hat niemanden zum Mord beauftragt, das ist erfreulich, aber er hat Wesentliches dazu beigetragen, darüber bin ich traurig, eigentlich mag ich ihn", sie stützte den Kopf in beide Hände, „wir fangen also noch einmal von vorn an. Wenn Will den Mordauftrag nicht gegeben hat, wer dann? Doch die Mördertruppe aus eigenem Antrieb? War es Brinkmann selbst? Oder hat der doch die Wahrheit gesagt und der Mord geschah tatsächlich, während er zum Einkaufen war? Wieder einmal Fragen über Fragen – wir müssen den ganzen Komplex noch einmal neu beleuchten!" Sie erhob sich, ging hinüber zum Team: „Treffen in fünfzehn Minuten im Besprechungsraum! Alle! Pünktlich!"

Das ganze Team war pünktlich zur Stelle, außer Will natürlich, als sie die Erkenntnisse der Internen ihren Leuten bekannt gab.

„Also, Ihr Lieben, auf Will werden wir in Zukunft leider verzichten müssen, er ist raus!"

Gemurmel bei den Anwesenden. „Ich freue mich überhaupt nicht darüber. Das einzig Positive dabei ist, dass er nicht den Auftrag zum Mord gegeben hat. Er hat ihn natürlich provoziert und auch finanziert. Dazu kamen natürlich auch noch der Verrat von unseren Aktionen gegen Gefälligkeiten und einer gewissen Vorteilsnahm gegenüber der Drogen- und der Bordellszene …". Sie legte eine kleine Pause ein, fuhr dann fort: „Wir müssen alles noch einmal ganz, ganz kritisch betrachten, die Hauptverdächtigen noch einmal vernehmen. Sowohl den Kenntnisstand zum Mord an Gerold und als auch den zum Tod der Dirne müssen wir überprüfen, verbessern, im Fall Gerold im Wesentlichen unter dem Gesichtspunkt, ob es überhaupt einen Auftraggeber gab!"

„Meinst du, die SFS-Leute haben das in Eigenregie gemacht?", fragte Niki, „nur so zum Vergnügen? Dann kommt doch eigentlich nur unser Sadist infrage."

„Du meinst Tscharkow? Habe ich auch schon gedacht, aber seine Aussage zu Brinkmann war sehr plausibel … Andererseits, was hat der Brinkmann ausgesagt: ‚Als ich vom Einkauf zurückkam, war der Mann tot'. Hatte er recht mit dieser Behauptung? Was hat die Spusi festgestellt, welche Spuren waren an dem Plastiktrichter?"

Daniel blättert auf seinem Laptop in den Dateien.

„Hier habe ich es. Im Innern des Trichters waren Blut- und Speichelproben des Opfers sowie Reste vom Rauschgift, außen fanden sich Fingerspuren von Messiers. An der Wodka-Flasche waren Abdrücke von Messiers und Tscharkow, nicht von Brinkmann, das gilt auch für das Litermaß."

„NICHT von Brinkmann?"

„Davon steht nichts im Bericht."

„Messiers und Tscharkow werden sofort noch einmal vernommen, einer von ihnen ist es gewesen. Paul und ich werden die Vernehmungen zunächst nur beobachten, Berenike verhört Messiers, Claudia und Manfred gemeinsam den Tscharkow. Bitte organisiert die Protokollschreibung selbst, ich weiß nicht, wer Zeit hat. In der Zwischenzeit werde ich wegen der neuen Lage und auch wegen Will mit dem Staatsanwalt sprechen. Lasst uns das Ganze um 14 Uhr starten, erst Messiers, danach Tscharkow, geht das aus eurer Sicht? Noch eines, Claudia und Manfred, bitte hört euch die Vernehmung von Messiers an, dann seid Ihr gleich auf dem aktuellen Stand!"

Allgemeines Nicken bei den angesprochen Polizistinnen und Polizisten. „Dann an die Arbeit! Bitte vorher noch einmal die bisherigen Protokolle durchlesen, aber lasst euch nicht zu sehr davon beeinflussen."

„Nicht davon beeinflussen lassen? Wie soll das gehen, Linda?"

„Einfach kritisch bleiben, alles ist noch offen, Claudia, kritisch bleiben!"

Es war 14 Uhr, die Vernehmung des Jerome Messiers durch Berenike begann.

„Herr Messiers, Sie werden beschuldigt, gemeinsam mit Herrn Pjotr Tscharkow am Vormittag des 19. September 2020 im Gebäude des Restaurants ‚Mozarthaus‘, in dem zu dieser Zeit Umbaumaßnahmen vorgenommen wurden, den Kriminalhauptkommissar Gerold Fasner ermordet zu haben. Das Opfer wurde von Ihnen durch eine oral zugeführte Flüssigkeit, in der sich eine große Menge Rauschgift befand, vergiftet. Anschließend haben Sie in der Nacht zum 21. des Monats gemeinsam mit dem zuvor Genannten und Herrn Brinkmann den Leichnam im Südwest-Turm der alten Cäcilienbrücke deponiert. Bitte nehmen Sie zu diesem Vorwurf Stellung, Herr Messiers."

„Sie glauben doch nicht im Ernst, Frau Kommissarin, dass Sie von mir zu dem abstrusen Vorwurf etwas zu hören bekommen. Brinkmann hat dem Bullen das Zeugs eingeflößt, ich habe damit nichts zu tun."

Berenike sah ihn eindringlich an: „Wie ist das denn erfolgt, wie wurde dem Opfer denn das Zeug, wie Sie es nennen, beigebracht?"

„Pjotr hat ihn festgehalten, und Tom hat ihm den Trichter in den

Hals geschoben und das Zeug reingeschüttet. Ich war zu dieser Zeit zur Toilette."

„Fehler, Herr Messiers, Fehler! Herr Brinkmann war zu dieser Zeit nicht am Tatort! SIE waren aktiv beteiligt an dem gemeinschaftlichen Mord, Herr Tscharkow hat den Mann festgehalten und SIE haben den Trichter festgehalten und die Rauschmittellösung aus dem Litermaß hineingeschüttet."

„Pjotr war bisher mein Freund, und jetzt sagt er so etwas? Der hat es nötig, dieses Schwein! Hat er Ihnen auch erzählt, wie er die Nutte umgebracht hat? Die hat er doch so mit Speed gefüttert, bis sie tot umgefallen ist."

„Würden Sie diese Aussage auch vor einem Gericht wiederholen? Es würde sich wahrscheinlich positiv auf das Strafmaß auswirken!"

Messiers nickte.

„Haben Sie nun den Trichter, an dem keinerlei Spuren von Tscharkow und Brinkmann sind, dem Opfer in den Schlund geschoben oder nicht?"

„Sagt das auch der Sadist Pjotr, ja? Ja, denn er war es, der mich dazu angestiftet hat. Jerome, hat er gesagt, Tom ist nicht da, lass uns etwas mit dem Bullen versuchen, mal sehen, wie viel Stoff er verträgt. Dann hat er die Brühe mit dem Rest Wodka angerührt, wir hatten das Material ja in Bremen bei dem Getränkehandel abgeholt und auch den Alkohol. Los, hat er gesagt, ich halte ihn fest und du schüttest es in ihn rein, mal sehen, wann er überläuft. Und so haben wir es dann gemacht. Pjotr hat eine Riesenfreude daran gehabt, wie der Bulle blau angelaufen ist und dann wie wild geschrien, sich hin- und hergeworfen hat. Ich hätte dem Mann noch den Finger in den Hals gesteckt, ging aber nicht. Pjotr hat nur gelacht, er hatte seinen Spaß daran und als ich dem Mann helfen wollte, hat er mir eine verpasst. So ist das gewesen, Frau Kommissarin, so und nicht anders."

Berenike mochte nicht weiter insistieren, zu schrecklich waren die genannten Details. Aber sie hatte das Geständnis, nach ihrer Ansicht war von dem Beschuldigten alles Wichtige gesagt worden. Jetzt blieben nur noch das Ausdrucken und das Unterschreiben des Geständnisses durch den Beschuldigten.

„Sie werden jetzt wieder in die Haftzelle zurückgeführt, bitte, Kollege!" Erschöpft sank sie auf dem Stuhl zusammen, musste das Gehörte erst einmal verarbeiten …

Im anderen Befragungsraum hatten Claudia und Manfred den ‚Sadisten‘, wie er intern inzwischen bezeichnet wurde, zu Gast. Nach den allgemeinen Floskeln zu Beginn eines jeden Verhörs kam Manfred sofort auf den Punkt:

„Herr Tscharkow, es gibt neue Erkenntnisse, die Sie sehr stark belasten, hören Sie genau zu! Der Mord an Gerold Fasner geschah nach Aussage Ihres Kumpanen zu der Zeit, als Herr Brinkmann zum Einkaufen war. Auf Ihren Vorschlag hin hat Herr Messiers dem Opfer die Flüssigkeit mit dem Rauschmittel verabreicht, während Sie es festgehalten haben. Die Aktion erfolgte auf Ihren Vorschlag hin, weil Sie die Widerstandskraft des Opfers testen und sich an seinem Leiden erfreuen wollten!"

Claudia vertiefte die Darstellung von Manfred mit einer Frage.

„Was begeistert Sie eigentlich so am Leiden anderer Menschen? Hatten Sie beim Tod der Dirne auch so viel Freude? Haben Sie ihr deshalb eine Überdosis Speed verabreicht, weil Sie ihr Leiden zum sexuellen Höhepunkt brachte? Oder wollten Sie einmal Sex mit einer Toten?"

In Tscharkows Gesicht zeichnete sich ein diabolisches Grinsen ab, als Claudia auf den Tod von Paola zu sprechen kam, dann brach es aus ihm heraus.

„Ja, war toll mit Paola, aber nicht mit tote Frau, nur lebendig, bin doch kein Schwein! Ja, habe ich ihr zu viel von Speed gegeben, dann ist einfach umgefallen, war wirklich schade, hab ich schon mal gesagt. Und Mann, der Oberbulle, war so schön schlaff, hätte man in Sack stecken können, aber nach Getränk von Jerome er plötzlich bärenstark und wollte mich anfassen. Hab ich ihn aber beruhigen können, er dann auf Fußboden gelegen rumgezuckt wie kaputte Schlange. Dann Tom mit dem Essen gekommen, wir hatten Hunger und sind in Küche gegangen. Wie wir zurück, Mann war mausetot, ärgerlich. War Unfall, musst du glauben! Dann wir überlegt, was machen. Ich wollte ihn auf Schlossplatz in Stadt legen mit Schild ‚Toter Bulle‘ oder so, aber Tom und Jerome dagegen. Dann Idee mit Turm, war gut. Am Sonntag wir dann mit Sprinter hingefahren, alten kaputten Mann in Plastiksack, hatte nichts an wegen Spuren. Tom hat in Turm noch Foto gemacht, ‚für Presse‘ hat er gesagt, weil Mann so schön gelegen hat. Danach wir alle wieder nach Haus, war spannendes Wochenende!“

„Herr Tscharkow, würden Sie diese Aussage auch vor Gericht beeiden? Es würde Ihnen wahrscheinlich helfen … Im Fall der toten Dirne wird der Staatsanwalt ohnehin ein separates Verfahren eröffnen.“

„Ja, ist Wahrheit. Pjotr lügt nicht, ist sowieso alles im Eimer und Knast kenne ich gut, treffe ich alte Kumpels. Mit süße Paola war auch Unfall, Ihr müsst glauben, Unfall! Jetzt Schluss, will nicht mehr, will in Zelle!“

Er stand von seinem Platz auf, anscheinend hatte er die erst vor Kurzem nach seiner Haft gewonnene Freiheit aufgegeben, wollte allein sein.

Claudia und Manfred erhoben sich ebenfalls, Manfred bat den anwesenden Polizeimeister: „Bitte bring den Beschuldigten zurück in die Haftzelle, Bernd!“ Dann verließen beide den Raum.

Kapitel 38 Nachlese　　**Donnerstag 9.10.**

PR Mommsen

Die Ermittlungsgruppe „Mord" hatte in Zusammenarbeit mit der Gruppe „Drogen" und dem Kollegen und den Kolleginnen aus Hannover ganze Arbeit geleistet.

Linda rief beide Ermittlungsgruppen zusammen, um sie in den neuesten Wissenstand zu versetzen.

„Fertig! Wir haben es geschafft, liebe Kolleginnen und Kollegen. Der Mord an Gerold ist aufgeklärt, die Täter haben gestanden. Den Mord an der Dirne konnten wir nicht klären, es könnte tatsächlich ein Unfall durch ihren Drogenmissbrauch gewesen sein. Ich bin stolz auf unsere Teams, die so gut zusammengearbeitet haben!"

Polizeirat Mommsen höchstpersönlich kam während des Meetings aus der oberen Etage herunter.

„Meine Herrschaften! Ich wollte schon lange zu Ihnen kommen, um meine Anteilnahme zum Tode unseres lieben Gerold Fasner auszusprechen, aber Sie wissen ja – Termine, Termine, Termine! Aber jetzt bin ich hier und möchte allen aus der Ermittlungsgruppe Mord und aus der Gruppe Drogen meine ausdrückliche Anerkennung zur Lösung dieses besonderen Mordfalles sagen. Es war, so traurig auch der Fall selbst war, einfach professionell, wie Sie ihn gelöst haben – ich hatte es von Ihnen genauso erwartet!"

Er machte eine kleine Pause, sah in die Runde: „Frau Kriminalhauptkommissarin Barowski, Ihnen gehört mein besonderer Dank in diesem Falle. Wie Sie die Ermittlungen geleitet und zum Erfolg geführt haben – Chapeau!"

Im Hintergrund tuschelten Claudia und Daniel miteinander. „Der schmiert uns ganz schön Honig ums Maul, und nächste Woche bekommen wir wieder Prügel, weil wir nicht schnell genug sind!" Ein strafender Blick von Linda traf sie, während der PR fortfuhr.

„Es gibt noch einen besonderen Grund für meine Anwesenheit hier und heute: Die Amtsleitung hat beschlossen, die Trauerfeier und die Beisetzung unseres lieben Verstorbenen zu organisieren. Bitte benennen Sie jemanden aus Ihren Reihen, der sich daran beteiligen soll, das ist uns wichtig. Frau Barowski, haben Sie einen Vorschlag?"

Linda sah sich in der versammelten Truppe um, ihr Blick fiel auf Claudia. „Claudia, dürfen wir dich mit dieser sicher sehr schweren Aufgabe betrauen?"

Die so Angesprochene brach in Tränen aus, konnte nicht antworten, nur nicken.

„Dann ist diese Frage auch geklärt. Meine Herrschaften, liebe Kolleginnen und Kollegen, ich bin stolz auf Sie alle!" Mit diesen Worten verabschiedete sich der Dezernatsleiter, nachdem er Claudia noch Ort und Zeit für die Besprechung genannt hatte.

Die Anwesenden zerstreuten sich wieder, alle gingen zurück an ihre Arbeitsplätze, nur Linda und Paul standen noch zusammen, um ebenfalls ein kurzes Resümee zu ziehen.

„Paul", Linda sah den ‚Alten' direkt an, „Paul, wie hätte ich das alles nur ohne deine Hilfe schaffen sollen? Ich danke dir dafür! Haben wir denn jetzt tatsächlich alles zusammen, kann die Staatsanwaltschaft in allen Fällen Anklage erheben? Werden die Richter unsere Täter wirklich verurteilen oder gibt es noch kleine Lücken, in die ein cleverer Verteidiger große Breschen schlagen könnte?"

„Du zweifelst, Linda? Das solltest du nicht tun! Wir haben alles ermittelt und dokumentiert, was möglich und nötig war. Die Geständnisse und die Indizienketten sind klar und eindeutig! Aber wenn du möchtest, betrachten wir alles noch mal im Kurzdurchlauf."

„Ja, lass uns das machen, dann kann ich endlich wieder richtig schlafen!"

Paul hakte sie freundschaftlich unter, beide gingen in Pauls Büro. Er nahm den ganzen Stapel Akten, der die Fälle dieses Komplexes betrafen, und referierte darüber, als habe er ein größeres Publikum vor sich:

„Wir haben einen ganzen Komplex miteinander verbundener Straftaten. Ich beginne mit Person eins, Will Porter. Hier hat die ‚Interne' klar ermittelt, dass unser Kollege Amtsgeheimnisse gegen Vorteilsnahme verraten hat. Außerdem hat er mit fremdem Geld eine kriminelle Gruppe engagiert, die das spätere Opfer von Ermittlungen gegen ihn abhalten sollte. Dann der Verdächtige Nummer zwei, Humphrey Wenders. Dem Mann kann nur Drogenbesitz und -handel vorgeworfen werden, im Falle Paola vielleicht noch Vertuschung einer Straftat, aber das ist sehr vage."

Paul griff eine weitere Akte.

„Die Dritten im Verbund sind Tom Brinkmann und seine Mordkumpanen. Ihm persönlich ist, wie auch den beiden anderen Mitgliedern seiner ‚Firma', gemeinschaftlicher Mord vorzuwerfen, allerdings ist er ‚nur' als Organisator zu betrachten, wie wir festgestellt haben. Am Mord selbst war er nach eigener und auch nach Zeugenaussagen nicht beteiligt.

Kommen wir zu Person vier. Pjotr Tscharkow, ein ganz besonderer Fall, ihm drohen zwei Prozesse, obwohl ihm im Fall der Liebesdienerin Paola, die an einer Überdosis Ecstasy gestorben sein könnte, wahrscheinlich keine kriminelle Handlung vorzuwerfen ist, sondern lediglich Drogenmissbrauch. Der Rest wird dann wohl im Rahmen des Falles der Mordfirma mitverhandelt werden, nämlich seine Beteiligung am Tod von Gerold. Er hat ihn festgehalten, während der Jerome Messiers das tödliche Gesöff verabreicht hat. Linda, hast du Fragen bisher?"

„Ja, Paul, eine Frage. Bleibt er im Fall ‚Paola' wirklich ungeschoren?"

„Ich fürchte ja. Aber als Tatbeteiligter der kriminellen Vereinigung ‚SFS' im Fall Gerold ist er belastet genug, das reicht für einige Extrajährchen, denke ich."

Die letzte Akte im Stapel wurde von Paul aufgeschlagen.

„So, und jetzt unser Hauptverdächtiger Jerome Messiers, den wir zunächst als relativ harmlosen Helfer eingestuft hatten. Da weisen alle Indizien auf seine aktive Täterschaft hin, auch die Aussagen von Tscharkow und Brinkmann sagen es. Ich habe keine Zweifel, dass auch der Richter die Sache so sehen wird!"

„Soll ich dir etwas sagen, Paul? Meinen letzten Fall, den Badewannenmord, den ich nachträglich aufgeklärt habe, fand ich spannend. Alle anderen Fälle, die ich bisher zu klären hatte, haben mich innerlich unberührt gelassen. Aber dieser Fall, der Mord an Gerold, hat mich, hat uns alle, glaube ich, ins Mark getroffen. Gut, dass es jetzt zu Ende ist, nun können wir alle wieder ruhig schlafen!"

„Irrtum, liebe Linda, es ist noch nicht zu Ende! Es kommen noch viele Gerichtstage, und du wirst bestimmt oft aussagen müssen! Du solltest dann rechtzeitig alles noch einmal rekapitulieren, damit die Schweine, entschuldige den Ausdruck, zu lebenslanger Haft verurteilt werden, alle drei!"

„Ja, ich weiß, aber jetzt sollten wir alle froh sein, dass die aktive Arbeit am Fall Gerold erledigt ist."

ENDE

Informationen zum Autor

Karl-Heinz Knacksterdt hat erst nach dem Eintritt in das Rentenalter seine Liebe zum Schreiben romanhafter Literatur entdeckt.
Jahrgang 1941, war er lange Zeit ehrenamtlich in einer Kirchengemeinde in Oldenburg aktiv - Kirchenältester und Lektor waren dort seine Professionen. In seiner beruflichen Laufbahn hat er sich über vier Jahrzehnte mit Anwendungen der Informationsverarbeitung befasst.

Er ist seit mehr als 55 Jahren mit seiner Frau Annelie verheiratet; zwei verheiratete Kinder und zwei Enkel gehören zur Familie.

Die biblischen Bilderzyklen seiner Frau als Inspirationsquellen haben ihn motiviert, sich mit wichtigen Frauen der Bibel auseinanderzusetzen – die Trilogie „Große Frauen der Bibel" waren die ersten als Bücher erschienenen Werke.

Mit der Arbeit zu „Im schwarzen Kokon", dem ersten Buch der Trilogie „Manipulationen", wagt er sich auf ein völlig anderes Terrain: Eine Geschichte, die zwischen Fiktion, Fantasie und Realität changiert und ihre Fortsetzung in den Büchern „Im Netz der Algorithmen" und „Der Soldat Jeremy Martinsen" findet.

Ergänzt wurde diese Trilogie um den Zukunftsroman „2039 Robot's Welt".

Aktuell hat sich der Autor dem Genre „Lokaler Kriminalroman" zugewendet, hier liegt der zweite Roman vor.

Die Romane des Autors

Trilogie „Frauen der Bibel"

„Maria. Frau. Mutter. Heilige."
Die Lebensgeschichte der Maria von Nazareth
176 Seiten 2014 / ISBN 978-3738-60164-0 / 11,99 €

„Bathseba und David"
Eine Liebesgeschichte aus alter Zeit
244 Seiten 2015 / ISBN 978-3741-28080-1 / 11,95 €

„Eva und Adam"
Ihre drei wundersamen Existenzen
204 Seiten 2017 / ISBN 978-3743-19409-0 / 11,95 €

Trilogie „Manipulationen"

„im schwarzen kokon"
208 Seiten 2017 / ISBN 978-3744-88250-7 / 10,00 €

„Im Netz der Algorithmen"
240 Seiten 2018 / ISBN 978-3752-86005-4 / 12,00 €

„Der Soldat Jeremy Martinsen"
228 Seiten 2019 / ISBN 978-3749-43374-2 / 12,00 €

Future-Roman

„Robot's Welt"

Ein Roman aus der Zukunft
234 Seiten 2020 / ISBN 978-3750-48810-6 / 12,00 €

Kriminalromane

„Gescheiterte Pläne"

Ein Oldenburg-Krimi
212 Seiten 2020 / ISBN 978-3752-64295-7 / 12,00 €

„Der Tote im Turm" – Linda Barowski ermittelt

Ein Oldenburg-Krimi
232 Seiten 2021 / ISBN 978-3754-39820-3 / 12,00 €